王水照 主編

日本宋學研究六人集

新興與傳統

蘇軾詞論述

保苅佳昭

著

圖書在版編目（CIP）數據

新興與傳統：蘇軾詞論述／（日）保苅佳昭著.—
上海：上海古籍出版社，2013.10（2021.7重印）
（日本宋學研究六人集）
ISBN 978－7－5325－6940－3

Ⅰ.①新… Ⅱ.①保… Ⅲ.①蘇軾（1037～1101）—
宋詞—文學研究 Ⅳ.①I207.23

中國版本圖書館 CIP 數據核字（2013）第 168655 號

日本宋學研究六人集
新興與傳統
——蘇軾詞論述
［日］保苅佳昭 著
上海世紀出版股份有限公司
上 海 古 籍 出 版 社 出版
（上海瑞金二路272號 郵政編碼200020）
（1）網址：www.guji.com.cn
（2）E－mail:guji1@guji.com.cn
（3）易文網網址：www.ewen.co
南京展望文化發展有限公司排版
上海世紀出版股份有限公司發行中心發行經銷
蘇州市越洋印刷有限公司印刷
開本 850×1168 1/32 印張9.125 插頁5 字數203,000
2013 年 10 月第 1 版 2021 年 7 月第 2 次印刷
印數：1,501－2,300
ISBN 978－7－5325－6940－3
I·2712 定價：42.00 元
如發生質量問題，請與承印公司聯繫

前　言

王水照

　　這套《日本宋學研究六人集》由六位日本中青年學者的論文集所組成,他們是(依姓氏筆劃排列):内山精也《傳媒與真相——蘇軾及其周圍士大夫的文學》;東英寿《復古與創新——歐陽修散文與古文復興》;保苅佳昭《新興與傳統——蘇軾詞論述》;高津孝《科舉與詩藝——宋代文學與士人社會》;淺見洋二《距離與想象——中國詩學的唐宋轉型》;副島一郎《氣與士風——唐宋古文的進程與背景》。他們的論文大都從“宋學”、尤其側重于宋代文學方面展開,代表彼邦富有活力的研究力量,反映了最爲切近的學術動態,值得向我國學界同道譯介推薦。

　　“宋學”在我國經學史上原是與“漢學”相對舉的學術概念,簡言之,即是指區别于考據之學的義理之學。《四庫全書總目提要》卷一《經部總敘》云:清初經學“要其歸宿,則不過漢學、宋學兩家互爲勝負”,江藩的《國朝漢學師承記》、《國朝宋學淵源記》與方東樹的《漢學商兑》,就是一場學術紛爭夾雜門户之見的有名論争。現代學者則把此語用作中國思想史上宋代“新儒家學派”的總稱。鄧廣銘《略談宋學》一文即“把萌興于唐代後期而大盛于北宋建國以後的那個新儒家學派稱之爲宋學”,而“理學”僅是宋學中衍生出來的一個支派,與“宋

學"不能等同(《鄧廣銘治史叢稿》第 164—165 頁)。而陳寅恪
則從中國學術文化史的角度立論,將它視作宋代學術文化的
同義語。他在論述"新宋學"時指出:"吾國近年之學術,如考
古歷史文藝及思想史等,以世局激蕩及外緣熏習之故,咸有顯
著之變遷。將來所止之境,今固未敢斷論。惟可一言蔽之曰,
宋代學術之復興,或新宋學之建立是已。"(《鄧廣銘宋史職官
志考證序》,《金明館叢稿二編》第 245 頁)這裏的"新宋學"明
確包括"考古歷史文藝及思想史等"各種領域,而"新宋學"之
于"宋學",只是學術觀念的更迭出新,兩者的涵蓋面應是相同
的,均指宋代整個學術文化。

　　"宋學"的上述三個界定,分別指向特定的對象和領域,各
具學術内涵和意義,都有其存在的合理性;我們這套叢書命名
中所説的"宋學",乃采用第三個界定,即指宋代整個學術文
化。學術研究本來就有綜合與分析或曰宏觀與微觀的不同方
法和視角,尤重在兩者内在的結合與統一,力求走向更高層次
的綜合,獲得宏通的科學認識。研究宋代學術的每一個部類,
總離不開對整個社會的認識與把握。因爲社會是一個有機整
體,其構成中的每一個部類不能不受制於整體發展變化的狀
況,各個部類之間又不能不產生無法分割的種種關聯。而説
到對宋代社會的宏觀認識和整體把握,又不能不提到八十多
年前蜚聲學界的"宋代近世説"的舊命題,對這個舊命題的系
統檢驗和反思,對其含而未發的意藴的探求,需要我們把這個
老題目繼續做深做透。這對宋代學術研究格局的拓展和深
化,似乎還没有失去它的價值。

　　日本京都學派的主要奠基人之一内藤湖南(1866—1934)
提出了著名的宋代近世説,構想了以唐宋轉型論爲核心的完
整的宋史觀。根據他在大正九年(1920)于京都帝國大學的第

二回講義筆記修訂而成的《中國近世史》，開宗明義就説："中國的近世應該從什麽時候算起，自來都是按朝代來劃分時代，這種方法雖然方便，但從史學角度來看未必正確。從史學角度來看，所謂近世，不是單純地指年數上與當代相近而言，而必須要具有形成近世的内容。"他正確指出歷史分期中的"近世"不能照搬王朝序列，也不能單純按照距離當前的較"近"的年數計算，而應抓住"近世的内容"。而所謂"近世的内容"，就是其第一章"近世史的意義"所列出的八個子目："貴族政治的衰微與君主獨裁政治的代興；君主地位的變化；君主權力的確立；人民地位的變化；官吏任用法的變化；朋黨性質的變化；經濟上的變化；文化性質的變化"，這八種變化覆蓋了政治、經濟、文化三大領域，是全社會結構性的整體變動（譯自《内藤湖南全集》第十卷，亦可參見内藤湖南著、夏應元等譯《中國史通論》上册第 315 頁，社會科學文獻出版社 2004 年，譯文有小異）。

嗣後，他又發表了著名論文《概括的唐宋時代觀》和《近代支那的文化生活》。這兩篇論文，被宮崎市定斷爲構成内藤史學中"宋代近世説"的"基礎"性作品。前文發表於《歷史與地理》第九卷第五號（1922 年 5 月），對他的宋代觀做了一次集中而概括的表述，指出唐宋之交在社會各方面都出現了劃時代的變化：貴族勢力入宋以後趨於没落，代之以君主獨裁下的庶民實力的上升；經濟上也是貨幣經濟大爲發展而取代實物交換；文化方面也從訓詁之學而進入自由思考的時代。後文發表于《支那》（1928 年 10 月），着重論述宋代以後的文化逐漸擺脱中世舊習的生活樣式，形成了獨創的、平民化的新風氣，達到極高的程度，因而直至清代末期中國文化維持着與歐美相比毫不遜色的水準（參見宮崎市定《自跋集——東洋史七十年》第九"五代宋初",岩波書店,1996 年)。

内藤氏的這一重要觀點,曾受到當時東京學派的質疑與駁難,但爭論的結果,他們也不得不承認唐宋之間存在一個"大轉折",雖然依然否定宋代近世説。然而在日本史學界中,内藤氏的觀點仍然保持着生命力,影響深巨。尤其得到他的門生宫崎市定(1901—1995)的有力支持。宫崎氏原先對這一觀點也抱有懷疑,經過認真的思考和研究,轉而不遺餘力地宣傳和證成師説,從多個學術專題上展開深入而具體的論證,成爲乃師學説的"護法神"。他在 1965 年 10 月發表的《内藤湖南與支那學》一文(《中央公論》第 936 期,收入宫崎市定著《亞洲史研究》第五卷,同朋舍)指出,"(内藤)湖南留給後代的最大的影響是關於中國史的時代區分論",以往日本學者也有把宋代以後視爲"新時代"的開始的,"但是湖南則完全着眼於中國社會的全部的各種現象,尤其是社會構成和文化由唐到宋之間發生了巨大變化的這一事實",從而確認"宋代以後爲近世"的這一判斷。作爲建樹了傑出業蹟的宋史研究專家,宫崎市定明確宣稱:"我的宋代史研究是以内藤湖南先生的宋代近世説爲基礎的",他的研究正是以内藤氏的這一學説爲"基礎"而展開的。他首先注意經濟、財政、科技等問題,認爲"宋代近世説的依據在於經濟的發展,特别是古代交換經濟從迄於前代的中世性的停滯之中冒了出來,出現了令人矚目的復活"。並進而指出宋代已由"武力國家"轉變爲"財政國家",財力成爲"國家的根幹",甚至湧現出新型的"財政官僚"(均引自《自跋集——東洋史七十年》第九"五代宋初")。宫崎氏的宋史研究範圍廣泛,内涵豐富,舉凡政治史(《北宋史概説》、《南宋政治史概説》)、制度史(《以胥吏的陪備爲中心——中國官吏生活的一個側面》、《宋代州縣制度的由來及其特色》、《宋代官制序說》)、教育史(《宋代的太學生活》)、思想史(《宋學的論理》)均有涉足,成績斐然。至於他的《宋代的石碳與鐵》、《支那的鐵》兩文,澄清了"認爲中國人本來就缺乏科學才能,長期陷於落後的狀態"這一"誤解",肯定"宋代所達到的技術革新具有世界史上的重要性",突出了宋代在科技史上的重要地位。

內藤、宮崎等人的宋代近世說,以唐宋之際"轉型論"爲核心,又自然推導出"宋代文化頂峰論"和"自宋至清千年一脈論"。

內藤氏在逐一推闡唐宋之際的種種變革時,衷心肯定其歷史首創性,其內在的思想基準是東亞文明本位論,即認爲以中國文化爲中心的東亞文化發展程度"非常高",比歐美文化高出一籌,而這個中國文化主要即是自宋至清的中國近世文化。宮崎市定的觀點就更爲鮮明,態度更爲堅決了。他的《東洋的文藝復興與西洋的文藝復興》一文(原載於《史林》第二十五卷第四號 1940 年 10 月、第二十六卷第一號 1941 年 2 月。後收入《亞洲史研究》第二卷,《宮崎市定全集》十九卷),首次提出了"宋代文藝復興說";而《宋元的文化世界第一》一文(原載於大阪市立美術館編《宋元的美術》1980 年 7 月,收入《宮崎市定全集》十二卷),文章的題目已猶如黃鐘之音、警世之幟。他寫道:"宋元這個時代,在中國歷史上是稀有的偉大的時代,是民族主義極度昂揚的時代。代之以軍事上的萎靡不振,中國人民的意氣全部傾注於經濟、文化之上,幷加以發揚,取得了出色的成果。"他對宋代文化的推重,從中國第一到"世界第一",真是無以復加了。

內藤氏的唐宋轉型論確認宋代進入近世,君主獨裁政治形成幷趨於成熟,平民地位有所提高;還進一步確認,這一歷史趨勢的持續發展,必然走向清末以後"共和制"的道路。這就把宋代和當下(清末民初)連貫起來作歷史考察。宮崎市定繼續發揮這一"千年一脈論"："據湖南的觀點,在宋代所形成的中國的新文化,一直存續到現代。換言之,宋代人的文化生活與清朝末年的文化生活幾乎没有變化。由於宋代文化如此的發展,因而把宋代後的時期命名爲近世。……認爲宋代文化持續到現代中國,是他的時代區分論的一大特點"。這裏既指明宋代社會與清末當下社會的内在延續性,也爲"近世"説提供時間限定的根據(《内藤湖南與支那學》)。

内藤氏的宋代近世説,以唐宋轉型或曰變革爲核心内容,從横向上突出宋代文化或文明的高度成就,從縱向上追尋當下社會的歷史淵源,體現了對歷史首創性的尊重,對歷史承續性的觀察,體現了東方文化本位的思想立場,構成了完整的宋史觀。

當我們把目光從東瀛轉向本土的學術界,就會饒有興趣地發現一種桴鼓相應、異口同聲的景象。我國一大批碩儒者宿相繼發表衆多論説,與内藤氏竟然驚人一致。他們中有的與内藤其人其書容有學術因緣,而絕大多數學者卻尚無法指證受其影響,這種一致性更加使人驚異了。

首先是"轉型論"。陳寅恪於 1954 年發表《論韓愈》一文,認爲韓愈是"唐代文化學術史上承先啓後轉舊爲新關捩點之人物",即"結束南北朝相承之舊局面","開啓趙宋以降之新局面"。他雖未涉及"上古"、"中世"、"近世"之類西方現代史學的分期名詞,但這個確認此時爲新舊轉型的大判斷,是不容他人置疑的。吕思勉的《隋唐五代史》第二十一章有言:"吾嘗言有唐中葉,爲風氣轉變之會","唐中葉後新開之文化,固與宋當畫爲一期者也。"柳詒徵《中國文化史》第十六章即題爲"唐宋間社會之變遷",認爲"自唐室中晚以降,爲吾國中世紀變化最大之時期。前此猶多古風,後則別成一種社會"。"宋代近世說"在這兩位史家筆下,已經呼之欲出。胡適作爲現代學術開風氣的人物,就直截了當用嶄新語言宣稱:從"西元一千年(北宋初期)開始,一直到現在",是"現代階段"或"中國文藝復興階段"或"中國的'革新世紀'"(《胡適口述自傳》第 295 頁,華文出版社,1989 年)。這裏的"現代階段"實與内藤氏的"近代階段"含義相通,"文藝復興階段"則與宫崎氏用語完全一致,至于"革新世紀"更是踵事增華,近乎標榜之語了。

　　視宋代文化爲中國歷史之最,這一觀點在中國史學界也成常識。表述突出、頗顯恢宏氣度的是陳寅恪爲鄧廣銘著作所作的序和鄧氏的一篇史學論文。陳寅恪作于 1943 年的《鄧廣銘宋史職官志考證序》云:"華夏民族之文化,歷數千載之演進,造極於趙宋之世。"而鄧廣銘在 1986 年寫的《談談有關宋史研究的幾個問題》中宣告:"宋代是我國封建社會發展的最高階段,兩宋期内的物質文明和精神文明所達到的高度,在中國整個封建社會歷史時期之内,可以説是空前絶後的。"陳氏還只説趙宋文化是"空前",鄧氏更加上"絶後",推崇可謂備至。比較而言,王國維顯得頗爲謹慎,他説:"天水一朝人智之活動與文化之多方面,前之漢唐,後之元明,皆所不逮也。"(《宋代之金石學》,《王國維遺書》第五册《静安文集續編》第70 頁,上海書店,1983 年)他肯定兩宋文明前超漢唐,後勝元明,清代略而不論,當有深意存焉。胡適于 1920 年與諸橋轍次的筆談中,從中國思想史的角度提出:"宋代承唐代之後,其時印度思想已過'輸入'之時期,而入于'自己創造'之時期","當此之時,儒學吸收佛道二教之貢獻,以成中興之業,故開一燦爛之時代。"(見《東瀛遺墨》第 154 頁,上海人民出版社,1999 年)

　　至于研究宋代和當下社會之間的聯繫,也是中國學者關注的重點。與内藤氏有過直接交往的嚴復,面對民國初年紛爭頻仍、國勢不寧的局勢,也從歷史資源中探尋救治之道。他說:"若研究人心政俗之變,則趙宋一代歷史,最宜究心。中國所以成爲今日現象者,爲善爲惡,姑不具論,而爲宋人之所造就,什八九可斷言也。"(《致熊純如函》,《學衡雜誌》第 13 期)錢穆在致一位歷史學家的信函中,也同樣强調宋代研究對於當下現實有着特殊的意義與價值,應注重近千年來在社會、經濟、文化形態上的種種聯結點。

　　簡略梳理中日學術史上"内藤命題"的相關材料,可以看到這個命題獲得範圍深廣的回應,吸引衆多一流學者直接或間接的參與,形成一場集體的對話,豐富了命題的内涵,使之成爲一個蘊藏無數學術生長點、富有學術生命力的課題。這首先由於内藤氏"是立足於中國史的内部,從中引出對中國歷史發展動向的認識",而不是單純憑藉"從外部引入的理論"來套中國史實;同時又能"把中國史全部過程,作整體性的觀察",避免了"不能從整體上把握中國史的缺陷"(谷川道雄《致中國讀者》,見内藤湖南著、夏應元等譯《中國史通論》)。谷川氏的這一概括,準確地抓住了"内藤命題"所包含的學術方法論上的兩大精神實質。

　　其次是命題的開放性。歐美史學界把内藤氏的宋代近世說稱之爲"内藤假說"(Naito Hypothesis),就是說其真理性尚待驗證、補充,并非不可動摇的金科玉律,更不是可以照搬照套的"指導原則"。事實上,内藤氏提出此說以及中國學者的相關述說,大都是基於他們深厚中國史學功底的大判斷、大概括,還未及作出細緻的論證和具體的展開(宮崎氏是個例外)。而"上古、中世、近世"的這套西方史學分期方法如何與"歷史決定論"或"歷史目的論"劃清界限;宋代文化頂峰論能否成立,是否應有限定;宋代和清末民初社會之間千年一脈的歷史紐帶,也需作出有理有據的揭示,這些都有待後人的繼續探討。

然而,我們重提"内藤命題",從某種意義上説,不僅僅爲了求證"宋代近世説"的正確與否,其個別結論和具體分析能否成立,而主要着眼于學科建設的推進與發展。一門成熟的學科,既要有個案的細部描述與辨析,更需要整體性的宏觀敍事,其中應蘊含有一種貫穿融會的學理建構,即通常所説的對規律性的探索。由于對"以論帶史"、"以論代史"學風的厭惡,"規律性"、"宏觀研究"的名聲不佳,甚至引起根本性的懷疑。但不能設想,單靠一個個具體的實證研究,就能提升一門學科的整體水平。綱舉纔能目張,"内藤命題"關心宋代社會的歷史定位,關心其時代特質,關心社會各個領域的新質變化等等,就爲宋代研究提供了這樣一個"綱"。

收入這套叢書的六個集子,並非以宋代的整個學術文化爲論題,也不徑直宣稱以"宋代近世説"爲指導原則,但我們仍可看出在研究思路上的傳承和嬗變,學術精神上的銜接和對話。比如,淺見洋二的書名即標示出"中國詩學的唐宋轉型",副島一郎在《後記》中敍説他的《唐代中期的貨幣論》一文寫作的潛在學術淵源,即是顯例;而體現在他們各篇論證具體問題的論文中的宋史觀,則有更多的耐人尋味之處。如果説宮崎市定的宋學論文,論題廣泛而偏重於經濟、制度層面,並在一定程度上影響日本史學走向的話,那麽這套六人集卻多從文學層面落筆,而又突出"士大夫"即宋代文化的主要創造主體而展開,這在内山精也、淺見洋二、副島一郎等人的論文中均有着重的表現,而有的書名更明確揭示了"士大夫"或"士人社

會"是他們的論述基點。宋代以來,以進士及第者爲中心的
"士大夫"階層,取代六朝隋唐的門閥士族,而成爲政治、法律、
經濟決策和文化創造的主體,這本身就是中國社會"唐宋轉
型"的一大成果,也是認宋代爲"近世"的主要依據之一,而所
謂"自宋至清千年一脈論",在很大程度上也基于對這個特殊
階層之存在的體認。更重要的是,當"内藤命題"從經濟史、制
度史向思想史、文藝史領域延伸時,"士大夫"作爲創造主體的
地位就尤其顯著。據我所知,1999 年 3 月 21 日,日本的宋史
研究者曾在東京大學文學部召開一次專題討論會,名爲"宋史
研究者所見的中國研究之課題——士大夫、讀書人、文人或精
英",會議的主題就是呼喚以"士大夫"爲中心的研究。自此以
後,他們陸續在此課題上結集發表研究成果,如 1999 年勉誠
出版《亞細亞游學》7 號特集《宋代知識人之諸相》、2001 年勉
誠出版《知識人之諸相——以中國宋代爲基點》等。這確實可
以説反映了日本學術界的一個研究動向。

　　由于抓住了士大夫社會的特點,以及印刷技術作爲新興
的傳播媒體給這個社會帶來的巨大現代性,使内山精也從看
似平常的題目中發掘出了豐富而嶄新的意蘊。他論王安石
《明妃曲》、蘇軾"烏臺詩案"和"廬山真面目"等文,吸納融會接
受美學、傳播學等理論成果,描述宋代士大夫的心態和審美趨
向,讀來既感厚重而又興味盎然。淺見洋二的《距離與想象》
一書論題集中,他立足於對中國詩學史的總體把握和對批評
術語的特有敏感,從一系列詩學的或與詩學相關的命題中,細
緻地推考和論證"中國詩學的唐宋轉型",令人頗獲啓迪。所
謂"唐宋轉型",實際上從唐中葉起就初顯徵兆,與中唐樞紐論
異名同義。副島一郎即選取自中唐至北宋這一歷史時段切入
論題,對啖助、杜佑、柳宗元至宋初古文家、易學家進行探討,

舉證充分,結論平實可據。當然,經濟、制度等選題仍然受到
學者的注意,尤其是宋代以來成熟的科舉制度,對士大夫社會
的作用可謂舉足輕重,高津孝就有多篇論文涉及科舉與文學
的關係,並有新的創獲。保苅佳昭、東英寿兩位則專注于作家
個案研究,分別以蘇軾詞和歐陽修古文爲論題,曾引起中國同
道的矚目。高津孝、保苅佳昭、東英寿三人都長于史實、文獻
的考辨,發揚了日本漢學長期形成的優良傳統。高津孝對于
古文八大家的成立過程的系統梳理,其結論引用率甚高;保苅
佳昭對蘇軾詞的意象分析和編年考證,也顯出頗深的文史功
底;東英寿對歐陽修文集版本的考察,亦稱縝密細緻,尤對日
本尊爲"國寶"的天理圖書館藏本作了迄今所見最爲詳盡的考
評,認定其版本價值居現存歐集諸本之首,殆成定讞。

　　我和這六位作者都有直接或間接的學緣關係,有的相識
已達二十年之久。早在 1990 年,一批年輕的宋代文學研究者
就在早稻田大學"宋詩研究班"的基礎上,成立了"宋代詩文研
究會",自那以來,他們組織了富有成效的研究,迄今爲止,舉
辦了八次專題討論會,編輯了十二期《橄欖》雜誌,完成並出版
了錢鍾書先生《宋詩選注》的日譯。而這六位作者,都是"宋代
詩文研究會"的活躍成員。如今,他們年富春秋,屬於日語所
謂的"四十代",學術事業正如日中天,未可限量。祝願他們精
進不止,繼續貢獻學術精品;同時盼望其他的日本學人來加盟
這一宋學研究的群體,共謀學術發展。

目　　録

前言　王水照　／1

試論蘇軾的詞和詩之比較　／1

"避謗詩尋醫"——蘇軾關於超然臺的詞和詩　／19

蘇軾與蘇轍有關之詞和詩——再談蘇軾的詞和詩之比較　／38

蘇軾和蘇過父子與"游斜川"　／53

蘇軾詞裏所詠的"狂"　／65

蘇軾詞裏所詠的"夢"　／77

蘇軾詞裏所詠的"雨"　／91

蘇軾詞裏所詠的"多情"　／119

蘇軾詞編年考　／139

　　南歌子三首（日出西山雨、帶酒衝山雨、雨暗初疑夜）　／139

　　永遇樂（長憶別時）　／145

　　浣溪沙二首（傾蓋相看勝白頭、炙手無人傍屋頭）　／151

　　臨江仙（樽酒何人懷李白）　／154

　　雙荷葉（雙溪月）　／157

　　浣溪沙（縹渺紅粧照淺溪）　／158

　　減字木蘭花（江南游女）　／161

　　踏莎行（山秀芙蓉）　／163

臨江仙(夜飲東坡醒復醉)　/165

滿庭芳(蝸角虛名)　/168

減字木蘭花(銀箏旋品)　/170

臨江仙(詩句端來磨我鈍)　/173

滿江紅(清潁東流)　/176

漁父四首(漁父飲、漁父醉、漁父醒、漁父笑)　/184

減字木蘭花(春光亭下)　/187

滿江紅(江漢西來)　/193

南歌子(日薄花房綻)　/196

一斛珠(洛城春晚)　/201

如夢令(城上層樓疊巘)　/205

漁家傲(臨水縱橫回晚鞚)　/207

木蘭花令(元宵似是歡游好)　/210

蘇軾與楊繪有關之詞　/214

歷代蘇軾年譜、詞集蘇詞一覽表(修訂版)　/233

論文的原名和最初發表的刊物　/273

後記　/276

試論蘇軾的詞和詩之比較

一

蘇軾(1037—1101)開創了詞的新境地。他對詞的形式和内容作了改革。就形式方面來説,蘇軾在詞牌以外,還不時使用表示作詞意圖和情況的題序。這種手法始於張先①。就内容方面來説,除了固有閨怨、戀愛和憂愁等的主題以外,還增加了人生觀、説理、懷古、官場和送別等新的主題。蘇軾的詞在其開創性方面,常常被人評價爲"以詩爲詞"、"詞和詩的一體化"或"拆除了詞和詩之間的界限"。筆者基本上同意這種看法。但是這種看法,歷來祇是以蘇軾的詞爲對象進行論述的,卻没有將他的詞和詩作比較。所以本文通過他的詞和詩的比較,來抓住他的詞的特點,具體闡述上述評價,並且考究

① 日本村上哲見《宋詞研究》(創文社,1967 年)下篇《北宋詞論》第一章《總論》指出,從張先開始,帶詞題的作品比以前增加了許多。以《全宋詞》爲根據,簡單地算來,張先的 165 首詞中,有 65 首是有題序的。蘇軾的 342 首詞(不含斷句、互見詞、誤入詞)中有 266 首是有題序的(但是這266 首的題序,不全都是蘇軾本身附加的,有些是後人所加的。參看劉尚榮《傅幹注坡詞》[巴蜀書社,1993 年]的《注坡詞考辨》四《傅本價值論》[二]題序)。再者,如《宋詞研究》下篇第二章和第四章所指出的那樣,張先的作詞活動對蘇軾的影響是很明顯的。所以筆者認爲,這種爲詞附加題序的手法是從張先開始並由蘇軾完成的。

詞對蘇軾有何意義。

　　本書引蘇詞文字時，基本上根據傅幹《傅幹注坡詞》（北京圖書出版社，2001 年）。爲省篇幅，本書常引之書有時用省稱①。

二

　　蘇軾詞的特點之一，有明確的創作時期可考。他的詩也已經編年。那麼，如果將蘇軾的詞和詩，按創作時期的順序進行對照排列，就可以看出在同時同地創作的詞和詩。這些作品，在詞和詩的比較考察上，是最好的資料。因爲蘇軾既然在同時同地特地寫作詞和詩，那時候當然就認識了詞和詩之間的差異。

　　筆者試將這些作品的詞牌、第一句以及詩題，先列舉在下面：

　　1. 熙寧四年(1071)

　　《南歌子》二首(紺綰雙蟠髻、琥珀裝腰佩)〔《傅注》卷 5〕

　　《十月十六日記所見》〔《蘇軾詩集合注》卷 6〕②

---

①　傅藻《東坡紀年録》→《紀年録》，傅幹《傅幹注坡詞》→《傅注》，王宗稷《東坡先生年譜》→《王年》，元延祐本《東坡樂府》→元本，毛晉《宋六十名家詞》所收《東坡詞》→毛本，朱祖謀《東坡樂府》→《朱注》，龍榆生《東坡樂府箋》→《龍注》，曹樹銘《蘇東坡詞》→《曹注》，石聲淮、唐玲玲《東坡樂府編年箋注》→《石唐注》，孔凡禮《蘇軾年譜》→《孔年》，王文誥《蘇文忠公詩編注集成總案》→《總案》，薛瑞生《東坡詞編年箋證》→《薛注》，鄒同慶、王宗堂《蘇軾詞編年校注》→《校注》。這些書的詳細説明，請參看後面的《歷代蘇軾年譜、詞集蘇詞一覽表》。

②　上海古籍出版社，2001 年。本書引蘇詩文字時，基本上根據《蘇軾詩集合注》，省稱爲《合注》。

2. 熙寧五年(1072)

《雙荷葉》(雙溪月)〔《傅注》卷 12〕

《和邵同年戲贈買收秀才三首》〔《合注》卷 8〕

3. 熙寧六年(1073)

《瑞鷓鴣》(碧山影裏小紅旗)〔《傅注》卷 12〕

《八月十五日看潮五絕》〔《合注》卷 10〕

4. 熙寧七年(1074)

《昭君怨》(誰作桓伊三弄)〔《傅注》卷 12〕

《送柳子玉赴靈仙》〔《合注》卷 11〕

5. 熙寧七年

《採桑子》(多情多感仍多病)〔《傅注》卷 12〕

《潤州甘露寺彈箏》〔《合注》卷 12〕

6. 熙寧七年

《浣溪沙》(長記鳴琴子賤堂)〔《傅注》卷 10〕

《次韻陳海州書懷》〔《合注》卷 12〕

7. 熙寧八年(1075)

《江神子》(老夫聊發少年狂)〔《傅注》卷 6〕

《祭常山回小獵》〔《合注》卷 13〕

8. 熙寧八年

《減字木蘭花》(賢哉令尹)〔《傅注》卷 9〕

《送趙寺丞寄陳海州》〔《合注》卷 13〕

9. 熙寧九年(1076)

《殢人嬌》(別駕來時)〔《傅注》卷 8〕

《答李邦直》〔《合注》卷 14〕

10. 熙寧九年

《水調歌頭》(明月幾時有)〔《傅注》卷 1〕

《和魯人孔周翰題詩二首》〔《合注》卷 14〕

11. 熙寧十年(1077)

《陽關曲》(濟南春好雪初晴)〔《合注》卷 15、《傅注》卷 9〕①

《至濟南,李公擇以詩相迎,次韻二首》〔《合注》卷 15〕

12.《陽關曲》(暮雲收盡溢清寒)〔《合注》卷 15、《傅注》卷 9〕

《水調歌頭》(安石在東海)〔《傅注》卷 1〕

《子由將赴南都,與余會宿於逍遙堂,作兩絕句。讀之殆不可爲懷,因和其詩以自解。余觀子由,自少曠達,天資近道,又得至人養生長年之訣,而余亦竊聞其一二。以爲今者宦游相別之日淺,而異時退休相從之日長。既以自解,且以慰子由云》〔《合注》卷 15〕

13. 元豐元年(1078)

《臨江仙》(自古相從休務日)〔《傅注》卷 3〕

《送李公恕赴闕》〔《合注》卷 16〕

14. 元豐元年

《蝶戀花》(蔌蔌無風花自墮)〔元本卷下〕②

《送李公擇》〔《合注》卷 16〕

15. 元豐元年

《浣溪沙》(怪見眉間一點黃)〔《傅注》卷 10〕

《和子由送將官梁左藏仲通》〔《合注》卷 16〕

《送將官梁左藏赴莫州》〔《合注》卷 16〕

16. 元豐元年

《千秋歲》(淺霜侵綠)〔《傅注》卷 12〕

《九日黃樓作》〔《合注》卷 17〕

《九日次韻王鞏》〔《合注》卷 17〕

---

① 《陽關曲》,也收在詞集,也收在詩集。

② 這首詞,《傅注》卷 6 存目闕詞。

17. 元豐二年(1079)

《江神子》(天涯流落思無窮)〔元本卷下〕①

《減字木蘭花》(玉觴無味)〔《傅注》卷9〕

《留別叔通、元弼、坦夫》〔《合注》卷18〕

18. 元豐二年

《南歌子》(山雨瀟瀟過)〔《傅注》卷5〕

《送劉寺丞赴餘姚》〔《合注》卷18〕

19. 元豐三年(1080)

《卜算子》(缺月掛疏桐)〔《傅注》卷12〕

《定惠院寓居月夜偶出》〔《合注》卷20〕

《次韻前篇》〔《合注》卷20〕

20. 元豐七年(1084)

《滿庭芳》(歸去來兮,吾歸何處)〔《傅注》卷1〕

《別黃州》〔《合注》卷23〕

21. 元豐七年

《漁家傲》(千古龍蟠並虎踞)〔《傅注》卷3〕

《同王勝之游蔣山》〔《合注》卷24〕

22. 元祐三年(1088)

《西江月》(莫嘆平原落落)〔《傅注》卷2〕

《送錢穆父出守越州二首》〔《合注》卷30〕

23. 元祐五年(1090)

《點絳唇》(不用悲秋)〔《傅注》卷8〕

《次韻蘇伯固主簿重九》〔《合注》卷32〕

24. 元祐六年(1091)

《漁家傲》(送客歸來燈火盡)〔《傅注》卷3〕

---

① 這首詞,《傅注》卷6存目闕詞。

《送江公著知吉州》〔《合注》卷 33〕

25. 元祐六年

《浣溪沙》(陽羨姑蘇已買田)〔元本卷下〕①

《與葉淳老、侯敦夫、張秉道同相視新河,秉道有詩,次韻二首》〔《合注》卷 33〕

26. 元祐六年

《西江月》(公子眼花亂發)〔《傅注》卷 2〕

《西江月》(小院朱欄幾曲)〔《傅注》卷 2〕

《西江月》(怪此花枝怨泣)〔《傅注》卷 2〕

《次韻曹子方龍山真覺院瑞香花》〔《合注》卷 33〕

27. 元祐六年

《木蘭花令》(知君仙骨無寒暑)〔《傅注》卷 11〕

《虞美人》(歸心正似三春草)〔《傅注》卷 8〕

《次韻答馬中玉》〔《合注》卷 33〕

28. 元祐六年

《西江月》(昨夜扁舟京口)〔《傅注》卷 2〕

《和林子中待制》〔《合注》卷 33〕

29. 元祐七年(1092)

《青玉案》(三年枕上吳中路)〔《傅注》卷 12〕

《古別離送蘇伯固》〔《合注》卷 35〕②

30. 紹聖三年(1096)

《西江月》(玉骨那愁瘴霧)〔《傅注》卷 2〕

《悼朝雲》〔《合注》卷 40〕

以上,筆者舉出了 30 個例子。雖然數量不多,但是把兩

---

① 這首詞,《傅注》未收錄。
② 這首詩,以《生查子》的詞牌,也收在《傅注》卷 12。

者比較，我們就可以看出蘇軾對詞和詩的意識、態度的差別。
下面，選擇 3 和 13 兩個例子來，考察詞和詩的差別。

　　　碧山影裏小紅旗，儂是江南踏浪兒。拍手欲嘲山簡
醉，齊聲爭唱浪婆詞。　　　西興渡口帆初落，漁浦山頭日
未欹。儂欲送潮歌底曲，樽前還唱使君詩。（《瑞鷓鴣》）

　　　定知玉兔十分圓，已作霜風九月寒。奇語重門休上
鑰，夜潮留向月中看。
　　　萬人鼓譟懾吳儂，猶是浮江老阿童。欲識潮頭高幾
許，越山渾在浪花中。
　　　江邊身世兩悠悠，久與滄浪共白頭。造物亦知人易
老，故教江水向西流。
　　　吳兒生長狎濤淵，冒利輕生不自憐。東海若知明主
意，應教斥鹵變桑田。
　　　江神河伯兩醯雞，海若東來氣吐霓。安得夫差水犀
手，三千強弩射潮低。（《八月十五日看潮五絕》）

　　蘇軾於熙寧六年在杭州任通判。這六首作品都是他在當
年八月十五日於錢塘江觀潮時所作的。他的詞描寫弄潮兒和
觀眾的情態。就內容而言，前闋寫了拿着"小紅旗"弄潮的"踏
浪兒"、杭州太守陳襄的醉態、"齊聲"歌唱"浪婆詞"的觀眾之
樣子。後闋吟詠黃昏的時候，踏浪的帆船歸來，圍觀的人群唱
着"使君詩"（即陳襄的詩）送潮的情景。這首詞的視點集中在
"觀潮"時的風景和弄潮人以及觀眾的情態上（在作品中蘇軾
也是觀眾之一），而沒有寫出因爲潮水使自己產生的感懷。
　　他的詩則表達了由奔涌之潮而引發的思想情緒。第三、四、
五首絕句顯著地表述這種思想。第三首詩將波浪和自身相對照，

感嘆時間推移之迅速,作者認爲錢塘江的逆流是"造物"主所發的,象徵着時間的倒行。第四首詩有蘇軾的自注:"是時新有旨禁弄潮。"從這個自注來看,這首詩是因弄潮禁令而進行創作的。再者,這首詩被認爲是對神宗的誹謗,成爲蘇軾被囚御史臺之獄的證據之一①。對這第四首詩,即使不考慮是否對神宗進行了誹謗,但是蘇軾特地附加自注來看,也的確是針對神宗的政令而發的,在作品中寫到的是蘇軾因爲觀看弄潮而被激發出的感慨。第五首詩極寫潮流的強烈,同時也體現作者的思想、氣魄:激流使河伯江神變得像"醯鷄(一種小蟲)"一樣渺小;我希望得到"夫差"的驍勇水軍,教他們挽"三千强弩",將潮頭射低。這首詩裏所寫的潮是出現在蘇軾眼裏的潮,那裏同時也含有他自己的看法和感慨。把這一對詞和詩比較一下,可以看出,詞是以風景和人們的活動爲中心地進行吟詠的;而詩則直接叙述自己的氣概和對政令的看法,與詞的寫法構成形成了鮮明對照。

　　　　自古相從休務日,何妨低唱微吟。天垂雲重作春陰。坐中人半醉,簾外雪將深。　　聞道分司狂御史,紫雲無路追尋。淒風寒雨是駸駸。問囚長損氣,見鶴忽驚心。(《臨江仙·送李公恕》)

　　　　君才有如切玉刀,見之凜凜寒生毛。願隨壯士斬蛟

---

① 《烏臺詩案》云:"熙寧六年任杭州通判,因八月十五日觀潮作詩五首,寫在本州安濟亭上。前三首並無譏諷,至第四首本:'吳兒生長狎濤淵,冒利忘生不自憐。東海若知明主意,應教斥鹵變桑田。'蓋言弄潮之人,貪官中利物,致其間有溺而死者,故朝旨禁斷。軾謂主上好興水利,不知利少而害多。言'東海若知明主意,應教斥鹵變桑田',言此事之必不可成,譏諷朝廷水利之難成也。"監察御史舒亶《劄子》也云:"陛下興水利,則曰:'東海若知明主意,應教斥鹵變桑田。'"

屩,不願腰間纏錦繶。用違其才志不展,坐與胥吏同疲
勞。忽然眉上有黃氣,吾君漸欲收英髦。立談左右皆動
色,一語徑破千言牢。我頃分符在東武,脱略萬事惟嬉
遨。盡壞屏障通内外,仍呼騎曹爲馬曹。君爲使者見不
問,反更對飲持雙螯。酒酣箕坐語驚衆,雜以嘲諷窮詩
騷。世上小兒多忌諱,獨能容我真賢豪。爲我買田臨汶
水,逝將歸去誅蓬蒿。安能終老塵土下,俯仰隨人如桔
槔。(《送李公恕赴闕》)

這兩首作品是元豐元年正月蘇軾在徐州任官時,爲了送
別以京東轉運判官的身份被召入闕的李公恕而作的。雖然詞
和詩都吟詠送別之宴的情景,但是寫法並不一樣。詞是將酒
宴上的離情別緒隱藏在風景描寫之中。在詞裏,作者使用了
“天垂雲重作春陰”、“簾外雪將深”、“淒風寒雨是駸駸”等意象
來描寫當時的風景,同時借以暗示自己的心情。“分司狂御
史”用唐杜牧的典故(《本事詩·高逸》),蘇軾自比杜牧,將李
公恕比做李司徒。“紫雲”是指李公恕的歌女。最後兩句寫了
蘇軾當時的處境和心情。

雖然我們一看這首詞,就知道是在送別的酒席上所寫的,
但是跟詩相比,詞裏很少有蘇軾和李公恕在酒席上面對面交
談的描寫。詩則突出地描寫了酒席上的李公恕和與他相對的
作者,强有力地表示蘇軾的爲官態度和他的抱負。在詩裏,他
明確地表現了“我頃分符在東武,脱略萬事惟嬉遨。盡壞屏障
通内外,仍呼騎曹爲馬曹”那樣的官吏生活、“爲我買田臨汶
水,逝將歸去誅蓬蒿。安能終老塵土下,俯仰隨人如桔槔”那
樣的反抗精神。同時,又用“君才有如切玉刀,見之凜凜寒生
毛”、“立談左右皆動色,一語徑破千言牢”等語句來描寫李公
恕,用“願隨壯士斬蛟屩,不願腰間纏錦繶”的語句來表達了對

李公恕的心願。這首詩用兩人相對的寫法明晰而生動地描寫了送別雙方的形象，不是像詞那樣以風景意象描寫爲主、以人物作爲陪襯。詩直接地寫了蘇軾對李公恕所作的談話。

以上舉了兩個例子。詞附加"觀潮"、"送李公恕"等詞題，表示了作品的主題，所以我們能找到蘇軾同時同地所作的詩。但是把詞和詩的寫法作個比較，可以發現到即使連同時同地的作品也有很大的差別。總而言之，詞常常運用風景描寫，作者本身的形象和思想比較含蓄，詩則正相反。這種差別，在其他尚未舉例的作品之中也存在，這就是蘇軾對詞和詩的意識及態度的差別。

三

在上面第二節中，筆者把蘇軾同時同地創作的詞和詩作了比較，並闡明了兩者之間的差別。在本節裏，筆者想把創作時期不同、但主題一樣的詞和詩比較一下，考察蘇軾是否有意識地制造兩者的差別。這裏，先就以送別的作品爲例。

> 回首亂山橫。不見居人祇見城。誰似臨平山上塔，亭亭。迎客西來送客行。　　歸路晚風清。一枕初寒夢不成。今夜殘燈斜照處，熒熒。秋雨晴時淚不晴。（《南鄉子·送述古》，《傅注》卷4）

> 去年送君守解梁，今年送君守歷陽。年年送人作太守，坐受塵土堆胸腸。君家聯翩三將相，富貴未已今方將。鳳雛驥子生有種，毛骨往往傳諸郎。觀君崛鬱負奇表，便合劍珮趨明光。胡爲小郡屢奔走，征馬未解風帆張。我生本是便江海，忍耻未去猶徬徨。無言贈君有長

嘆,美哉河水空洋洋。(《送呂希道知和州》,《合注》卷 6)

這首詞是熙寧七年(1074)七月蘇軾擔任杭州通判時,送別離杭赴南都守的陳襄而作的。詩則是熙寧三年(1070)蘇軾在京師送別離京赴和州守的呂希道而作的。雖然兩者都是送別的作品,但是寫法並不一樣。

首先,我們看看《南鄉子》詞。熙寧七年七月,陳襄要從杭州赴任到南都。蘇軾跟他同行到臨平鎮,然後送別。這首詞是蘇軾在臨平鎮與陳襄分手的時候所作的。前闋在進行風景描寫的同時,也暗示了蘇軾的心情。他依依難捨地"回首",看見一片"亂山"。這個"亂"也表現了他心裏的"亂"。已經看不到杭州的人民,祇有"亭亭"的"臨平山上塔"。在這"誰似"的三句裏,含有一種蘇軾遺憾的心情:我不像"臨平山上塔"那樣能够長久送行陳襄。後闋通過風景描寫透露了作者的離情別緒。"晚風清"暗示陳襄去後的淒清心情,"夢不成"和"今夜殘燈斜照處,熒熒"的語句,表現蘇軾輾轉反側、思念陳襄的樣子。再者,把"秋雨晴"和"淚不晴"對照,暗示他不盡的悲哀,結尾餘韻不盡。《送呂希道知和州》則跟詞不同,列舉現實的狀況,並且直接地表達了蘇軾對呂希道的心願。詩中寫到呂希道"去年"到"解梁"去做官,"今年"又將去"歷陽"做官;呂希道出於呂蒙正、呂夷簡和呂公弼即"三將相"之名門,他本身承襲了優秀的血統,偶儻不凡。詩沒有使用風景意象,而是蘇軾向呂希道直接講述。下面,以詠物詩的作品爲例,再進行比較考察。

寒雀滿疏籬。爭抱寒柯看玉蕤。忽見客來花下坐,驚飛。踏散芳英落酒巵。　痛飲又能詩。坐客無氈醉不知。花謝酒闌春到也,離離。一點微酸已著枝。(《南鄉子·梅花詞和楊元素》,《傳注》卷 4)

怕愁貪睡獨開遲，自恐冰容不入時。故作小紅桃杏
色，尚餘孤瘦雪霜姿。寒心未肯隨春態，酒暈無端上玉
肌。詩老不知梅格在，更看綠葉與青枝。

雪裏開花卻是遲，何如獨占上春時。也知造物含深
意，故與施朱發妙姿。細雨裏殘千顆淚，輕寒瘦損一分
肌。不應便作夭桃杏，數點微酸已著枝。

幽人自恨探春遲，不見檀心未吐時。丹鼎奪胎那是
寶，玉人頩頰更多姿。抱叢暗蕊初含子，落盞穠香已透
肌。乞與徐熙畫新樣，竹間璀璨出斜枝。（《紅梅三首》，
《合注》卷 21）

這些作品都詠了梅花，但是寫法不同。詞雖然是“梅花
詞”，可是並沒有直説梅花，不是突出梅花來寫，而是經由周圍
的人和物來描寫梅花。其前闋是通過“寒雀”來吟梅花：“寒
雀”停在“寒柯”之上觀看“玉蕤”，“忽見客來”則“驚飛”，而踏
落點點“芳英”，散入“酒卮”中。這都是通過“寒雀”來寫梅花。
後闋既寫了在梅樹下“痛飲又能詩”的人們，也描寫春天來臨
時梅樹上結出的小小果子。這首詞雖然詠了梅花，但沒有出
現“梅”字。作者是通過梅樹周圍景物和人的活動的關聯來映
襯梅花之美。詩則以梅花本身爲中心，直接把它作爲描寫對
象。這裏不詳細説明詩裏所詠的內容，但是《紅梅三首》詩都
從頭到尾着重描寫梅花本身的姿態。

這個詠物的詞和詩之間的差別，和上述的送別之作有共
同性。即詩比詞更注重直接地描寫對象，有時還運用直接向
對象講述的手法。詞則是借描寫風景意象或人物活動來表現
對象。再者，這種差別和第二節所述的同時同地創作的詞和
詩之間的差別也是一致的。

在第二節和本節，筆者把蘇軾的詞和詩作了比較。從這

個考察可以看出,他的詩都是直接地吟詠主題,在有些作品中,作者本身的形象很鮮明。他的詞比起詩來説,不是直接地吟詠主題,而是着重於風景意象描寫。

四

一般認爲蘇軾實現了"詞和詩的一體化",他的詞比起他以前的作品來看,擴大了主題,有理論性,正如詩一般。但是正如第二節和第三節論述的那樣,把他的詞和詩作了比較,我們可以看出兩者各有不同的品格。就詞來説,其創作手法並不是那麽特別新奇的,還是承襲蘇軾以前的傳統的。因爲從唐代到北宋,詞的創作一直是運用着上述那樣的手法①。雖然還要一首一首詳細地考察,但是總的來説,蘇軾的"詞和詩的一體化",主要是"主題的一體化",他的詞和他以前的詞之間的主要差異,如果以一言而説,是主題的不同。那是因爲如果僅僅吟詠閨怨或戀愛的主題,一般不需要出許多議論和具備一定的理論主張,但是當主題涉及到人生觀、説理、懷古、官場和送別等等時,詞的表現手法當然就接近詩(這些主題本來屬於詩的領域)。不過,就蘇軾的作詞態度來説,依然沿用舊例,着重於風景意象描寫。

日本橫山伊勢雄先生曾經指出:蘇軾並沒有積極地改革詞,他的詞接近於詩的結果,祇是偶然的②。但是筆者不同意這種看法。那是因爲主題、題材是作品的根本,作者想用從來沒被歌詠過的主題而作詞時,並不會始終停留在無意之間。

---

① 從唐末到北宋,《花間集》、李煜、馮延巳、晏殊、晏幾道、柳永等人的詞風占了主流。

② 參看橫山伊勢雄《東坡詞論考——作詞背景及作品之分析》(《國文學漢文學論叢》18,1973 年)。

　　那麼,蘇軾基於什麼目的對詞的主題、題材進行擴大呢?
筆者以爲那裏存有兩個出發點。其一是學術界一般的看法,
即他立意打破詞的僵局。在唐五代,占了詞的主流是以閨怨
或戀愛爲主題、以小令形式爲主的作品。到了北宋,這種作風
陷入僵局,其表現爲視野狹窄、千篇一律。在蘇軾之前,柳永
曾爲此作過努力,開始使用新的形式(慢詞)和新的主題題材
(如"羈旅")來作詞了。蘇軾則要通過擴大主題,從而打破僵
局。其二是出於蘇軾本身的文學觀,實際上這個基點更爲重
要。他的文學觀在他的文章裏有比較顯明的表現。例如《南
行前集叙》裏有云:

　　　　夫昔之爲文者,非能爲之爲工,乃不能不爲之爲工
　　也。山川之有雲霧,草木之有華實,充滿勃鬱,而見於外,
　　夫雖欲無有,其可得耶。自少聞家君之論文,以爲古之聖
　　人有所不能自已而作者。故軾與弟轍爲文至多,而未嘗
　　敢有作文之意。(《蘇軾文集》卷 10)

《自評文》裏也有云:

　　　　吾文如萬斛泉源,不擇地皆可出,在平地滔滔汩汩,
　　雖一日千里無難。及其與山石曲折,隨物賦形,而不可知
　　也。所可知者,常行於所當行,常止於不可不止,如是而
　　已矣。其他雖吾亦不能知也。(同前卷 66)

　　他在文學作品創作之上,確實實踐了這個文學觀。他的
詩和散文比之唐代,在主題和題材的範圍上都有擴大①。同
樣,他也通過擴大詞的主題、題材的範圍改革了詞,常常在相
同的主題、題材之下分別創作出詞和詩。這表明蘇軾是有意

---

① 　參看王水照《蘇軾》(上海古籍出版社,1981 年)。

使詞接近詩，並且拆除詞和詩之間的界限的。

五

在本節裏，筆者想考究在蘇軾的詞裏没有出現而在詩裏出現的事件，以及詞對蘇軾來説是具有什麽意義的文學。

考察蘇詞之前，先概觀一下他詩裏所寫的内容之特點。蘇軾的詩裏常常表現出他的人生觀：那是根據循環論的，他對所有的事情都不拘泥，他的内心没有被悲哀感所籠罩，相反卻揚棄悲哀，用宏觀的觀點去看待人生①。這種人生觀貫穿了他的一生，在任何窘境下都没有改變。蘇軾的詞裏也表現了這種思想②。但是在他的詞裏還存在着另一種與上述思想相左的心情。這種心情常常在風景意象中表現出來。在這裏，筆者擬對蘇軾被貶黄州時所作的詞和詩進行考察。之所以選擇這一時期的作品進行考察，第一是由於人們在困境中會對自己的人生觀和生活道路進行深刻反省，他也不例外；第二是因爲從來考察他的詩裏所表現的人生觀之時，也常常以這個時期的作品爲對象的③。

> 世事一場大夢，人生幾度新涼。夜來風葉已鳴廊。看取眉頭鬢上。　　酒賤常嫌客少，月明多被雲妨。中秋誰與共孤光。把酒淒然北望。（《西江月·中秋和子由》，

---

① 參看日本山本和義《蘇軾》（築摩書房，《中國詩人文選》19，1971 年），小川環樹《蘇軾》（岩波書店，《中國詩人選集》二集 5，1962 年）上·序論，吉川幸次郎《宋詩概説》（岩波書店，《中國詩人選集》二集 1，1962 年）第三章第三節。

② 參看《曹注》的《蘇東坡詞序論》第一章第七節。

③ 參看上舉的山本和義、小川環樹、吉川幸次郎等著作。

《傳注》卷 2)

這首詞是元豐三年(1080)中秋時創作的①。其開頭部分所寫的“世事一場大夢”,就是宏觀的人生觀,跟他詩裏常常現出的思想有共同性。但是後闋卻表現了一種與此相反的心情:作者悲嘆無人來訪,自比月亮,表達了命運多舛的苦惱,最後抒發中秋時的孤獨感。蘇軾在這首詞前闋裏主張一個人生觀:人生如“大夢”一般。那麽,人即使遭遇困難,那衹不過是“大夢”中的事件,也不應該陷於悲哀裏。但是這首詞後闋所寫的内容,和這種人生觀是有矛盾的。蘇軾在前闋表示自己的人生觀,然而在後闋裏卻表現與其人生觀相反的心情。

詞的邏輯性比詩弱,而且詞以情爲主。蘇軾雖然具有堅定的意念,但有時候也沉浸在悲哀中。那時,他使用這種以情爲主的詞來吐露了與自己人生觀矛盾的心情。在下面,試舉一首同一時期的詩作個比較。

> 我生天地間,一蟻寄大磨。區區欲右行,不救風輪左。雖云走仁義,未免違寒餓。劍米有危炊,針氈無穩坐。豈無佳山水,借眼風雨過。歸田不待老,勇決凡幾個。幸兹廢棄餘,疲馬解鞍馱。全家占江驛,絶境天爲破。飢貧相乘除,未見可弔賀。澹然無憂樂,苦語不成些。(《遷居臨皋亭》,《合注》卷 20)

這首詩顯著地表現蘇軾的人生觀。日本吉川幸次郎先生曾明確地指出:

蘇軾所説的人生糾纏如“飢貧相乘除”是一種循環的哲

---

① 《校注》認爲這首詞是紹聖四年(1097)在儋州所作的(中册,第 798 頁)。這首詞顯示蘇軾詞的特點,所以如果作於紹聖四年,也值得言及。

學,由於時間推移而排除了絕對性。這可能基於《易》。……
在"幸兹廢棄餘"一句,蘇東坡把常人以爲不幸的流放視作幸
福。這種思想源於《莊子‧齊物》中所述的哲學,即萬物的一
切差別都是相對的。這是從宏觀上把相對的差異歸爲齊一的
哲學,在價值的序列中被絕對性地廢除和揚棄①。

　　蘇軾在詩中説,被貶黃州也不是什麼"不幸",也不是什麼
悲哀的事件。但他在黃州時所作的詞,卻抒發了不合於他自
己人生觀的悲哀感情。這非但不是吉川先生所説的"廢除、揚
棄",甚至可以説是"沉入"於悲哀。下面,再舉一首例子:

　　　　缺月掛疏桐,漏斷人初静。誰見幽人獨往來,縹緲孤
　　鴻影。　　　驚起卻回頭,有恨無人省。揀盡寒枝不肯棲,
　　寂寞沙洲冷。(《卜算子‧黃州定惠院寓居作》,《傅
　　注》卷 12)

　　這首詞是元豐三年(1080)創作的。蘇軾自身的形象沒有
在作品中展現。但是"幽人"和"孤鴻"都是他自身的象徵。作
品内容充滿着凄涼感,用"缺"、"疏"、"斷"、"静"、"幽"、"獨"、
"縹緲"、"孤"、"寒"、"寂寞"、"冷"等字,襯托出隱藏在風景意
象中的悲哀感情。他是"幽"、"獨"的,即使"回頭"也"無人
省",没有人理解他。這首詞吟詠了他被貶謫黃州之時的
悲哀。

　　在表現人生思想的詩裏,蘇軾是泰然自若地以宏觀的視
點看待人生的。但是在詞裏,他卻不時陷入人生的悲哀,不再
是泰然自若的。蘇軾也是一個普通的人,即使有了堅定的人
生觀,無可奈何的悲傷也時有發生。詞能够表現以情爲主的

――――――――――

① 　參看《宋詩概説》第138頁。原文是日文,筆者翻譯爲中文。

形象世界。所以他心懷悲傷的時候,特地把這種不合於自己人生觀的心情,運用"詞"這種以情爲主的文學樣式,詠在風景意象中①。

再者,蘇軾有一首對亡妻王氏的悼亡詞《江神子》("十年生死兩茫茫",《傅注》卷6),但是没有王氏的悼亡詩②。這是因爲悼亡的主題是不能够以理性囊括的個人感懷。這種悼亡的主題,在蘇軾以前屬於詩的範疇,他卻在詞裏歌詠這種主題。這種情況,筆者認爲與上述的詞的特點有密切的關係。總而言之,蘇軾認爲,對以情爲主的主題,不應用詩吟詠而應以詞來表現。所以他在詞中抒發了悲哀感情。

六

以上,筆者以詩爲對比來考察了蘇軾詞的特點。他的詞,一方面表現從來屬於詩的範疇的主題、題材,一方面繼承了他以前的作詞手法。再者,詞有時也表現詩裏没有出現的作者自身的形象。那就是陷於人生悲哀的形象。對蘇軾,詞是表現不能够以他的哲學包括的心情之文學樣式。

過去,研究者在考察蘇軾的人生觀之時,大都依據傳統文學"詩文"進行論述。但是祇有進一步考察以形象和風景意象爲主的新興文學"詞"裏所出現的觀點,纔能够弄清他的思想之全貌。所以,爲了全面地認識蘇軾的思想,我們應該更深入地考察在他的詞裏所表現的人生觀。

---

① 蘇軾詞的這種特點,在陸游的作品裏也可以看到。參看日本田森襄《詩人和詞——白居易和陸游的場合》(《埼玉大學紀要》,1966年)。
② 村上哲見《宋詞研究》下篇附考五其二(三),也提出了"悼亡"的主題之問題。

"避謗詩尋醫"

——蘇軾關於超然臺的詞和詩

一

　　北宋熙寧七年(1074)，蘇軾從杭州通判調到知密州。他到密州時已是那年的年末。密州跟杭州比起來，是屬於比較偏僻的地方。還有，他到任之時，農作物已有多年的歉收，盜賊橫行，訴訟案件積壓。他一到任當地，就因公務而忙得不可開交。並且，他當時身體不太好。密州此任地，就蘇軾說來，雖然離蘇轍的任地濟南不遠，但是在職務方面不論精神和肉體上都要費力。因此，跟杭州比起來，他在密州進行文學創作的時間較少。事實上，他在密州的第一年(從上任到熙寧八年年末)祇作了54首詩和6首詞①。但是在知密州的第二年(熙寧九年)，蘇軾漸漸能夠保持從容鎮靜的心情，並且找到了自己的樂趣。那就是修改一座位於官舍院北面的廢臺，在那裏與友人欣賞風景，放鬆精神。《超然臺記》云：

　　　　處之期年，而貌加豐，髮之白者，日以反黑。余既樂
　　其風俗之淳，而其吏民亦安予之拙也。於是治其園圃，潔

---

① 蘇軾在杭州的三年間，寫了320首詩和40首詞，平均每年作了一百多首詩和十幾首詞。

其庭宇，伐安丘高密之木，以修補破敗，爲苟完之計。而
園之北，因城以爲臺者舊矣，稍葺而新之。時相與登覽，
放意肆志焉。(《蘇軾文集》卷 11)

"處之期年，而貌加豐，髮之白者，日以反黑"，這個表現雖
然不能完全相信，但是我們可以理解並證實當時蘇軾已經保
持從容鎮靜的心情了。蘇軾到密州一年之後，找到了可以讓
自己放鬆精神的地方。他弟弟蘇轍聽到這件事，寫了一篇《超
然臺賦》寄給蘇軾，命這個臺爲"超然臺"。"超然"意味着不被
外物所累。蘇軾很喜歡"超然臺"這一名稱，不但寫了《超然臺
記》來宣揚自我超然的人生態度，並且也要求張末等人寫作
《超然臺賦》①，他自己更親謄《超然臺記》送給李清臣②。

如《超然臺記》裏所寫的那樣，蘇軾在密州的第二年，開始
能够保持從容鎮靜的心情。他在超然臺上放鬆精神、欣賞風
景、與友人歡飲。超然臺，對蘇軾説來是一個適合於創作文學
的地方。那麽，超然臺整修完成之後的一年(就是熙寧九年)，
他寫作詩詞應該比前一年多。熙寧九年蘇軾作了 11 首詞，比
前一年多，而且其中有 5 首是在超然臺所作的，這正表示熙寧
九年超然臺成了作詞的主要地方。但是這一年他寫作的詩祇
有 65 首，這 65 首之中含有 30 首組詩《和文與可洋川園池三
十首》，種類反比前一年少。並且這些詩中與超然臺有關的，
祇有《和潞公超然臺次韻》、《七月五日二首》和《和魯人孔周翰
題詩二首》，跟詞的作品數比起來少了很多。另外，這些在超
然臺所作的詩，抒發了悲哀之情、孤獨之感，充滿着寂寞的氣
氛，我們看不出是主張超然的人所作的。蘇軾在關於超然臺

---

① 這件事見於張末《超然臺賦》的《序》。文同也有《超然臺賦》。
② 這件事見於《烏臺詩案》《供狀》"與李清臣寫《超然臺記》並詩"。

的詩和詞之間爲何有如此差異呢？本文想要考察這一問題而
追求其原因。

二

超然臺建成以後,蘇軾最早所作的與超然臺有關的詩詞,
是熙寧九年(1076)晚春所作的《望江南》詞("春未老")。此後
不久,又作了一首《望江南》詞("春已老")。他在超然臺上首
先不是作詩而是作詞。

> 春未老,風細柳斜斜。試上超然臺上看,半壕春水一
城花。煙雨暗千家。　　　寒食後,酒醒卻咨嗟。休對故
人思故國,且將新火試新茶。詩酒趁年華。(《望江南·
超然臺作》,《傳注》卷 12)

這首詞前闋描寫晚春的風景:輕輕吹拂的春風、隨風搖曳
的柳枝。蘇軾被它們吸引,登上超然臺。在超然臺上看見的
是半壕春水、滿城鮮花和籠罩千家萬户的煙雨。後闋吟詠在
異鄉迎接清明節的寂寞之感和試以"新茶"、"詩酒"來解除寂
寞之感。

這首詞是蘇軾被春光觸動而登上超然臺時所作的,雖寫
異鄉過清明的寂寞,但是如王水照老師所説"結尾寫聊以詩酒
新茶自娱自解,暗與臺名呼應"①那樣,同時也抒發了他想要
消除寂寞的心境。還有,這首詞兩次使用"超然臺"的名字,也
值得注意。詞題裏既云"超然臺作",正文也云"試上超然臺上
看"。這表明蘇軾很喜歡蘇轍所命名的"超然臺"之名而特地

---

① 《蘇軾詩詞選注》(臺灣建宏出版社,1996 年)第 203 頁。

將它用在詞裏。

下面，我們看看《望江南》詞（"春已老"）：

> 春已老，春服幾時成。曲水浪低蕉葉穩，舞雩風軟紵羅輕。酣歌樂升平。　　微雨過，何處不催耕。百舌無言桃李盡，柘林深處鵓鴣鳴。春色屬蕪菁。（《望江南》，《傅注》卷 12）

這首詞比前一首《望江南》（"春未老"），更接近超然的境地。前闋檃括《論語·先進》："莫春者春服既成，冠者五六人，童子六七人，浴乎沂，風乎舞雩，詠而歸。"這是曾皙針對孔子的"如或知爾，則何以哉"的問題而作的回答。曾皙對於孔子有關於政治上的問題，徹底地以興趣的觀點來回答。這正是"超然"的態度。蘇軾借曾皙的説法，在超然臺上吟詠當時的心境。雖然"春服幾時成"一句，發泄對於自我處境的不滿，但是這首詞是表示要使自我達到曾皙的那種境界。《論語》所要説的是"即使旁人要認知我，也不須特別振奮，我是我"。蘇軾反過來説："即使他人不認知我，亦不用嘆惋。"蘇軾用《論語》而想申説的真意正在這裏。他想説的是，不論在什麼樣的權力體系中，不論被派到什麼地方任職，都能找到自我的樂趣而超然地生活。這首詞正合乎《超然臺記》的内容，是他表現超然的人生態度的作品。

超然臺建成之後，最早作的詩是《和潞公超然臺次韻》：

> 我公厭富貴，常苦勳業尋。相期赤松子，永望白雲岑。清風出談笑，萬竅爲號吟。吟成超然詩，洗我蓬之心。嗟我本何人，麋鹿强冠襟。身微空志大，交淺屢言深。囑公如得謝，呼我幸寄音。但恐酒錢盡，煩公揮橐金。（《合注》卷 14）

　　根據《總案》，這首詩是熙寧九年四月所作，比上面提到的兩首《望江南》詞寫得晚一點。這首詩的確是與超然臺有關的，不過從詩題可知的那樣，是對潞公（文彥博）寄給蘇軾的《寄題密州超然臺》的奉和詩，不是登覽超然臺之作，這首詩所寫爲不即不離之事。

　　蘇軾熙寧九年七月作《七月五日二首》（《合集》卷 14）。這首詩，從其二的"何處覓新秋，蕭然北臺上"兩句可以看出，是在超然臺所作的。《總案》卷 14（熙寧九年）也云："七月五日登超然臺，答趙成伯和詩。""趙成伯"是當時的密州通判。就是說，《七月五日二首》是最早的超然臺登覽之詩。

　　《七月五日二首》其一云：

> 避謗詩尋醫，畏病酒入務。蕭條北窗下，長日誰與度。今年苦炎熱，草木困薰煮。況我早衰人，幽居氣如縷。秋來有佳興，秫稻已含露。還復此微吟，往和糟牀注。

　　這首詩的開頭兩句"避謗詩尋醫，畏病酒入務"，意思是"我因爲避免人們的誹謗，所以不敢作詩。因爲擔心身體健康，所以戒酒①。蘇軾當時在其他詩裏也寫了他"不能飲"的事②，所以我們容易理解"畏病酒入務"。值得注目的是"避謗詩尋醫"一句。從這一句，可見蘇軾當時因爲他的詩引起了物議，所以暫不敢作詩。這首詩的第三句到第八句，承開頭兩句而吟詠不作詩、不飲酒的無聊日子和夏天的酷熱難受。從這

---

① 　王註師曰："'詩尋醫'謂不作詩也。'酒入務'謂止酒不飲也。"

② 　例如，熙寧九年春天所作的《立春日病中邀安國仍請率禹功同來，僕雖不能飲，當請成伯主會，某當杖策倚几於其間，觀諸公醉笑以撥滯悶也二首》（《合注》卷 14）。

六句的内容,可見蘇軾擔心物議而決心暫不作詩的時間是當
年夏天之前,就是熙寧九年春天。換言之,熙寧九年年初蘇軾
的詩引起了物議。其實他在熙寧九年春天和夏天不一定是一
首詩也不作。根據《總案》,雖然作詩不多,但是夏天他作了十
幾首。可是從《七月五日二首》其一所寫的内容來看,熙寧九
年年初他的詩確實引起物議。

　　熙寧九年夏天蘇軾所寫的十幾首詩裏,雖然有如《薄薄酒
二首》(《合注》卷14)那樣主張“齊物論”之詩①,但是也有一首
與“避謗詩尋醫”的内容相類之作品,那就是六月所作的《和趙
郎中捕蝗見寄次韻》(《合注》卷14)。這首詩凡二十四句,在
這裏引用最後八句:

　　　　平生輕妄庸,熟視笑魏勃。愛君有逸氣,詩壇專斬
　　伐。民病何時休,吏職不可越。慎毋及世事,向空書
　　咄咄。

　　魏勃,漢初人。這裏表示平庸凡劣的人。《漢書》卷38
《高五王傳》云:

　　　　灌嬰在滎陽,聞魏勃本教齊王反,既誅吕氏,罷齊兵,
　　使使召責問魏勃。勃曰:“失火之家,豈暇先言丈人後救
　　火乎!”因退立,股戰而栗。……灌將軍孰視,笑曰:“人謂
　　魏勃勇,妄庸人耳,何能爲乎!”

　　蘇軾在這最後八句裏想説的是:“你平常看不起和嘲笑平
庸凡劣的人,我喜歡你能在詩壇隨心所欲打敗對方。不知人
民的辛苦何時纔能結束,但是我們身爲一個下級官吏,不可以
超過本分,千萬不要寫作涉及世事之詩,最好如殷浩那樣,祇

---

①　這首詩也收在《烏臺詩案》“與王詵往來詩賦”。

向天空用手指書寫'咄咄怪事'。"蘇軾勸趙成伯説即使看到人民的困苦,也要"慎毋及世事"。這正是對趙成伯的强烈語氣所作的忠告。

蘇軾在杭州通判之時,作了幾首提到時事之詩,他從杭州赴密州任的路上,作了一首《沁園春》詞(《傅注》卷 11),其後闋裏有云:

> 有筆頭千字,胸中萬卷,致君堯舜,此事何難。用捨由時,行藏在我,袖手何妨閑看。

從這個作品可見,蘇軾在詞裏也提到對世事祇好袖手旁觀。他向來看到人民的困苦,便將它寫在詩裏。但《和趙郎中捕蝗見寄次韻》詩裏卻云:"民病何時休,吏職不可越。慎無及世事,向空書咄咄。"蘇軾爲何用這樣强烈語氣來忠告趙成伯呢?那一定是因爲他當時由於"物議"而處於困境。當時蘇軾寫作言及到朝政的詩而引起了物議,所以很怕趙成伯也會吃到與自己相同的苦頭。他如此强烈地勸告趙的原因在這裏。那麽,那件"物議"是什麽事件?

蘇軾在元豐二年下了烏臺之獄。那時候蘇轍爲他給神宗獻上《爲兄軾下獄上書》(《欒城集》卷 35)。其中有如下的記述:

> 頃年通判杭州及知密州日,每遭物托興,作爲歌詩,語或輕發。向者曾經臣寮繳進,陛下置而不問。軾感荷恩貸,自此深自悔咎,不敢復有所爲。但其舊詩已自傳播。

從這一記述,可以看出以下的三件事。第一,在烏臺詩案之前,也有人認爲蘇軾在"通判杭州及知密州日"所作的詩裏有問題,曾給神宗上奏。第二,但這上奏,由於神宗"置而不問"，所以不了了之。第三，雖然蘇軾此後不再作這類詩，但是他以前所作的詩篇卻自然地流傳開了。

關於"曾經臣寮繳進"的具體内容，《宋史·蘇軾傳》和《續資治通鑑長編》裏找不到有關的記述。但是蘇轍給蘇軾請求免死之時，不可能寫不真實的事。那麽，烏臺詩案之前，蘇軾的詩肯定已遭物議。

《爲兄軾下獄上書》裏没寫何人何時上奏，有筆記説是沈括，不知確否。但是上奏的時間，可以認爲在蘇軾擔任知密州之後、擔任知徐州之前。因爲是《爲兄軾下獄上書》裏祇寫有"通判杭州及知密州日"。假如這件事在蘇軾"通判杭州"之時發生的話，就不應該會寫"知密州"。假如在知徐州以後過一些時間發生的話，就應該也有"知徐州"三字(因爲《烏臺詩案》收錄有不少在徐州所作的作品)。還有，從"軾感荷恩貸，自此深自悔咎，不敢復有所爲。但其舊詩已自傳播"的數句，可見從有了這上奏之後到蘇軾元豐二年在湖州被捕之前，有一段時間。

這些從《爲兄軾下獄上書》可以看出的事情，在時間上都正適上述的熙寧九年年初起的"物議"。這時他就任知密州後已過一年，並且從熙寧九年年初到元豐二年七月被捕之間，有三年半的時間。還有一個資料能將這兩件事件結合起來，那就是熙寧十年蘇軾被拒絶入開封的事件。

熙寧九年十一月，蘇軾奉命調往河中府，年末離開密州。他原想在赴河中府之前順路去開封。但在途經陳橋驛時，又被命改徐州，"有旨不許入國門，寓城外范蜀公園"①。蘇轍《寄范丈景仁》詩(《欒城集》卷8)記這件事云：

> 我兄東來自東武，走馬出見黄河濱。及門卻遣不得

———————————————————

① 施宿《東坡先生年譜》熙寧十年的記述。

入，回顧欲去行無人。

　　從蘇轍的詩可以看出，蘇軾不是事前知道不可以入城，而是到城門卻吃了閉門羹。雖然蘇轍的詩可能有點誇大，但是被拒絕入城並不是平常之事。關於這次被拒入城的事件，也沒有另外說明其原因的資料。但很可能是因為當時還殘留着前一年起的"物議"的影響，所以蘇軾被拒絕進入開封。

　　關於這"物議"發生的時間，日本內山精也先生也考察而云："可能是蘇軾離開密州以後的一兩年之間。"[①]但是筆者不同意內山先生的意見。

三

　　蘇軾在《七月五日二首》其一說當時他的詩引起物議，不敢作詩。那麼，這《七月五日二首》，說來卻是他違背"禁作詩的誓約"而作的。

　　《七月五日二首》其二描寫了秋天的光景：

> 何處覓新秋，蕭然北臺上。秋來未云幾，風日已清亮。雲間聳孤翠，林表浮遠漲。新棗漸堪剝，晚瓜猶可餉。西風送落日，萬竅含悽愴。念當急行樂，白髮不汝放。

　　蘇軾最初吟詠超然臺的詩，有如上述，是《和潞公超然臺次韻》。但是《和潞公超然臺次韻》不是超然臺登覽之作。這

---

① 　內山精也先生也認為，蘇軾熙寧十年被拒絕進入開封的原因是蘇轍在《為兄軾下獄上書》提到的詩禍之影響[《東坡烏臺詩案考(上)》，《橄欖》7號，1998年]。

《七月五日二首》則是他登上超然臺之時,深感秋氣來臨而作,事實上就是超然臺建成之後現存最早的登覽詩。超然臺建成是熙寧八年年末。那麼,"七月五日"則已過半年多了。從《超然臺記》的"雨雪之朝,風月之夕,余未嘗不在"來看,蘇軾到"七月五日"纔作第一首超然臺登覽的詩顯然是寫得太晚了。如上所述,他熙寧九年春天早已寫了兩首超然臺登覽之詞《望江南》。那麼,他爲何到秋天"七月五日"纔作超然臺登覽之詩呢? 筆者認爲,這與"物議"有關係。

蘇軾的詩引起"物議"的是熙寧九年年初。但是這一年所作的詩裏,祇有一篇《七月五日二首》詩提到此"物議"。不過《七月五日二首》以前,他也一定有機會在詩裏提到這件事。因爲熙寧九年夏天,他寫作了十幾首詩。但是那些詩裏沒有吟詠他不敢作詩的事情。祇有《和趙郎中捕蝗見寄次韻》裏不直接地説"慎毋及世事"而已。這《和趙郎中捕蝗見寄次韻》,如詩題所説的那樣,是和趙成伯的詩。《七月五日二首》也如《總案》所云,是"七月五日登超然臺答趙成伯和詩"。蘇軾熙寧九年夏天六月送了趙成伯一首詩,但是沒有直接地提到"物議"。他秋天七月又送了趙成伯《七月五日二首》,纔説到因爲避免人們的誹謗,所以在這個夏天不敢作詩。蘇軾假如要將這"物議"説給趙成伯的話,應該寫在六月送給趙成伯的《和趙郎中捕蝗見寄次韻》裏,而是在《七月五日二首》裏纔説到自己不敢作詩,這種時序顛倒,是頗不自然的。我們可以理解這並不是偶然的,而蘇軾有意地在《七月五日二首》裏表現"物議"而云:"避謗詩尋醫。"

蘇軾特意想將"避謗"詠進《七月五日二首》,那一定有他的理由。《七月五日二首》與其他的詩之間,有什麼不一樣呢?那祇有一點,就是最早所作的登覽超然臺之詩。

　　熙寧九年蘇軾盡量不作詩。他在超然臺建成以後過了半年多的秋天七月，纔作登覽超然臺的詩。那麼，我們可以認爲蘇軾特别是不敢作超然臺登覽詩，所以一直到七月五日纔寫這首詩。反過來説，蘇軾假如作了超然臺登覽詩，就會被人誹謗。換言之，作了超然臺登覽詩，就一定會提到朝政。那麼，超然臺登覽詩爲何一定會提到朝政呢？爲了考察這個問題，先看看另外一篇超然臺登覽詩《和魯人孔周翰題詩二首》（《合注》卷 14）。

　　詩有《引》云：

　　　　孔周翰嘗爲仙源令，中秋夜以事留於東武官舍中，時陳君宗古、任君建中皆在郡。其後十七年中秋，周翰持節過郡，而二君已亡。感時懷舊，留詩於壁。又其後五年中秋，軾與客飲於超然臺上，聞周翰乞此郡。客有誦其詩者。乃次其韻二篇，以爲他日一笑。

　　據《引》文，這首詩是熙寧九年八月十五日在超然臺舉行的酒筵上所作的。詩云：

　　　　壞壁題詩已五年，故人風物兩依然。定知來歲中秋月，又照先生枕麴眠。

　　　　更邀明月説明年，記取孤吟孟浩然。此去宦遊如傳舍，揀枝驚鵲幾時眠。

　　在第二首中，蘇軾設想明年自己的事情。他要對孔周翰説千萬不要忘記像孟浩然一樣孤獨吟詩的自己。他深感今後的仕官生活，像寄宿旅舍一般，祇是短暫停留而已，悲嘆而説："不知到何時纔能過安定的生活？"蘇軾將當時的苦惱、不滿和驚懼（"揀枝驚鵲幾時眠"），用强烈的口吻告訴了孔周翰。

　　這首詩是超然臺上招待客人時所作的。"超然"不受外物的影響之境界，當時舉行酒筵的地方就是"超然臺"。但是這首詩裏所詠的內容並不是"超然"的境界，悲哀之情卻充滿了字裏行間。超然臺登覽詩爲何如此充滿苦惱、驚懼、悲哀之情呢？"孤吟孟浩然"是指蘇軾自我而言的。蘇軾爲何自比爲孟浩然呢？

　　根據《唐摭言》（卷 11），孟浩然曾經謁見玄宗皇帝時，寫了一首《歲暮歸南山》詩："北闕休上書，南山歸弊廬。不才明主棄，多病故人疏。"玄宗"聞之，憮然曰：'朕未嘗棄人，自是卿不求進，奈何有此作？'因命放歸南山，終身不仕。"

　　蘇軾在熙寧七年秋天所寫的《梅聖俞詩中有毛長官者，今於潛令國華也。聖俞歿十五年而君猶爲令，捕蝗至其邑作詩戲之》詩（《合注》卷 12）裏也有"不願君爲孟浩然，卻遭明主放還山"兩句，可以看出蘇軾知道孟浩然詩曾經引起人主不滿。

　　蘇軾當時怕引起物議，自比孟浩然，就當時的蘇軾來說，是最精確的自我表現。反過來說，因爲他的詩當時引起物議，所以他特意自比孟浩然。還有，《和魯人孔周翰題詩二首》其二云"揀枝驚鵲幾時眠"，這"驚鵲"也是指蘇軾自己。

　　《和魯人孔周翰題詩二首》充滿着苦惱、不滿之情，但是熙寧九年所作的其他詩裏沒有如此的內容。蘇軾爲何在這《和魯人孔周翰題詩二首》中特意抒發這種感慨呢？"超然"象徵他當時的人生態度。那就是《超然臺記》的"余之無所往而不樂者，蓋遊於物之外"的姿勢。但是筆者認爲，蘇軾之所以要特意申明"超然"而寫《超然臺記》，是因爲備受壓迫。關於《超然臺記》，日本清水茂先生云：

　　　《超然臺記》是表面上好像以"齊物"思想來解除自我

　　的不滿，其實是將當時他懷有的不滿而大發牢騷的①。

　　換言之，極壞的處境產生出超然的思想，蘇軾爲了闖過逆境而將超然的思想做爲精神支柱。超然與苦惱、不滿之情，可以説是一體兩面。《和魯人孔周翰題詩二首》是熙寧九年八月十五日作的，離寫《超然臺記》已過八個月多。但是蘇軾還在那首詩裏自比孟浩然而申訴孤獨，悲嘆不遇。就是説，他當時還不能以超然的思想來解除苦惱，所以在《和魯人孔周翰題詩二首》裏予以抒發。

　　蘇軾當時還不能以超然的思想來消解不滿、苦惱，並且超然的思想與苦惱、不滿之情是一體兩面。那麼，假如蘇軾在超然臺上抒發了當時的感慨，他的筆就會因爲特意想超然，反而不知不覺地抒發出與超然相反的内在的失意、不滿、苦惱之情。《和魯人孔周翰題詩二首》其二正是這一内層的表現，心裏的苦惱與不滿，在字面上顯現出來。但是蘇軾當時被捲進物議的旋渦之中，不能寫作這樣的詩，應該要避開。因爲假如他作詩而吟詠當時懷有的不滿之情，他的嫌疑就會加深，情況會更嚴重。他怕事態惡化，所以不敢寫作很有可能吟詠懷才不遇的超然臺之詩。所以他一直到秋天七月，纔寫了超然臺登覽之詩《七月五日二首》。蘇軾雖然自覺地戒寫超然臺登覽之詩，但是"七月五日"還是被秋天的爽氣觸發而上了超然臺，終於作詩了。所以這首詩開頭一句就云"避謗詩尋醫"，説明從來没有寫作超然臺登覽之詩的理由。《七月五日二首》的詩題，乍一看來，祇寫日期，有唐突的印象，其實是他特别强調這個日子，因爲這天他背違了在超然臺不作詩的自戒。

────────────

① 《唐宋八家文》4（朝日新聞社，1979 年）第 51 頁。所引的句子，原爲日　文，筆者譯爲中文。

四

　　蘇軾在超然臺上作《和魯人孔周翰題詩二首》的那一天，還作了一首詞。那就是膾炙人口的《水調歌頭·丙辰中秋，歡飲達旦，大醉。作此篇兼懷子由》。

> 　　明月幾時有，把酒問青天。不知天上宮闕，今夕是何年。我欲乘風歸去，唯恐瓊樓玉宇，高處不勝寒。起舞弄清影，何似在人間。　　　　轉朱閣，低綺戶，照無眠。不應有恨，何事長向別時圓。人有悲歡離合，月有陰晴圓缺，此事古難全。但願人長久，千里共嬋娟。（《傳注》卷1）

　　這首詞如詞序所寫的那樣，是熙寧九年"丙辰"八月十五日"中秋"所作的。《水調歌頭》是中秋詞的杰作，已有很多注釋。所以在這裏祇需講講"何似在人間"與"人有悲歡離合，月有陰晴圓缺，此事古難全。但願人長久，千里共嬋娟"。

　　蘇軾緬懷月世界，但怕那裏很寒冷，不能忍受。於是他說："我起身跳舞，清影隨着我，哪裏比得上人間啊！""何似在人間"一句表現出蘇軾肯定自我的現狀。有人說，這首詞前闋是誹謗在中央政界的人們。筆者同意這種解釋，但將這個問題暫時擱一下。

　　蘇軾是希望調往與蘇轍的任地齊州相近之地而到密州來上任的。但是他們兄弟熙寧九年不能一起共度中秋。"人有悲歡離合，月有陰晴圓缺，此事古難全"是蘇軾自我安慰之詞，不過他並不陷入悲哀中。他對蘇轍說："我祇願我們永遠健康，遠隔千里，共同欣賞這同一輪明月！"蘇軾與其高聲抱怨他們不能會面的悲哀，還不如承受自我的現狀。"人有悲歡離合"一句表示一種循環論。人有悲傷、歡喜、離別、相聚。那麼，悲傷之後一定會有歡喜，離別之後一定會有團聚。蘇軾當時不能與蘇轍在一起，這是悲哀的事情，但是將來一定能再會。這也可以説是蘇軾想要解脱悲哀的思想，與《和魯人孔周翰題詩二首》不同，與兩首《望江南》詞卻相類。

蘇軾在超然臺上還作了兩首《江神子》詞。一爲"東武雪中送客"。

　　相從不覺又初寒。對樽前，惜流年。風緊離亭、冰結淚珠圓。雪意留君君不住，從此去，少清歡。　　轉頭山上轉頭看。路漫漫，玉花翻。雲海光寬、何處是超然。知道故人相念否，攜翠袖，倚朱欄。（元本卷下）①

《紀年録》將這首詞編年於熙寧九年十二月，而云"東武雪中送章傳道"。《薛注》云："雪中所送之客是否章傳道，無考。然揣'又初寒'詞意，知此客'相逢'已兩年矣，或即章耳。"（第172頁）但是《孔年》則編於熙寧九年一月，認爲是在送文安國還朝時所作（卷13）。《校注》則編於熙寧九年十二月，而云："傅藻《東坡紀年録》：'熙寧九年丙辰，十二月，東武雪中送章傳道，作《江神子》。'孔《譜》編熙寧九年正月十三日，繫於雪中送文勛（安國）還朝，……然並無自信。案，詞首句云：'相逢不覺又初寒。'知與此客的'相逢'已有兩年。而章傳道爲密州州學教授，蘇軾自熙寧七年十二月至密與章'相逢'，至九年十二月章離去，恰正二年。文勛是熙寧八年十一月因事至密的，九

─────────────────

① 這首詞《傅注》存目闕文。

年一月離密還朝,在密不足兩個月。可見所送之客,應是章傳道。"(上册,第 189 頁)①

筆者同意《紀年録》、《薛注》和《校注》的編年。從這首詞開頭一句云"相從不覺又初寒",可以看出蘇軾與"他"如《薛注》和《校注》説的那樣相見後已兩年。但是文安國來密州是熙寧八年十一月,離開是九年正月十三日。正月十三日是春天,蘇軾送別文安國之時寫作《滿江紅・正月十日雪中送文安國還朝》詞(《傅注》卷 2)。那首詞裏有云:"春向暖、朝來底事,尚飄輕雪。"但是這《江神子》裏所寫的是冬天寒冷的風景。"風緊離亭、冰結淚珠圓"描寫寒風吹得很大、淚水也結冰的樣子,可見與《滿江紅》所寫的時令不同。

假如認爲這《江神子》是送別章傳道時所作,這裏有一個值得注目的事情。蘇軾當章傳道啓程的時候作詞餞行,但是他的詩裏卻没有送別章傳道的作品。蘇軾在送別章傳道的酒筵上祇用詞吟詠惜別之情。這《江神子》以前,蘇軾有三首送給章傳道的詩:《次韻答章傳道見贈》(《合注》卷 9)、《遊廬山次韻章傳道》(同前卷 13)和《次韻章傳道喜雨》(同前卷 13)。但是卻没有與章傳道有關的詞作。熙寧九年以前他們曾經互相送過詩,但没有送詞。那麽,當蘇軾送別章傳道之時,最自然的是作詩餞行。但是他不是作詩而是作詞。蘇軾爲何特意選擇詞呢?

蘇軾寫作《次韻答章傳道見贈》的是《江神子》以前的熙寧六年正月,這《次韻答章傳道見贈》詩以誹謗朝政的證據而被收在《烏臺詩案》裏②。關於熙寧九年的"物議"與

---

① "相從不覺又初寒",《薛注》和《校注》都作"相逢不覺又初寒"。
② 《烏臺詩案》《供狀》"次韻章傳"。

《烏臺詩案》的關係，還要詳細研究，但是很有可能《烏臺詩案》所收的詩，熙寧九年起"物議"的時候，也成爲誹謗朝政的證據。假如熙寧九年《次韻答章傳道見贈》成爲"物議"的原因之一，蘇軾由於誹謗朝政被捕了，章傳道也就一定會被連累。當時他們兩人的關係，可以説是很微妙的。在這樣情況之下，蘇軾在超然臺，怎麼敢作送別章傳道的詩呢？那時候，蘇軾應該給章傳道作詞。所以他在送別章傳道的酒筵上衹用詞而吟詠惜別之情。附帶説，另外兩首給章傳道的詩《游廬山次韻章傳道》和《次韻章傳道喜雨》，都是作於熙寧八年，蘇軾作這些詩之時不用考慮熙寧九年的"物議"。

雖然還衹是推理，但是對熙寧六年、八年送詩的對方，熙寧九年卻送詞，可以認爲當時的蘇軾對作詩送他一定有顧忌。

蘇軾還有一首在超然臺上所作的《江城子》詞：

> 前瞻馬耳九仙山。碧連天。晚雲間。城上高臺，真個是超然。莫使匆匆雲雨散，今夜裏，月嬋娟。　小溪鷗鷺靜聯拳。去翩翩。點輕煙。人事淒涼，回首便他年。莫忘使君歌笑處，垂柳下，矮槐前。（《百家詞·東坡詞》拾遺①）

這首詞開頭部分寫了從超然臺上眺望的風景。"莫使匆匆雲雨散，今夜裏，月嬋娟"三句，意思是"不要匆匆相會便像雲雨一樣消散，因爲今晚月光非常美好"。那麼，這一天舉行的是什麼酒筵？從這首詞最後三句"莫忘使君歌笑處，垂柳下，矮槐前"，可以看出是在蘇軾將要離開密州之時舉行的送

---

① 這首詞《傳注》和元本都未收録。

別會。熙寧九年十一月下了調知河中府之命,蘇軾年末離開了密州。他要離開密州的時候,可能舉行了好幾次餞行宴會。在超然臺上也一定舉行過。這《江神子》是那時候所作的,也可以説是他對超然臺告別的作品。但是蘇軾没有在超然臺上餞行之時所作的詩①。他將要離開密州之時,在超然臺上衹用詞來描寫惜別的心情。

五

熙寧八年年末建成了超然臺。但是爲了避謗,他暫不作詩,特別是在超然臺上不敢寫作詩。因爲假如在超然臺作詩,就會提到自我的不滿,進而也就會言及朝政。所以蘇軾在超然臺特意躲避作詩,而選擇詞來吟詠當時的心情。

對於宋代的士大夫來説,詩這個文學形式,不但擁有廣大的讀者,並且總是被他們欣賞、批評②。蘇轍的《爲兄軾下獄上書》也云:“其舊詩已自傳播。”可見蘇軾的詩正廣泛流傳。還有,烏臺詩案的主要物證是當時所出版的《蘇子瞻學士錢塘集》。以廣泛流傳爲前提的“詩”,在當時蘇軾的處境之下,具有危險性。他的隻言片語都會廣泛流傳。詞則是從唐代以來的新興文學。雖然已有“詞人”柳永,但是在多數士大夫看來,詞的地位處於詩文之後。換而言之,詩是“公”,詞是“私”。那,蘇軾在超然臺作詞,即使提到朝政,抒發自我的不滿,也可能没有詩那麼容易成爲問題。因此,他在超然臺忌諱作詩而作詞。

---

① 蘇軾離開密州之時所作的詩,衹有《別東武流盃》、《留別雩泉》、《留別釋迦院牡丹呈趙倅》(都收在《合注》卷 14),没有在超然臺上餞行時作的詩。

② 參看日本前野直彬《春草考》(秋山書店,1995 年)。

蘇軾離開密州之後,往河中府去的中途,作了一首《大雪,青州道上有懷東武園亭,寄交代孔周翰》詩(《合注》卷 15)。這首詩開頭四句云:

> 超然臺上雪,城郭山川兩奇絕。海風吹碎碧琉璃,時見三山白銀闕。

然後,將往河中府去的自我描寫如下:

> 君不見淮西李侍中,夜入蔡州縛取吳元濟。又不見襄陽孟浩然,長安道上騎驢吟雪詩。何當閉門飲美酒,無人毀譽河東守①。

蘇軾知密州之時力避寫作超然臺之詩。"超然臺"的名字,在詩裏,除了《和潞公超然臺次韻》以外,祇見於《和魯人孔周翰題詩二首》的《引》而已。在《七月五日二首》詩裏卻使用舊名"北臺"。但是他一離開密州,就把"超然臺"這個名字詠進詩的開頭一句,並且寫從超然臺眺望的風景之美。然後又自比孟浩然,盼望能將毀譽褒貶置之度外。

在密州的日子,蘇軾怎麼也忘不了超然臺,忘不了自比孟浩然而悲嘆自我不遇的《和魯人孔周翰題詩二首》。他在密州之時,雖然在超然臺欣賞風景,歡快飲酒,也不得不戒寫登覽超然臺的詩。但是離開密州,他可能覺得那個重壓輕了一些。這《大雪,青州道上有懷東武園亭,寄交代孔周翰》詩,給我們一個感覺:蘇軾到此纔寫出了原來不能寫的事情。

---

① "君不見淮西李侍中"和"又不見襄陽孟浩然"兩句,中華書局《蘇軾詩集》、日本小川環樹・倉田淳之介編《蘇軾佚注》所收《東坡集》(同朋舍,1965 年)和《增補足本施顧注蘇詩》所收《施注蘇詩》(藝文印書館,1980年)都作"君不是淮西李侍中"和"又不是襄陽孟浩然"。

蘇軾與蘇轍有關之詞和詩

——再談蘇軾的詞和詩之比較

　　熙寧十年(1077)二月,蘇軾在澶州和濮州之境,與蘇轍再會了。他們上次分別的時候是熙寧四年九月在潁州。這前後大約七年之間,他們没有機會見面。這次,蘇轍跟蘇軾會面以後,跟着蘇軾赴任,到徐州去。之後,在八月十六日前往新任地(南都商丘)去了。

　　蘇轍在離開徐州的前一天,作了《逍遙堂會宿二首並引》(《欒城集》卷7):

　　　轍幼從子瞻讀書,未嘗一日相捨。既壯,將遊宦四方,讀韋蘇州詩,至"安知風雨夜,復此對牀眠",惻然感之,乃相約早退,爲閑居之樂。故子瞻始爲鳳翔幕府,留詩爲別曰:"夜雨何時聽蕭瑟。"其後子瞻通守餘杭,復移守膠西,而轍滯留於淮陽、濟南,不見者七年。熙寧十年二月,始復會於澶濮之間,相從來徐,留百餘日。時宿於逍遙堂,追感前約,爲二小詩記之。

　　　逍遙堂後千尋木,長送中宵風雨聲。誤喜對牀尋舊約,不知漂泊在彭城。

　　　秋來東閣涼如水,客去山公醉似泥。困臥北窗呼不起,風吹松竹雨凄凄。

《引》裏所云的"夜雨何時聽蕭瑟",是嘉祐六年(1061)蘇軾在開封和蘇轍分手不久就寫作的《辛丑十一月十九日既與子由別於鄭州西門之外馬上賦詩一篇寄之》詩(《合注》卷3)中的一句。蘇軾看到韋應物《與元常全真二生》詩中的"安知風雨夜,復此對牀眠"兩句,深深爲之感動,跟蘇轍約定了早點回故鄉、好在晚上"對牀眠"聽"風雨"的聲音。但是這個約定很難實現,連再會也費了前後大約七年。蘇轍在熙寧十年八月十五日要分手的前一天夜裏,聽到"風雨聲"、"誤喜對牀尋舊約"。可見他那時從心裏很希望着"對牀眠"。這第二首詩是蘇轍設想自己離開徐州以後的事情:"我動身後,你(蘇軾)一定會像山簡那樣喝得酩酊大醉,在北方的窗邊睡覺,怎麼叫都叫不醒。"蘇轍知道蘇軾本來不會喝酒,可是也知道他因爲過於悲哀,不得不喝得酩酊大醉。

這時候,蘇軾也和蘇轍的詩而作《子由將赴南都,與余會宿於逍遥堂,作兩絕句,讀之殆不可爲懷,因和其詩以自解。余觀子由,自少曠達,天資近道,又得至人養生長年之訣,而余亦竊聞其一二。以爲今者宦遊相別之日淺,而異時退休相從之日長,既以自解,且以慰子由云》詩:

> 別期漸近不堪聞,風雨蕭蕭已斷魂。猶勝相逢不相識,形容變盡語音存。

> 但令朱雀長金花,此別還同一轉車。五百年間誰復在,會看銅狄兩咨嗟。　　(《合注》卷15)

蘇軾看了蘇轍詩,"殆不可爲懷",於是他和了蘇轍的詩,想要"自解"。即使不是蘇軾,大家看了蘇轍的《逍遥堂會宿》詩,也都一定能瞭解到蘇轍的離愁是很深很深的。這首詩,雖然吟詠離別的悲哀,但是盡心想要消解其悲哀。特別是第二首,站在宏觀的立場上,用循環論來穩重地説:"人生一世,聚散無常。這次離別也衹不過是其中之一。我們兩個人一定要好好地養生延壽,等待下次會面吧!"其實,蘇軾正是因爲不得不喝得酩酊大醉來忘卻離愁,所以纔特地要利用循環論,想舒解自己。在這裏,筆者要注目的是蘇軾作詩"自解"。他不但是安慰蘇轍,更想要"自解"。換句説,蘇軾是爲了"自解"而作這首詩的。

蘇轍在作詩的同時,也作一首《水調歌頭》詞:

> 離別一何久,七度過中秋。去年東武今夕,明月不勝愁。豈意彭城山下,同泛清河古汴,船上載涼州。鼓吹助清賞,鴻雁起汀洲。　　坐客中,翠羽帔,紫綺裘。素娥無賴西去,曾不爲人留。今夜清尊對客,明夜孤帆水驛,依舊照離憂。但恐同王粲,相對永登樓。(《全宋詞》第1冊第355頁)

蘇轍説:"我們好久没能見面,離上次會面已過了七次中秋。去年的中秋,你在密州一個人寂寞地賞月,而作了一首詞寄給我。没想到今年的中秋我能跟你一起度過。月亮無情,總是淡淡的,不肯爲人停止脚步。今晚我還在酒宴上,可是明晚卻一個人乘坐小船離去。那時候,月亮也一定依舊淡淡照耀着懷有離愁的我。我很怕像王粲那樣,再不能回故鄉去。"這首詞吟詠兄弟再會的歡喜和明天要再離別的悲哀。"去年東武今夕,明月不勝愁"的兩句,是指蘇軾去年在密州一個人寂寞地過中秋,寫作《水調歌頭·丙辰中秋,歡飲達旦,大醉。作此篇,兼懷子由》詞而言的。蘇轍之所以在快要離別的時候作了這《水調歌頭》詞,不爲別的,而是因爲去年蘇軾作《水調歌頭》詞寄給蘇轍。

明月幾時有，把酒問青天。不知天上宮闕，今夕是何年。我欲乘風歸去，惟恐瓊樓玉宇，高處不勝寒。起舞弄清影，何似在人間。　　轉朱閣，低綺户，照無眠。不應有恨，何事長向別時圓。人有悲歡離合，月有陰晴圓缺，此事古難全。但願人長久，千里共嬋娟。（《傳注》卷1）

這首詞，是中秋詞的名作。所以在這裏不做冗長的内容説明。蘇軾是希望能够轉任到離蘇轍的任地齊州比較近之地而來密州的。但是他來密州都快兩年了，還是没辦法和蘇轍相聚。熙寧九年也衹好一個人過中秋。蘇軾説："月明對人不應會有什麽怨恨的。但是爲何偏偏總是在我們悲傷離別之時，變得又圓滿又明亮呢？似乎故意地勾引起人們的悲傷。人有悲傷、歡喜、離別、相聚，月有時陰、有時晴、有時圓、有時缺，這些事情自古以來難於讓人稱心如意。我衹盼望我們能永遠健康，遠隔着千里共同來欣賞這同一輪清朗的明月吧！"蘇轍收到了這首充滿了孤獨感的詞時，一定是打從心裏來體會理解蘇軾的心情。所以熙寧十年中秋，好不容易纔能跟蘇軾相聚在一起的時候，蘇轍就特地用前一年中秋蘇軾寫詞給自己時所用的詞牌《水調歌頭》作詞送給蘇軾。"豈意彭城山下，同泛清河古汴，船上載涼州。鼓吹助清賞，鴻雁起汀洲"的"豈意"（没想到），是意味着兩個人的再會很難實現。那是根據"人有悲歡離合，月有陰晴圓缺，此事古難全"的發言。

蘇軾回答蘇轍詞，又作了一首《水調歌頭》。

安石在東海，從事鬢驚秋。中年親友難别，絲竹緩離愁。一旦功成名遂，準擬東還海道，扶病入西州。雅志困軒冕，遺恨寄滄洲。　　歲云暮，須早計，要褐裘。故鄉

歸去千里，佳處輒遲留。我醉歌時君和，醉倒須君扶我，惟酒可忘憂。一任劉玄德，相對卧高樓。（《傳注》卷1）

關於這首詞，《傳幹注坡詞》所引的《公舊序》有如下：

> 余去歲在東武，作《水調歌頭》以寄子由。今年子由相從彭門百餘日，過中秋而去，作此曲以別。余以其語過悲，乃爲和之，其意以不早退爲戒，以退而相從之樂爲慰云耳。

這蘇軾的《水調歌頭》，創作動機和訴説的内容，跟上述的《子由將來赴南都》詩大體上相同，都是蘇軾看了蘇轍作的詩詞深深爲之感動，而申訴"以不早退爲戒，以退而相從之樂爲慰"。但是在寫法上，有比較大的差異。詞裏有云："謝安打算一旦功成名遂，就沿着東流到海的長江回故鄉。但他還没成就隱棲之念之前，生了病，不得已祇好帶病進入西州門回到首都。我們别忘記謝安的遺恨！應該立刻着手回故鄉的計劃。如果能實現這個計劃，我們在回故鄉的千里旅途中，碰見每個美麗的地方都可停下來賞玩。我醉酒高唱之時，你跟我一起唱和，如果我醉倒時，須要你扶助我。因爲祇有酒可以使我忘卻憂愁。就是那個充滿濟世豪情的劉備，坐卧高樓，一點也看不起我，那無關緊要啊！"特别是後闋的"我醉酒唱歌之時，你跟我一起唱和，如果我酒醉跌倒，須要你扶助我。因爲祇有酒可以使我忘卻憂愁"，是興奮的蘇軾脱口而出的發言。那時候，蘇軾可能已有醉意。蘇軾在這首詞裏直截申訴了當時所懷有的辛酸和兄弟愛。這裏没有如《子由將赴南都》詩裏的宏觀的立場，也没有循環論，而如實地抒發當時懷有的心情。這《水調歌頭》詞，本來也是爲了安慰蘇轍而作的。但是結果幾乎不是安慰蘇轍而是把自己内心話和盤托出。《子由將赴南都》詩,如蘇軾自己明言的那樣,是爲了"自解"而作的。所以他在那首詩裏,特地想用理論、議論來控制感情。《水調歌頭》則不像是爲了"自解"而作的。在《水調歌頭》詞裏,蘇軾的心情越來越興奮。從這些詩詞的比較,可以説,詩是以"理"爲中心的文學,詞則是以"情"爲中心的文學。所以在詩裏的蘇軾是理論家,在詞裏的則是激情家。

一年後的元豐元年中秋,蘇軾還在徐州。那時候,他寫了《中秋月三首》詩。

殷勤去年月,激灩古城東。憔悴去年人,臥病破窗中。徘徊巧相覓,窈窕穿房櫳。月豈知我病,但見歌樓空。撫枕三嘆息,扶杖起相從。天風不相哀,吹我落瓊宫。白露入肺肝,夜吟如秋蟲。坐令太白豪,化爲東野窮。餘年知幾何,佳月豈屢逢。寒魚亦不睡,竟夕相噞喁。

六年逢此月,五年照離別。歌君別時曲,滿座爲凄咽。留都信繁麗,此會豈輕擲。鎔銀百頃湖,挂鏡千尋闕。三更歌吹罷,人影亂清樾。歸來北堂下,寒光翻露葉。喚酒與婦飲,念我向兒説。豈知衰病後,空盞對梨栗。但見古河東,蕎麥花鋪雪。欲和去年曲,復恐心斷絶。

舒子在汶上,閉門相對清。鄭子向河朔,孤舟連夜行。頓子雖咫尺,兀如在牢扃。趙子寄書來,水調有餘聲。悠哉四子心,共此千里明。明月不解老,良辰難合并。回頭坐上人,聚散如流萍。嘗聞此宵月,萬里同陰晴。天公自著意,此會那可輕。明年各相望,俯仰今古情。(《合注》卷17)

　　這篇詩第二首有云：“六年逢此月，五年照離別。歌君別時曲，滿座爲淒咽。……欲和去年曲，復恐心斷絶。”這裏的“君”是蘇轍，“別時曲”是指去年中秋蘇轍在徐州離別蘇軾時所作的《水調歌頭》（離別一何久）詞而言。這六句説：“這六年之間，我看了六次中秋明月。其中五年，明月照耀着沒有聚在一起的兩個人。唱了你離別時所作的曲子，在座的人都因爲過分悲傷不禁嗚咽起來。……我想要作詞和你去年的曲子，但是又怕勾引起離恨，心碎欲絶。”這裏的“心斷絶”，意思是跟《子由將赴南都》詩裏的“殆不可爲懷”大體上一樣。在蘇軾的詞集，我們找不到元豐元年中秋時所作的寄給蘇轍之詞。那麽，他雖然想和蘇轍去年的曲子而作詞，但是又怕要心碎，結果沒有作詞，這肯定是事實。因之，元豐元年中秋晚上，蘇軾因爲和蘇轍去年的曲子而作詞就會心碎，所以祇作了詩寄給蘇轍。筆者認爲，在這裏可以看出蘇軾對詩和詞的創作意識之差別。就是説，詩是能控制着感情而寫作的，詞則不是能控制着感情寫而作的。用另一句話，詞是可以如實地表露激昂的感情，詩則是要保持着心情的安静而作的。這跟在上面所比較的《子由將赴南都》詩和《水調歌頭》詞的差異一致。在這裏再説一次，蘇軾想要作詩“自解”“不可爲懷”的情況。所以詩雖然吟詠離別的悲哀，但結果站在宏觀的立場，用循環論來穩重地説：“離別以後就會有再會。”詞則如實地抒發了激動的心情。

　　不過筆者在這裏並不準備説詩裏沒寫蘇軾的直率心情。但是至少元豐元年中秋蘇軾因爲“恐心斷絶”，所以沒能寫以“情”爲中心的詞，而能作以“理”爲中心的詩了。

　　蘇軾熙寧十年在離別蘇轍的時候，還作一首詩。紹聖元年（1094）中秋的晚上，蘇軾貶於惠州的中途，在虔州寫了《書彭城觀月詩》。

> "暮雲收盡溢清寒,銀漢無聲轉玉盤。此生此夜不長好,明月明年何處看"。余十八年前中秋夜,與子由觀月彭城,作此詩,以《陽關》歌之。今復此夜,宿於贛上,方遷嶺表,獨歌此曲,聊復書之,以識一時之事,殊未覺有今夕之悲,懸知有他日之喜也。(《蘇軾文集》卷68)

這篇文章是爲"暮雲收盡溢清寒,銀漢無聲轉玉盤。此生此夜不長好,明月明年何處看"詩而寫的。蘇軾説:"我十八年前(熙寧十年)中秋晚上,在彭城(徐州)跟子由(蘇轍)一起看月,寫作這首詩而用《陽關曲》唱之。"十八年後的紹聖元年,他貶於嶺南的中途,又唱了這《陽關曲》。蘇軾忘不了熙寧十年跟蘇轍一起過的中秋。這篇文章最後的"他日之喜"一定是根據"異時退休相從之日長"和"退而相從之樂"而言的。

這《陽關曲》,跟《子由將赴南都》詩、《水調歌頭》(安石在東海)詞比起來,寫法並不一樣。《陽關曲》有云:"暮雲收盡溢清寒,銀漢無聲轉玉盤。"描寫中秋晚上的漂亮夜空。但是《子由將赴南都》詩、《水調歌頭》(安石在東海)詞則都沒有風景描寫,衹寫自己的感慨。《陽關曲》有云:"此生此夜不長好,明月明年何處看。"直接言及中秋的明月。可是《子由將赴南都》詩、《水調歌頭》(安石在東海)詞,沒有關於中秋的詞語,即使看作品本身也不能知道這兩個作品是中秋時作的。再者,《陽關曲》沒有如《子由將赴南都》詩那樣的要"自解"之姿勢,也沒有如《水調歌頭》(安石在東海)詞那樣的呐喊聲。"此生此夜不長好,明月明年何處看",是用留有餘韻的表現來吟詠世事的無常。

這些差別的原因可能在於寫作時間的不同。從《陽關曲》

"此生此夜不長好,明月明年何處看"這個描寫,可以看出寫作
的時間是在天色纔暗的薄暮。《子由將赴南都》詩本身沒有關
於時間的詞語,但是蘇轍的《逍遥堂會宿二首并引》裏有云:
"逍遥堂後千尋木,長送中宵風雨聲。"蘇軾的《子由將赴南都》
詩是和了《逍遥堂會宿二首并引》而作的。就是説,《子由將赴
南都》詩也是"中宵"所寫的。《水調歌頭》(安石在東海)詞也
沒有言及創作時間的詞語。不過蘇轍的《水調歌頭》詞裏有
云:"素娥無頼西去,曾不爲人留。"因此,蘇軾的《水調歌頭》也
是夜裏作的。可見,蘇軾先作《陽關曲》,再作《子由將赴南都》
詩和《水調歌頭》詞(安石在東海)。在"薄暮"時和在"中宵"時
所懷的心情是不一樣的。"中宵"是時間的尾聲,快要到了不
得不分別的時刻了。那麼,他的心裏一定會充滿了離愁。但
是筆者認爲,這個差別還有一個原因。

　　我們一看《陽關曲》的"此生此夜不長好,明月明年何處
看",就想到熙寧九年在密州所作的《水調歌頭》(明月幾時有)
詞裏所説的"人有悲歡離合,月有陰晴圓缺,此事古難全"三
句。蘇軾熙寧十年再會蘇轍的時候,不會忘卻去年送給蘇轍
的《水調歌頭》(明月幾時有)詞。蘇轍在《水調歌頭》詞裏也
説:"去年東武今夕,明月不勝愁。"這"此生此夜不長好"和"人
有悲歡離合,月有陰晴圓缺,此事古難全",想説的都是機緣很
難如意。簡單地説,"此生此夜不長好"是把"人有悲歡離合,
月有陰晴圓缺,此事古難全"換爲七言一句而説的。但是"此
生此夜不長好,明月明年何處看",雖然根據"人有悲歡離合,
月有陰晴圓缺,此事古難全"而作的,可是兩者在寫法上有一
點差別。"人有悲歡離合,月有陰晴圓缺,此事古難全"是説
"很難以歡、合、晴、圓都齊全",這就表現是對很難再會的悲
嘆。"此生此夜不長好",言下之意就是説每年的中秋不一定

都能過得愜意。那就是説,今年的中秋是令人愉悦的。元豐
元年,他們經過了前後大約七年以後,好不容易纔能見面,一
起過中秋。並且,那一天雖然傍晚陰天,不過到晚上雲都散
了,漂亮的明月和銀河現出來。這正是"歡、合、晴、圓都齊
全"。想要爲這麽圓滿理想的夜晚謳歌、留下篇章,也是人之
常情。這《陽關曲》雖然吟詠對世事無常的慨嘆,但是也包含
了無限的再會喜悦。所以蘇軾18年後的紹聖元年晚上,一個
人過中秋時,想到18年前的喜悦,再唱了這首《陽關曲》。

　　"暮雲收盡溢清寒,銀漢無聲轉玉盤。此生此夜不長好,明
月明年何處看"的《陽關曲》,如蘇軾在《書彭城觀月詩》裏所説
的那樣是"詩",不過没有如《子由將赴南都》詩那樣的以"理"爲
中心的傾向。這《陽關曲》是與那《子由將赴南都》詩同日所作
的,可是没有那首詩那樣的特點。筆者認爲,那個原因在於《陽
關曲》也是詩,也是詞這一點。在《書彭城觀月詩》裏也説:"作
此詩,以《陽關》歌之。"熙寧十年(1077)二月,蘇軾在澶州和濮
州之境,與蘇轍再會了。那時候懷有的心情,如果用詩來表現,
那如《子由將赴南都》那樣,很偏於"理",味道有點淡泊。如果
用詞來表現,那麽,如《水調歌頭》詞(安石在東海)那樣,以"情"
爲中心,不能保持冷静。這《陽關曲》也是詩,也是詞。那麽,或
者是有點强詞奪理,但是《陽關曲》不過於"理"也可以,不過於
"情"也可以。筆者認爲,蘇軾特地用《陽關曲》這個形式來表現
再會的喜悦,那因爲它有也是詩、也是詞這樣的特點。

　　在這裏,還要看一首詞。蘇軾熙寧七年(1074)十月,到密
州知事赴任的道中,作《沁園春》詞寄給蘇轍。這首詞是蘇軾
第一次爲了蘇轍寫作的。

　　　孤館燈青,野店鷄號,旅枕夢殘。漸月華收練,晨霜
　　耿耿,雲山擒錦,朝露漙漙。世路無窮,勞生有限,似此區

區長鮮歡。微吟罷，憑征鞍無語，往事千端。　　當時共客長安。似二陸，初來俱少年。有筆頭千字，胸中萬卷，致君堯舜，此事何難。用捨由時，行藏在我，袖手何妨閑處看。身長健，但優游卒歲，且鬥樽前。（《沁園春·赴密州早行馬上寄子由》，《傳注》卷11、元本卷上①）

關於寫作這首詞的情況，在蘇軾寫的一封信《與李公擇》其二裏有記載：

> 始者深欲一到吳興，緣舍弟在濟南，須一往見之，然後赴任。濟南路由清河，而冬深即當凍合，須急去乃可行，遂不得一去別。（《蘇軾文集》卷51）

從這封信，我們可以看出蘇軾本來想在赴任到密州的途中，順便去濟南見蘇轍，但是因爲擔心清河凍冰，所以祇好放棄去濟南了。就是說，蘇軾不能跟蘇轍見面團聚，所以就將當時懷有的心情寫在這《沁園春》詞裏寄給蘇轍。

這首詞，在考察蘇軾詞上，是很有意義的作品。這是他在詞裏第一次申訴自己的不遇，進一步說，對這個問題進行政治批評。這首詞後闋說："想起當時我和你都在首都（開封），像陸機和陸雲初次去首都的時候，都是少年。我們筆下有千言萬語，萬卷書藏在心田，使皇上達到古代聖君堯舜，這件事有什麼難辦。是否被任用由時勢決定，出仕或者隱居卻在自己，何妨在閑處袖手旁觀。經常保持身體健康，祇是悠閑自得地度過年復一年，在酒筵上盡情拼酒吧。"元好問在《東坡樂府集引》裏有云：

> 絳人孫安嘗注坡詞，參以汝南文伯起《小雪堂詩話》，刪去他人所作《無愁可解》之類五十六首，其所是正，亦無

---

① 這首詞，《傳注》存目部分闕文。所以在這裏并舉《傳注》和元本的卷數。

慮數十百處,坡詞遂爲完本,不可謂無功。然尚有可論者,……就中"野店雞號"一篇,極害義理,不知誰所作,世人誤爲東坡,而小說家又以神宗之言實之,云:"神宗聞此詞,不能平,乃貶坡黃州,且言:'教蘇某閒處袖手,看朕與王安石治天下。'"安常不能辨,復收之集中。(《遺山集》卷36)

根據這記載,當時有一個傳說流下來:神宗聽到《沁園春》,心中怎麼也不會平靜,結果把蘇軾貶於黃州,並且說:"從蘇某褫官職,正是讓他袖手旁觀我和王安石治國。"這個傳說的真僞暫時擱一擱,但是從《沁園春》裏所寫的內容來說,產生這樣傳說也是理所當然。

在詞裏批評政治,這並不是詞之"本色"。但是當時他們兩個人都被發往地方,蘇軾如果在這樣情況下寫詞寄給蘇轍,就不得不言及自己的不遇。他說:"出仕或者隱居在自己。現在我們得不到賞識提拔,那麼,深居地方悠閒自在過日子吧!"這是蘇軾的強烈自負心。其實是爲了安慰蘇轍而說的。當時蘇軾雖然在地方,但是至少擔任了杭州通判、知密州。蘇轍則在熙寧三年(1072)冬天因爲批評新法所以要離開開封,以後擔任的祇是陳州教授、齊州掌書記。就蘇轍來說,在地方的日子真是不遇的。所以蘇軾勸蘇轍有自信地過日子。

這首詞有云:"有筆頭千字,胸中萬卷,致君堯舜,此事何難。"這根據杜甫《奉贈韋左丞丈二十二韻》詩的"讀書破萬卷,下筆如有神。……致君堯舜上,再使風俗淳"。蘇軾寫作這《沁園春》詞之前,也根據"讀書破萬卷,下筆如有神。……致君堯舜上,再使風俗淳"作了一首詩。那就是熙寧四年(1071)在杭州作的《戲子由》詩。

　　宛丘先生長如丘,宛丘學舍小如舟。常時低頭誦經史，忽然欠伸屋打頭。斜風吹帷雨注面，先生不愧旁人羞。任從飽死笑方朔，肯爲雨立求秦優。眼前勃蹊何足道，處置六鑿須天游。讀書萬卷不讀律，致君堯舜知無術。勸農冠蓋鬧如雲，送老齏鹽甘似蜜。門前萬事不挂眼，頭雖長低氣不屈。餘杭別駕無功勞，畫堂五丈容旂旄。重樓跨空雨聲遠，屋多人少風騷騷。平生所慚今不恥，坐對疲氓更鞭箠。道逢陽虎呼與言，心知其非口諾唯。居高志下真何益，氣節消縮今無幾。文章小技安足程，先生別駕舊齊名。如今衰老俱無用，付與時人分重輕。（《合注》卷7）

蘇軾在這首詩裏，戲弄儒者的蘇轍之滑稽性，嘲笑自己失掉骨氣，以之批評政治。"讀書萬卷不讀律，致君堯舜知無術"，是根據杜詩的"讀書破萬卷，下筆如有神。……致君堯舜上，再使風俗淳"。蘇轍讀破了萬卷書，但是不看法律書籍。那是因爲法律不足致君堯舜。蘇軾認爲，王安石進行的過於重視法律的政策不能實現"致君堯舜"。蘇轍懂這個道理，所以不看法律書籍，祇看經史之書。但是時人將蘇轍不逢迎時勢的生活態度，視爲很滑稽。蘇軾則"沒有羞恥心，逢迎權貴，志氣不高，氣節衰退"。蘇軾的樣子也是不好看的。在這首詩最後說："如今我們都老衰無用，讓時人去判別我們的重輕吧！"他自己不説哪種生活態度是對的。但是蘇軾想説的是將蘇轍視爲滑稽的時人之眼光是不對的。

《沁園春》和《戲子由》，所作的時間、地點、情況不同，不能單純地互相比較。但這兩首都是寄給蘇轍的作品，而且表示對新法的批評，所以可以認爲是個考察蘇軾詩詞差異的好資料。

《戲子由》詩對照地描寫自己和蘇轍。蘇轍背叛時流，即使被人嘲笑,也始終貫徹自己的生活態度。蘇軾則骨氣衰退,沒有羞恥心,逢迎權貴,那也是滑稽的。不用説,蘇軾認爲,經史比法律更重要,蘇轍的生活態度是對的,王安石發佈的政策是不對的。我們讀者也一看就知道他的真心。但是蘇軾卻特地通過諧謔這種寫法,來更強烈地批評新黨的政策。這也可以説是詩的一個寫法。

《沁園春》詞則没寫滑稽的蘇轍,也没寫逢迎權貴的蘇軾。蘇軾對蘇轍説:"我們有使皇上達到古代聖君堯舜的能力,但是能不能被任用卻不是我們能够決定的。現在我們在地方,没人任用我們。那麽,也可以不登臺、袖手旁觀。"蘇軾在詞中使用直截的説法,而申訴説:"我們很有才能,不過没碰上時勢。不遇的原因不在自我,而在時勢,等待機會吧!"他在詞裏,主張蘇轍積極地面對生活。

到這裏,通過《子由將赴南都》詩、《水調歌頭》(安石在東海)、《陽關曲》、《沁園春》(孤館燈青)詞和《戲子由》詩,來考察詞和詩的差異。詞和詩都是將心情用文字來表現的。但是詩和詞比起來,詩在手法上比較間接,有一段過程。就《子由將赴南都》詩來説,那是"理",就《戲子由》詩來説是"諧謔"。《戲子由》詩裏,蘇軾在文字上没寫自己的價值判斷,卻讓時人去判别其自我價值,其實,從字裏行間都未嘗没有流露出蘇軾的真心。詞則不像詩那樣的拐彎抹角,而有直截性,用哥哥直接告訴弟弟那樣的口氣來如實地説話。

詩是傳統文學,既重視主題、題材,也重視寫法。怎麽表現這一點,是詩人顯示本領的地方。當然,詞也有這樣的側面。但是詞是新興文學,説起來,創作上限制不強,加之,蘇軾當時想要積極打破詞的僵局。筆者認爲,兩者的這種差别,原因在於"傳統"和"新興"那裏。還有,"理"和"情"的對立也是這種差別的原因之一。在《試論蘇軾的詞和詩之比較》裏也説的那樣,詩是"理"的文學、詞則是"情"的文學。如果用"情"的文學來寫心情,那麽如實描寫心情就够了。但是用"理"的文學來寫心情,一定要通過"理"這一過程。"傳統"和"新興"、"理"和"情"這兩種對立,就是詩和詞重要的差異。

蘇軾和蘇過父子與"游斜川"

一

蘇軾在晚年寫了120多首《和陶詩》。他開始寫《和陶詩》是在知揚州的元祐七年(1092)。之後,在惠州、儋州,他也繼續作了大量《和陶詩》。

在元祐元年(1086)以後的八年間,舊法掌握政權。但是舊法的天下,在哲宗的祖母宣仁太后逝世的同時結束了。蘇軾被罷免定州之任,責知英州。他在往英州去的中途,又責授建昌軍司馬、惠州安置。紹聖四年(1097)五月,又責授瓊州別駕、昌化軍安置。同年六月他渡海,七月到了儋州昌化軍貶所。蘇軾之所以寫作大量《和陶詩》,是因爲在這樣的窘境中,想要以陶淵明爲自己的精神支柱。

據曾棗莊老師的《〈蘇詩分期評議〉的評議》①,蘇軾貶官黃州之前的詩裏就有不少清新淡遠之作,風格酷似陶潛。如作於鳳翔的《和子由記園中草木十首》(《合注》卷5),正如汪師韓所説,格調具有"柴桑(陶潛)淡遠"的特點。蘇軾有意追求平淡風格當然是從黃州開始的,有意學習陶詩風格更在晚年,但若追本溯源,則至遲在赴杭州通判任的途中就開始了。

----

① 收在《三蘇研究》(巴蜀書社,1999年)。

他的《出都來陳,所乘船上有題小詩八首,不知何人有感於余
心者,聊爲和之》(同前卷6)其三云:"煙火動村落,晨光尚熹
微。田園處處好,淵明胡不歸?"這裏蘇軾已開始以陶潛自況,
櫽括陶潛《歸去來辭》的"問征夫以前路,恨晨光之熹微"的兩
句入詩,風格也酷似陶詩。杭、密時期,蘇軾也曾無數次以陶
潛自比:"胡不歸去來,滯留愧淵明"(《湯村開運鹽河雨中督
役》,同前卷8);"陶令思歸久未成,遠公不出但聞名"(《佛日
山榮長老方丈五絕》其一,同前卷10);"功名一破甑,棄置何
用顧。更憑陶靖節,往問征夫路"(《與周長官、李秀才游徑山,
二君先以詩見寄,次其韻二首》其一,同前);"不獨江天解空
闊,地偏心遠似陶潛"(《監洞霄宮俞康直郎中所居四詠·遠
樓》,同前卷11);"陶潛一縣令,獨飲仍獨醒"(《莫笑銀盃小答
喬太博》,同前卷12);"且待淵明賦《歸去》,共將詩酒趁流年"
(《寄黎眉州》,同前卷14)。蘇軾慕陶潛的超脫,但有時還嫌
他超脫得不夠,如"君且歸休我欲眠,人言此語出天然。醉中
對客眠何害,須信陶潛未若賢"(《李行中醉眠亭三首》其二,同
前卷12)、"我笑陶淵明,種秫二頃半。婦言既不用,還有《責
子》嘆。無絃則無琴,何必勞撫玩"(《和頓教授見寄,用除夜
韻》,同前卷13)。

關於蘇軾的《和陶詩》,已有不少的論文①。日本合山究
先生的《蘇軾的〈和陶詩〉(上)》,不但考察《和陶詩》,也詳細地
分析蘇軾做官以後敬仰陶淵明的過程。根據這篇文章,蘇軾
對陶淵明的深刻敬仰之情,逐漸出現於黃州貶謫以後,回到中

---

① 例如,僅日本,就有合山究《蘇軾的和陶詩(上)》(《中國文藝座談會筆
記》15,1965年)、今場正美《在揚州的蘇軾之〈和陶詩〉》(《學林》4,1984
年)、《在惠州的蘇軾之〈和陶詩〉》(《學林》5,1984年)、《在海南島的蘇軾
之〈和陶詩〉》(《學林》7,1986年)等。

央政界之前所作的詩裏。不用説，他在黄州所作的詩裏也吟詠對陶淵明的傾慕之念，不過還没有《和陶詩》那麽强烈。

蘇軾在黄州所作的詞中，也有仰慕陶淵明之作。這就是《江神子》詞：

> 夢中了了醉中醒。祇淵明，是前生。走遍人間，依舊卻躬耕。昨夜東坡春雨足，烏鵲喜①，報新晴。　　雪堂西畔暗泉鳴。北山傾，小溪横。南望亭丘、孤秀聳曾城。都是斜川當日境，吾老矣，寄餘齡。（《傅注》卷6）

這首詞有“公舊序”云：

> 陶淵明以正月五日游斜川，臨流班坐，顧瞻南阜，愛曾城之獨秀，乃作《斜川詩》。至今使人②想見其處。元豐壬戌之春，余躬耕於東坡，築雪堂居之，南挹四望亭之後丘，西控北山之微泉，慨然而嘆，此亦斜川之游也。乃作長短句，以《江神子》歌之。

元豐五年壬戌(1082)春天，建完了雪堂，蘇軾開始過農夫的日子。根據“公舊序”和詞的内容，蘇軾覺得雪堂周圍的風景、境界，與陶淵明《游斜川》詩裏所詠的内容相似，使他深受感動。這就是作詞的動機。蘇軾開始住在雪堂的時候，腦海裏浮現的不是别的，而是陶淵明當時的所見。

關於這首詞裏所詠的内容，筆者在後面《蘇軾詞裏所詠的“夢”》、《蘇軾詞裏所詠的“雨”》中要詳細地考察，所以在這裏不再贅述。但是筆者認爲，這首詞還有幾個問題。蘇軾在這首詞裏爲何特地提到“斜川之游”？蘇軾在儋州也作了《和陶游斜

---

① “烏鵲喜”，《傅注》作“烏鵲喜”。這裏根據元本。
② “使人”，《傅注》和元本都作“彼人”。這裏根據《百家詞・東坡詞》卷下。

川》(《合注》卷 42)。但是那首《和陶游斜川》詩不是吟詠敬仰陶淵明的心情,而是寫蘇軾和蘇過談話。在《和陶詩》中,這首《和陶游斜川》詩可以説是很有特色的作品。那麼《和陶游斜川》爲何有這樣的特色呢? 與《江神子》詞有什麼關係? 還有,蘇軾的兒子過,晚年自號"斜川居士",這是爲什麼? 與《江神子》和《和陶游斜川》有没有關係? 這些問題,也是很有趣的。筆者認爲,《江神子》、《和陶游斜川》以及"斜川居士"互相都有密切的關係。以下以與"斜川"有關的幾首詩,考證這些問題。

二

考察蘇軾"斜川之游"之前,先要看看陶淵明的《游斜川》詩①:

> 開歲倏五十,吾生行歸休。念之動中懷,及辰爲兹游。氣和天惟澄,班坐依遠流。弱湍馳文魴,閑谷矯鳴鷗。迥澤散游目,緬然睇曾丘。雖微九重秀,顧瞻無匹儔。提壺接賓侶,引滿更獻酬。未知從今去,當復如此不。中觴縱遥情,忘彼千載憂。且極今朝樂,明日非所求。

這首詩有《序》云:

> 辛丑正月五日,天氣澄和,風物閑美。與二三鄰曲,同游斜川。臨長流,望曾城,魴鯉躍鱗於將夕,水鷗乘和以翻飛。彼南阜者,名實舊矣。不復乃爲嗟嘆。若夫曾城,傍無依接,獨秀中皋。遥想靈山,有愛嘉名。欣對不

---

① 《陶淵明集校箋》(上海古籍出版社,1999 年)卷 2 第 84 頁。

足,率爾賦詩。悲日月之遂往,悼吾年之不留,各疏年紀
鄉里,以紀其時日。

辛丑正月五日,天氣清朗暖和,陶淵明同兩三個鄰居去斜
川玩。他欣賞那裏的風景,"率爾"寫作了這首詩。但是他想
寫這首詩的真正理由不在這裏。他接着説:"悲日月之遂往,
悼吾年之不留。"他當時懷有一種無常感。詩裏也云:"開歲倏
五十,吾生行歸休";"未知從今去,當復如此不。中觴縱遥情,
忘彼千載憂。且極今朝樂,明日非所求"。時間一去不復返,
我這一輩子也逐漸接近終點了。陶淵明是爲了消解這種悲傷
而去斜川玩的。

那麼,蘇軾是怎麼理解陶淵明的《游斜川》詩呢? 他寫作
《江神子》之前,也有一首提到"斜川之游"的詩。那就是元豐
二年(1079)在徐州所作的《游桓山,會者十人,以"春水滿四
澤,夏雲多奇峯"爲韻,得澤字》:

> 東郊欲尋春,未見鶯花跡。春風在流水,鳬雁先拍
> 拍。孤帆信溶漾,弄此半篙碧。艤舟桓山下,長嘯理輕
> 策。彈琴石室中,幽響清磔磔。弔彼泉下人,野火失枯
> 腊。悟此人間世,何者爲真宅。暮回百步洪,散坐洪上
> 石。愧我非王襄,子淵肯見客。臨流吹洞簫,水月照連
> 璧。此歡真不朽,回首歲月隔。想像斜川游,作詩寄彭
> 澤。(《合注》卷 18)

那時候,他還寫了一篇《游桓山記》(《蘇軾文集》卷 11)。
開頭部分云:

> 元豐二年正月己亥晦,春服既成,從二三子游於泗之
> 上,登桓山,入石室。

　　他與陶淵明一樣,正月的一天,跟兩三個友人一起去桓山玩。那裏有一個"石室"。這"石室"是"宋司馬桓魋之墓也"。司馬魋"死爲石槨,三年不成,古之愚人"。蘇軾"將弔其藏,而其骨毛爪齒,既已化爲飛塵,蕩爲冷風矣。而況於槨乎"!他們從此悟到人世間的無常。《游桓山,會者十人》詩也云:"悟此人間世,何者爲真宅。"人死之後終於都歸土而已。蘇軾他們晚上回到百步洪,欣賞周圍的風景。最後,蘇軾説:"這個春天跟兩三個友人一起去玩得歡喜,真是古今不朽。回頭看來,陶淵明和我之間有很遠的時間差距,但是我想像陶淵明'游斜川'之時的意境,將作詩寄給陶淵明。"

　　蘇軾在《游桓山,會者十人》詩,先紀游,再抒發"弔彼泉下人,野火失枯臘。悟此人間世,何者爲真宅"的感慨。這首詩不但描寫春天行樂,也抒發蘇軾看司馬桓魋的墳墓時懷有的感慨。那麼,蘇軾爲何想將這首詩寄給陶淵明呢?還有,蘇軾爲何在寄給陶淵明的詩裏吟詠"人死亡之後終於歸土而已"這種感慨呢?

　　如上所述,陶淵明是爲了解除"悲日月之遂往,悼吾年之不留"這種悲傷而去斜川玩的。蘇軾則去桓山看司馬桓魋的墳墓,領悟了"人死亡之後終於都歸土而已"。假如注目這一點而將《游斜川》和《游桓山,會者十人》比起來,我們就能知道"人死亡之後終於歸土而已"這種醒悟之詞,就成爲蘇軾對陶淵明懷有的不安之的回答;人死亡後都歸土,就不用悲嘆時間一去不復返,人生逐漸接近終點。就是説,陶淵明在《游斜川》詩裏提出一個疑問,蘇軾則在《游桓山,會者十人》詩裏,作了回答。假如這麼理解,就能將這兩首詩所詠的内容連起來。總之,蘇軾知道陶淵明寫作《游斜川》詩的本意。

　　但是《江神子》則不太强調這一點。這首詞的"公舊序"强調的卻是彼此風景的類似。詞的後闋也云：“雪堂西畔暗泉鳴。北山傾，小溪橫。南望亭丘、孤秀聳曾城。都是斜川當日境，吾老矣，寄餘齡。”這《江神子》吟詠對陶淵明的深刻敬仰的心情，但是沒寫與《游斜川》詩的“悲日月之遂往，悼吾年之不留”相關的話，卻強調風景的類似點。還有，陶淵明是“與二三鄰曲，同游斜川”的。《游桓山，會者十人》詩也是“從二三子游於泗之上，登桓山，入石室”之時所作的。但是《江神子》則是蘇軾一個人在雪堂開始農夫的生活之時所作的，他不是出門游玩，旁邊也沒有友人。《江神子》是在謫居之地“雪堂”所作的。看起來，《江神子》和《游斜川》、《游桓山，會者十人》，確有不同的地方。

陶淵明歸田園過日子，蘇軾也在黃州開始了田園的生活。他們在“歸農”這一點上相同，但是他們之間有很大的差異。陶淵明是本人志願棄官回故鄉去的。蘇軾則是被貶謫於黃州的，是由於“烏臺詩案”被謫在黃州，祗好開始農夫的生活。農夫的生活，對蘇軾來說，很不好忍受。但是也不能從那樣的情況中逃出來。那時候，他想要將自己視作陶淵明以消除苦惱。這時候，蘇軾找到了自己與陶淵明的一個接觸點。那就是陶淵明《游斜川》裏所寫的風景和雪堂周圍的風景之一致。找到了與陶淵明的接觸點之蘇軾，在《江神子》前闋，一開頭就說：“我是陶淵明的轉世。”最後兩句又說：“吾老矣，寄餘齡。”他在這裏下定了在雪堂終老的決心。可見陶淵明的《游斜川》裏所寫的風景與雪堂周圍的一致，就當時的蘇軾來講，正是個救星，蘇軾在這裏找到了精神的支柱。

他已經能夠正視在黃州的日子了。但是假如苛刻地說，蘇軾祗好如此。如上述的那樣，《游斜川》詩是陶淵明“與二三鄰曲，同游斜川”的時候所作的。陶淵明是爲了消除“悲日月之遂往，悼吾年之不留"這種悲傷而去斜川玩的。並且,"斜川"不是"田園之居"。《江神子》裏云"都是斜川當日境",但除了風景的一致以外,卻沒有與《游斜川》相同的地方。但是就當時的蘇軾來講,祇要風景一致就够了,其他的事情都無所謂。

<h1 style="text-align:center">三</h1>

蘇軾在惠州的紹聖三年(1096)寫了《和陶游斜川》詩①:

> 謫居澹無事,何異老且休。雖過靖節年,未失斜川游。春江淥未波,人卧船自流。我本無所適,汎汎隨鳴鷗。中流遇洑洄,捨舟步層丘。有口可與飲,何必逢我儔。過子詩似翁,我唱而輒酬。未知陶彭澤,頗有此樂不。問點爾何如,不與聖同憂。問翁何所笑,不爲由與求。(《合注》卷42)

這首詩有自注云:"正月五日與兒子過出游作。"前半寫出游,後半贊兒子蘇過。蘇軾在這首詩的開頭部分説:"貶謫的生活沒有特别要做的事,就這樣終老也可以。我已超過陶淵明游斜川的年齡,但是還繼續春游。"蘇軾這次與作《江神子》時不同,是真正去春游。但是這次的春游不是如陶淵明那樣"與二三鄰曲同游",而是"與兒子過出游作"。並且,詩裏有云:"有口可與飲,何必逢我儔。過子詩似翁,我唱而輒酬。"陶

---

① 《和陶游斜川》詩,一般認爲是元符二年(1099)所作的。但是《斜川集校注》(巴蜀書社,1996年)卻提出了另外的編年(第37頁)。蘇過次韻陶淵明的《游斜川》而寫了《次陶淵明正月五日游斜川韻》詩。蘇過在這首詩所詠的内容與元符二年的情况不合,而與紹聖三年的情况正相合。所以《斜川集校注》認爲,《和陶游斜川》不是元符二年所作,而是紹聖三年所作。筆者同意《斜川集校注》的編年。詳細的考證,請看《斜川集校注》。

淵明"與二三鄰曲同游",但是蘇軾説:"我不用二三鄰曲同游,那是因爲我的旁邊有兒子過。"蘇軾很喜愛聰明的蘇過。這是他更足以自我安慰的,因爲陶淵明没有這樣聰明的能作詩之兒子。這首詩末四句中的點、由、求,皆是孔子的弟子。《論語·先進》載,孔子要弟子言志,曾皙(點)曰:"春服既成,冠者五六人,童子六七人,浴乎沂,風乎舞雩,詠而歸。"曾皙没有説什麽治國宏志,而是願與友人春游。孔子卻贊成曾皙的主張:"喟爾嘆曰:'吾與點也。'""問點爾何如,不與聖同憂",蘇軾將蘇過比做曾皙而問:"你想作什麽?"蘇過回答説:"我不與聖人同憂,没有參與政治的意願。"他的回答正是蘇軾的期望。蘇軾不知不覺微笑了。"問翁何所笑,不爲由與求",前句是蘇過看了蘇軾微笑,問父親笑什麽? 後句是蘇軾的回答,説:"笑你不作仲由、冉求這樣的孔門弟子。"仲由"片言可以治獄",冉求"可使治其賦",都是從政人材。看來蘇軾不願蘇過再從政。這首詩最後四句,絶妙地描繪出招人微笑的蘇軾父子談話的神貌。

　　在《和陶游斜川》詩裏,筆者注目的是"未知陶彭澤,頗有此樂不"一句。蘇軾説:"陶淵明有没有這種喜悦呢?"這反過來説是"陶淵明一定没有我這樣的喜悦吧"。"此樂"指"過子詩似翁,我唱而輒酬"的喜悦,指對蘇過"不與聖同憂"、"不爲由與求"的喜悦。陶淵明也有五個兒子,但是都没有蘇過那麽聰明。陶淵明有《責子》詩云[1]:

　　　　白髮被兩鬢,肌膚不復實。雖有五男兒,總不好紙筆。阿舒已二八,懶惰故無匹。阿宣行志學,而不愛文術。雍端年十三,不識六與七。通子垂九齡,但覓梨與

―――――――――――

[1]　《陶淵明集校箋》卷3第262頁。

栗。天運苟如此,且進盃中物。

陶淵明在這首詩裏悲嘆兒子的不聰明。蘇軾則有聰明的蘇過,不用悲嘆兒子不聰明。事實上,蘇軾雖然想要"盡和其詩",但卻沒有和陶淵明《責子》詩。總之,雖然說法不太好,但是蘇軾在《和陶游斜川》詩裏誇了自己的兒子,表現自己比陶淵明強,有個好兒子。除了這首《和陶游斜川》以外,《和陶詩》多半是吟詠蘇軾敬仰陶淵明的心情。但是這《和陶游斜川》卻表達陶淵明不能享受的喜悅。日本橫山伊勢雄先生對《和陶游斜川》云:"蘇軾過於在意於陶淵明,從這首詩感到他的過度的使勁"①。筆者不一定同意橫山先生的意見,但是在《和陶詩》之中,《和陶游斜川》確實是一首有特色的作品。蘇軾爲何在《和陶游斜川》詩裏不詠對陶淵明的敬仰之情,而寫自己比陶淵明優越呢?筆者認爲,那是因爲他作《和陶游斜川》詩之前已寫《江神子》詞,抒發了對陶淵明的強烈傾倒、思慕之情,並且,蘇過當時也成爲軾晚年的精神支柱之一。

蘇軾晚年作了很多《和陶詩》。《和陶詩》基本上是吟詠自己景仰陶淵明的心情的。他晚年,陶淵明是他的精神支柱,所以作了很多《和陶詩》。但是就《和陶游斜川》詩來講,他作這首詩之前,已用《江神子》詞來抒發了對陶淵明的強烈傾倒、思慕。不用說,《江神子》詞與《和陶詩》本來不同,但是一邊按照陶淵明的原詩,一邊寫作自己的作品這一點,又與《和陶詩》相類。並且,《江神子》裏所詠的對陶淵明的敬仰,比《和陶詩》更深刻、強烈。蘇軾已有《江神子》,那麼,他不用再和《游斜川》詩。但是他特地又寫了《和陶游斜川》。那麼,蘇軾爲何特地

---

① 日本前野直彬主編《宋詩鑒賞辭典》(東京堂出版,1977 年)第 191 頁。所引用的一句,原爲日文,筆者翻譯爲中文。

又寫《和陶游斜川》詩呢？筆者認爲，那因爲是他想誇自己的
兒子，吟詠自己比陶淵明優越。蘇過不僅是蘇軾聰明的兒子，
而且是他的最好的體諒者，是他的知己，故很想宣揚跟蘇過談
話的喜悅。蘇軾"唱"而蘇過"輒酬"，蘇軾"問點爾何如"，蘇過
就回答說："不與聖同憂。"蘇過親眼看見蘇軾的境遇，理解蘇
軾的心情。蘇過正是蘇軾不可替代的體諒者。蘇軾很想表現
這種喜悅。蘇軾在艱苦的處境中，他的精神支柱是陶淵明，所
以寫作《和陶詩》。除了陶淵明以外，還有他的體諒者蘇過。
假如要最有效地表達這件事，就祇有《和陶詩》這個形式最合
適。總之，《和陶游斜川》是蘇軾爲了宣揚他的新的精神支柱
蘇過而作的，所以與其他的《和陶詩》有差異。

四

　　根據《斜川集校注》，蘇過和陶淵明詩，祇有一首，那是《游
斜川》，並且和了兩次。第一次是與蘇軾的《和陶游斜川》同時
作的《次陶淵明正月五日游斜川韻》（卷1）。第二次是在宣和
三年(1121)寫的《小斜川》（卷6）。可見陶淵明的《游斜川》，
對蘇過來說是有特別的意義。《小斜川》詩有《引》云①：

　　　　予近卜築城西鴨陂之南，依層城，遠流水，結茅而居
　　之。名曰"小斜川"。偶讀淵明詩："辛丑歲正月五日，與
　　二三鄰曲同游斜川，各賦詩。"淵明詩云："開歲倏五十。"
　　今歲適在辛丑，而予年亦五十。蓋淵明與予同生於壬子
　　歲也。疇窮既略相似，而晚景所得又同，所乏者高世之名
　　耳。感嘆茲事，取其詩和之，以遺行甫、信中、巽夫三友。

────────────

① 《斜川集校注》第402頁。

請同賦，庶幾彷彿當時之游，而掩彼二三鄰曲之無聞也。
當以榜予堂上。

蘇過在潁昌的西郊“結茅而居之，名曰‘小斜川’”。之後，自號斜川居士。他的本集《斜川集》的名字也是以此命名的。《引》裏説“淵明與予同生於壬子歲”，蘇過是熙寧五年壬子(1075)生的。陶是辛丑50歲時游斜川，“今歲適在辛丑，而予年亦五十”。加之“疇窮既略相似，而晚景所得又同”，故他“感嘆兹事，取其詩和之”。這是“名曰‘小斜川’”的原因。蘇過“偶讀淵明詩”。但是他“偶讀”陶淵明的《游斜川》詩之時，肯定也同時想起蘇軾的《和陶游斜川》來。那是因爲蘇過和的陶淵明詩，祇有《游斜川》一首，並且，他曾經和過一次。不用説，陶淵明的爲人和《游斜川》的作品本身很有魅力。但是更重要的是，他和蘇軾都和了《游斜川》，並且蘇軾在《和陶游斜川》詩中稱美過蘇過。筆者認爲，陶淵明的《游斜川》詩，就蘇過來説，是與對蘇軾的回憶分不開的重要作品。所以他和了兩次，將自己的茅屋稱爲“小斜川”，並且自號“斜川居士”。

以上，從《江神子》開始，考證到蘇過自號“斜川居士”。從這些考證，可以看出陶淵明的《游斜川》，對蘇軾和蘇過父子説來是有特別意義的作品。蘇軾根據這首詩來作《江神子》詞，又作《和陶游斜川》詩，宣揚他有最好的體諒者蘇過的喜悦。蘇過也兩次和了陶淵明的《游斜川》詩，並最終自號“斜川居士”。筆者認爲，這些事情的開端，一定是與蘇軾寫作《江神子》而吟詠對陶淵明敬仰心情分不開的。

蘇軾詞裏所詠的“狂”

一

　　“狂”在中國詩歌中，往往表現自我的思想、人生態度。蘇軾的詩裏也有些“狂”以表現自我的人生態度。日本橫山伊勢雄先生曾經研究蘇詩中的“狂”而發表了一篇論考①。

　　蘇軾在詞裏也以“狂”來吟詠他的思想、人生觀。但是從來沒有專論論及蘇詞之“狂”。所以本文專考蘇軾詞裏所詠的“狂”。

二

　　在考察蘇軾詞裏的“狂”之前，先要概觀蘇軾的詩以及他以前的詩歌裏所詠的“狂”②。

　　詩人使用“狂”來吟詠自我的思想之時，他們的意識裏總是有着《論語·子路》：“子曰：不得中行而與之，必也狂狷乎。狂者進取，狷者有所不爲也”和《論語·微子》：“楚狂接輿歌而

① 《詩人的“狂”——蘇軾》（《漢文學會會報》34 號，1975 年）。
② 關於詩詞的“狂”之論文，僅日本，就有日本二宮俊博《洛陽時代的白居易——關於自我表現的“狂”》（《中國文學論集》10，1981 年）、宇野直人《詩語的“狂”與柳耆卿》（《中國文學研究》9，1982 年）等。

過孔子曰：'鳳兮鳳兮,何德之衰,往者不可諫,來者猶可追。
已而已而,今之從政者殆而。'孔子下欲與之言,趨而辟之,不
得與之言。"①這些《論語》之中的"狂",含有一種雖不合常規
但有主體性的姿勢,同時也表示一個對政治、社會的人生態
度。《論語》的這兩條記述,可以說是對"狂"給予一種概念價
值,給後世以很大的影響。

　　在唐代以前的詩歌裏,"狂"的例子很少。即使有,那
些含義,一言以蔽之,是狂愚醜惡的意思。例如,《詩經‧
齊風‧東方未明》的"折柳樊圃,狂夫瞿瞿",陶淵明《擬古
九首》其二的"不學狂馳子,直在百年中",何晏《景福殿
賦》的"複閣重闈,猖狂是俟"等等。《楚辭》雖然有三個
"箕子佯狂"的用例,但是這不是主張自我態度的,而是指
殷紂王的惡政而言的。在唐代以前,少有意味着自我人生
態度的"狂"。

　　到了唐代,始有些詩人開始以"狂"來表現自我的言行、
人生態度。其中,值得注目的是李白、杜甫、白居易、元稹等
人。例如,李白在《廬山遙寄盧侍御虛舟》詩(《全唐詩》卷
173)裏云:"我本楚狂人,鳳歌笑孔丘。"李白自比"接輿",不管
俗世,而表現自我之態度。李白以後,以"狂"來表現自我人生
態度的是杜甫。《狂夫》詩(同前卷226)最明顯地現出杜甫的
"狂"之特點:

　　　　萬里橋西一草堂,百花潭水即滄浪。風含翠篠娟娟
　　靜,雨裛紅蕖冉冉香。厚祿故人書斷絕,恒飢稚子色淒
　　涼。欲填溝壑惟疏放,自笑狂夫老更狂。

────────────

① 　這一段記述也見於《莊子‧人間世》。但是對後世很有影響,主要是因
　　爲在重要經典《論語》上也有記載。

　　這首詩是上元元年(760)在成都寫作的。杜甫來到成都之前,歷盡千辛萬苦。他在長安過着落魄不遇的日子,接着遭遇安祿山之亂而被幽禁於長安。然後,至德二載(757)十一月,好不容易才能任職於中央政府,但乾元元年(758)六月又被左遷於華州。乾元二年,他棄官爲謀食而去秦州。杜甫的半輩子,他的想要在官場上求得一席之地的願望,完全破滅了。這《狂夫》詩,表面上是在嘲笑自我的"狂",其實骨子裏確有他祇好自視爲"狂"的苦惱,同時也有他對社會的不滿與反抗精神。

　　李白和杜甫,他們最終都不能實現"功成名就"的願望。李詩和杜詩雖然表現不同,但都是將不被政治社會所認識的自我用"狂"來申訴。

　　中唐的白居易也屢次以"狂"來表示自我。他自稱的"狂"多見於大和三年(829)在洛陽閑居之後的詩裏。白居易在那些詩裏,不但吟詠如杜甫那樣的苦惱和對政治環境的反抗精神,也表現以"狂"自負的態度、想法。例如,大和六年所作的《履道居三首》(《全唐詩》卷451)其三云:"唯餘耽酒狂歌客,祇有樂時無苦時。"大和八年所作的《問少年》詩(同前卷455)云:"回首卻問諸年少,作個狂夫得了無。"開成四年(839)所寫的《白髮》詩(同前卷457)云"歌吟終日如狂叟,衰疾多時似瘦仙"等等。還有,在開成二年所作的《又戲答絶句》(同前卷457)云:"狂夫與我世相忘,故態些些亦不妨。"這兩句不但表示他深受杜甫《狂夫》詩的影響,也顯出他想要成爲"狂"的姿勢。白居易的這種心態,雖然不一定見於他所有的詩裏,所以無法斷定是否爲當時他的人生觀之核心,但是很值得注目。在洛陽沉湎於酒,這正是"狂"。白居易也與杜甫一樣,以"狂"表達自己的人生觀,有時候也以"狂"而自負。

　　白居易的知己元稹也多用"狂"。特別是他在被左遷於江陵,日暮途窮之時,屢次以"狂"自我表現。例如,《放言五首》(《全唐詩》卷 413)其三云"霆轟電燧數聲頻,不奈狂夫不藉身",《酬許五康佐》詩(同前卷 406)云"他年問狂客,須向老農求"等等。但元稹的"狂"沒有特別新奇的含義,可以說是與杜甫的"狂"相類的。元稹以後到蘇軾沒有多少詩人使用"狂"或者給它加上新奇的含義的,但詞人柳永有些例外。

　　根據《全宋詞・柳永詞》①,柳永的 213 首詞中有 21 個"狂"的例子。他用"狂"吟詠耽溺於飲酒作樂的自我。例如,《晝夜樂》詞(《全宋詞》第 1 冊第 15 頁)云"無限狂心乘酒興。這歡娛、漸入嘉景",《金蕉葉》詞(同前第 20 頁)云"未更闌、已盡狂醉。就中有個風流,暗向燈光底",《透碧霄》詞(同前第 47 頁)云"昔觀光得意,狂游風景,再覩更精妍"等等。柳永終究無法在官場上得意,祗好在花街柳巷沉湎酒色。他詞裏所詠的"狂",就是他這種人生的投影。

　　最後簡單地說明蘇軾詩裏的"狂"。在他詩裏自我表現的"狂"出現於熙寧三年(1070)到八年之間(這以前所用的"狂"不是表現自我)。這時期,王安石同中書門下平章事,強有力地推動新法。蘇軾因與王安石的政見分歧,熙寧四年離開京師而到杭州去上任。蘇轍也於熙寧三年因爲批評新法而被派到陳州任學官。蘇軾將自己在中央政界的所作所爲看做"狂"。例如,熙寧三年作的《次韻子由初到陳州二首》(《合注》卷 6)其一云"懶惰便樗散,疏狂託聖明。阿奴須碌碌,門戶要全生"、熙寧四年作的《潁州初別子由二首》(同前卷 6)其一云"嗟我久病狂,意行無坎井。有如醉且墜,幸未傷即醒"等等。

────────────────

①　根據繁體字版《全宋詞》。

從這些詩裏,可以看出他想要以"狂"表現與潮流不相容的自我,並借此批評新黨,也表明與其順潮流不如"疏狂"的人生態度。但是在擔任杭州通判以後的詩裏,卻開始自嘲自己的"狂",也同時老實地承認自己愚直,終於吟詠起因爲"狂"所以才能感受到的喜悦,現出了從容不迫的態度。例如,熙寧四年(1071)十一月所作的《送岑著作》詩(同前卷 7)云"我本不違世,而世與我殊。……人皆笑其狂,子獨憐其愚。……而我懶拙病,不受砭藥除",八年作的《懷西湖寄晁美叔同年》詩(同前卷 13)云"嗟我本狂直,早爲世所捐。獨專山水樂,付與寧非天"等等。從這些詩裏,可以看出他的視點轉換。那就是他在黃州之時所作的詩裏經常出現的將處於不幸的情況反視爲幸福。以後,蘇軾的詩裏,雖然有表現飲酒時胡鬧的"狂"和意味着信口開河的"狂言"之用例,但是沒有與他的人生態度有密切關係的"狂"。

以上,祇不過是走馬看花,概觀蘇軾以前的詩詞和他的詩。從這些例子,可以看出有一個系統,從李白、杜甫開始以"狂"表現與潮流不相容的自我。還有,從蘇軾的詩,可見他是在享受因爲"狂"所帶來的喜悦。

三

根據《全宋詞·蘇軾詞》,在蘇軾詞裏有 15 個"狂"字。其中有九個是自我表現的。以下,順着寫作時期來看看四個與他的人生態度很有密切關係的用例。

　　　　自古相從休務日,何妨低唱微吟。天垂雲重作春陰。坐中人半醉,簾外雪將深。　　聞道分司狂御史,紫雲無路追尋。凄風寒雨是駸駸。問囚長損氣,見鶴忽驚心。

（《臨江仙・送李公恕》，《傅注》卷 3）

這首詞是元豐元年(1078)正月，蘇軾送李公恕回京師去之時所作。後闋第一句裏有"狂"字。"聞道分司狂御史，紫雲無路追尋"兩句，根據《本事詩・高逸》所載，是杜牧的故事：

> 杜爲御史，分務洛陽時，李司徒罷鎮閑居，聲伎豪華，爲當時第一。洛中名士，咸謁見之。李乃大開筵席，當時朝客高流，無不臻赴。以杜持憲，不敢邀置。杜遣座客達意，願與斯會。李不得已，馳書。方對花獨酌，亦已酣暢，聞命遽來。時會中已飲酒，女奴百餘人，皆絶藝殊色。杜獨坐南行，瞪目注視，引滿三巵，問李云："聞有紫雲者，孰是。"李指示之。杜凝睇良久，曰："名不虛得，宜以見惠。"李俯而笑，諸妓亦皆回首破顔。杜又自飲三爵，朗吟而起曰："華堂今日綺筵開，誰喚分司御史來。忽發狂言驚滿座，兩行紅粉一時回。"意氣閑逸，傍若無人①。

蘇軾這《臨江仙》詞上闋寫送別宴會，下闋寫惜別之情。在詞裏，蘇軾自比杜牧，將李公恕比作李司徒。"紫雲"是指李公恕的歌女。這首詞是送別的作品，以"紫雲無路追尋"一句來吟詠對李公恕的惜別之情。

那麼，蘇軾爲何特意用杜牧的"狂"來自我表現呢？因爲他意識到自己與杜牧之間有類似點。

根據《本事詩・高逸》的記載，杜牧當時官拜監察御史，負着檢察的責任。李司徒也認爲"杜(牧)持憲"而"不敢邀置"。但是杜牧卻自願出席，在酒筵上對紫雲大膽地説："名不虛得，宜以見惠。"最後還寫作一首詩詠自我的狂態。從這個故事，

---

① 《歷代詩話續編》(中華書局，1983 年)第 15 頁。

可見杜牧對因職責所引發的世俗束縛和評價都不介意。"職責是職責,我是我",這種態度,換而言之,就是精神上的自由。

蘇軾熙寧四年(1071)離開京師,經過杭州通判、知密州,於十年知徐州。這幾年,他甘願任地方官。就處於如此環境的蘇軾來講,"精神上的自由"是很重要的。他當時的人生目標,無論是任職於何地、無論是什麼身份、地位,都力求保持自我精神之自由。但是《臨江仙》最後兩句卻云:"問囚長損氣,見鶴忽驚心。"蘇軾因爲忙於公務,有時好像忘記了自己追求的狂放,見鶴自由翱翔,不能不爲自我精神而"驚心"。那麼,杜牧的"狂",對他來説是一個理想。從來的"狂",都表示過去或者現在的處境和人生態度,不過這《臨江仙》詞的"狂"則是作者想要實現的理想,是比較新奇的"狂"的用例。

下面,我們看看元豐三年(1080)在黃州所作的《定風波·十月九日孟亨之置酒秋香亭,有雙拒霜猶向君猷而開。坐客喜笑,以爲非使君莫可當此花,故作是篇》詞。

兩兩輕紅半暈腮。依依獨爲使君回。若道使君無此意。何爲。雙花不向別人開。　但看依昂煙雨裏。不已。勸君休訴十分盃。更問樽前狂副使。來歲。花開時節與誰來。(《傅注》卷4)

這首詞從詞序,可見是在黃州通判孟亨之的酒筵上所作。蘇軾當時被謫爲黃州團練副使。所以"更問樽前狂副使"的"狂副使"是蘇軾自指。他元豐二年(1079)下御史臺獄,被貶爲黃州團練副使,本州安置,翌年二月到了黃州。就他來説,這一年正是急劇變化的一年。這首詞最後三句,用一種自問的語氣來吟詠他對變化不定的人生之感慨。這首詞的"狂"意

味着自我的不合時勢,與由杜甫開始而直至蘇軾詩裏所見的
"狂"相類。

蘇軾元豐六年(1083)九月在黃州還寫有一首《十拍子》
詞,也以"狂"表現自我。

> 白酒新開九醞,黃花已過重陽。身外儻來都是夢,醉
> 裏無何即是鄉。東坡日月長。　　　玉粉旋烹茶乳,金虀
> 新擣橙香。强染霜髭扶翠袖,莫道狂夫不解狂。狂夫老
> 更狂。(《傳注》卷 12)

這首詞前闋吟詠他的人生觀,後闋寫他的狂態。"身外儻
來都是夢,醉裏無何即是鄉",意思是除了自我以外,所有的事
都像夢一樣的空虛,"醉裏"的"無何有"之鄉就是我的故鄉。
"儻",倘或;"儻來",偶然而來,語出《莊子·繕性》:"物之儻
來,奇者也。""身外儻來"一定是指世間的名聲、地位等而言。
這表明他將"外物"視爲空虛,而在自我精神中看到人生價值
的思想。

蘇軾在黃州除了這首詞以外,也有些詞抒發了不受"外
物"影響的思想。例如《定風波》詞云:

> 莫聽穿林打葉聲。何妨吟嘯且徐行。竹杖芒鞋輕勝
> 馬①。誰怕。一蓑煙雨任平生。　　　料峭春風吹酒醒。
> 微冷。山頭斜照卻相迎。回首向來蕭瑟處。歸去。也無
> 風雨也無晴。(《傳注》卷 4)

這首詞有"公舊序"云:

---

① 這一句的"芒鞋",《傳注》作"芸鞋"。劉尚榮《傅幹注坡詞》(巴蜀書社,
1993 年)的這首詞之【校勘記】云:"'芒',傳注本皆誤作'芸',據元本改"
(第 99 頁)。這裏根據劉先生的校勘。

　　三月七日,沙湖道中遇雨,雨具先去。同行皆狼狽,余獨不覺。已乃遂晴,故作此。

　　詞裏所抒發的是他即使没有雨具也不在乎,也無所畏懼的思想。"雨",不用説是象徵他所遭遇的險境。但是最後一句卻説:"也無風雨也無晴。"這表明一切都將過去,他無論"雨"還是對"晴"都不介意的態度。這與《十拍子》裏所寫的人生觀相同,因爲對蘇軾來講,"雨"與"晴"到底都是"身外儻來"的事情。

　　《十拍子》的"身外儻來都是夢,醉裏無何即是鄉"兩句表現的是《莊子》的思想,並不新鮮。但是《十拍子》最後三句表現出他的獨創性。蘇軾"强染霜髭扶翠袖",人們以爲"狂夫(蘇軾)不解狂"。但是蘇軾反駁説:"狂夫老更狂。""莫道狂夫不解狂。狂夫老更狂。"這兩句裏有四個"狂"。但是前一句的兩個"狂"與後一句的兩個"狂"含義不同。前一句説的是當時一般所認識的"狂",後一句則是與一般不同的、蘇軾獨自的"狂"。當他寫作這《十拍子》之時,心裏意識到杜甫的《狂夫》詩。那因爲《十拍子》裏有兩個"狂夫",並且最後一句"狂夫老更狂"是《狂夫》詩的最後五個字。從這兩句,可見當時的人所認識的"狂"之形象是杜甫的《狂夫》詩裏所寫的。就是説,時人大多根據"杜詩的狂夫之形象"來判斷是否"狂"。但是此與蘇軾心中所想、所認知的"狂"並不一致。他的"狂",就如在《臨江仙》詞所指出的那樣,是精神上的自由,也是在這《十拍子》裏所説的"身外儻來都是夢,醉裏無何即是鄉"之境地。在他的意識(理想)中,"狂"就是不受外在事情的影響,隨時隨地能保持自在的心情。不過當時對"狂"已有固定的形象,時人固執這"狂"的形象。蘇軾"强染霜髭扶翠袖"的行動,按照當時的"狂"之形象來説,就不是"狂"。但是就蘇軾而言,真正的

“狂夫”也並不受當時一般“狂”的形象、定見所束縛的;真正的
“狂夫”對什麼事情都不在乎,即使“强染霜髭扶翠袖”,也並没
問題。他在此想要主張這種思想。蘇軾認爲當時人們所有的
“狂”的形象、定見也都是個“身外儻來”之見。真正的“狂夫”
也不受“狂”的形象、定見所束縛。這裏顯現出他徹底地否定
所有的既成概念及强烈的自我主張。

　　“狂夫”的蘇軾,以後甚至想要擺脱天命的束縛。元豐五
年(1082)所作的《滿庭芳》詞云①:

　　　　蝸角虛名,蠅頭微利,算來著甚乾忙。事皆前定,誰
　　弱又誰强。且趁閑身未老,儘放我、些子疏狂。百年裏,
　　渾教是醉,三萬六千場。　　　思量。能幾許,憂愁風雨,
　　一半相妨。又何須、抵死説短論長。幸對清風皓月,苔茵
　　展、雲幕高張。江南好,千鍾美酒,一曲滿庭芳。(《傳
　　注》卷1)

　　這首詞開頭五句,意思是微不足道的名聲,蠅頭般微小的
利益,忖度起來用得着爲它空忙嗎? 世間萬事萬物都早有定
命,誰能爭個强弱?“事皆前定,誰弱又誰强”是一種宿命論。
蘇軾承受宿命之後,又不願受其束縛,“且趁閑身未老,盡放
我、些子疏狂”。這首詞的“狂”可以説是將宿命論否定了,即
使“事皆前定”,但仍可過“渾教是醉”的“疏狂”生活。研究蘇
軾對宿命論有何認知,是很重要的問題。他承受宿命論,從另
一首《哨遍》詞也看出:

　　　　爲米折腰,因酒棄官,口體交相累。歸去來,誰不遣
　　君歸。覺從前、皆非今是。露未晞。征夫指予歸路,門前

---

① 　關於這首詞的編年,請參看本書的《蘇軾詞編年考》。

笑語喧童稚。嗟舊菊都荒,新松暗老,吾年今已如此。但小窗、容膝閉柴扉。策杖看、孤雲暮鴻飛。雲出無心,鳥倦知還,本非有意。　　噫。歸去來兮。我今忘我兼忘世。親戚無浪語,琴書中、有真味。步翠麓崎嶇,泛溪窈窕,涓涓暗谷流春水。觀草木欣榮,幽人自感,吾生行且休矣。念寓形、宇內復幾時。不自覺、皇皇欲何之。委吾心、去留誰計。神仙知在何處,富貴非吾志。但知臨水登山嘯詠,自引壺觴自醉。此生天命更何疑。且乘流、過坎還止。(《傳注》卷8)

這首詞有"公舊序"云:

> 陶淵明賦《歸去來》,有其詞而無其聲。余治東坡,築雪堂於上。人俱笑其陋,獨鄱陽董毅夫過而悅之,有卜鄰之意。乃取《歸去來詞》,稍加檃括,使就聲律。以遺毅夫,使家僮歌之。時相從於東坡,釋耒而和之①,扣牛角而爲之節。不亦樂乎!

這首詞是元豐五年(1082)在黃州所作,如"公舊序"所寫的那樣,是"稍加檃括"陶淵明《歸去來兮辭》而作的。蘇軾因爲敬仰陶淵明,所以寫作這首《哨遍》詞。這《哨遍》不用說是與《歸去來兮辭》相似的,他一定受了陶淵明的人生觀之影響。就是說,蘇軾因爲對《歸去來兮辭》所寫的內容感到共鳴,所以"取《歸去來詞》,稍加檃括"而作《哨遍》詞。《歸去來兮辭》裏有云:"樂夫天命復奚疑。"《哨遍》也有云:"此生天命更何疑。"可見陶、蘇都接受宿命論影響。

蘇軾接受了宿命論,但是他的宿命,如"憂愁風雨,一半相

---

① "釋耒而和之"的"耒",《傳注》作"來"。這裏根據元本。

妨"的那樣,不一定是好的。不過"事皆前定",不能改變命運。
於是"且趁閑身未老,儘放我、些子疏狂",以求暫時得到解脱。
"狂"是不受外在事物影響的人生態度。蘇軾把"狂"更進一步
發展爲將自我從宿命解脱出來的手段。

四

　　蘇軾以狂自負,他的詞裏所詠的"狂",有時表示超脱"狂"
的既有形象、成見,有時甚至意味着擺脱宿命的束縛。這顯示
他想將自我從所有的束縛裏頭解放出來的人生態度,有些甚
至是從來沒有過的新奇用法。蘇軾從元豐三年到六年被貶謫
於黄州,他用法新奇的"狂"都見於在黄州所作的詞裏。黄州
貶謫,就他説來是不堪忍受的事件。當時他需要精神支柱。
"狂"可以説是在黄州時期蘇軾的精神支柱之一。

蘇軾詞裏所詠的"夢"

一

在文學史上,"夢"向來是一個主要題材。蘇軾的詞裏也使用"夢"字來吟詠他的人生觀。關於他的人生觀,研究者從來多由詩來研究探討。因此,本文想要從蘇軾詞中的"夢"來探討他的人生觀。

蘇軾詞裏所用的"夢"字,根據《全宋詞·蘇軾詞》,一共有77個。其中比喻人世間、人生的有16個。下面,選擇6個與他的人生觀有密切關係的用例,按寫作時間先後來看看。

二

明月如霜,好風如水,清光無限。曲港跳魚,圓荷瀉露,寂寞無人見。紞如三鼓,鏗然一葉,黯黯夢雲驚斷。夜茫茫、重尋無覓處,覺來小園行遍。　　　天涯倦客,山中歸路,望斷故園心眼。燕子樓空,佳人何在,空鎖樓中燕。古今如夢,何曾夢覺,但有舊歡新怨。異時對、黃樓夜景,為余浩嘆。(《永遇樂》,《傳注》卷7)

這首詞有"公舊注"云:"夜宿燕子樓,夢盼盼,因作此詞。"可見是元豐元年(1078)作於徐州的。雖然先寫風景,後寫蘇軾從夢中醒過來之事，其實前闋所寫的風景卻是他醒過來之後看見的。蘇軾當天所見的夢，如"公舊注"云"夢盼盼"，詞裏也云"黯黯夢雲驚斷"，"佳人何在"的"佳人"，是往昔住在燕子樓的歌女"盼盼"（一說"盼盼"）。

　　這首詞後闋吟詠他醒來時在心上涌起的感慨。漂泊"天涯"的"倦客"是指蘇軾自己。"山中歸路，望斷故園心眼"兩句，表現他的強烈望鄉之情。他找不到盼盼而有人生無常之感："從古到今，都像夢一般。從來也没有從夢醒來，故祇有舊歡新怨。""古今如夢"這種思想不一定是新奇的，但是值得注目的是最後兩句"異時對、黄樓夜景，爲余浩嘆"。意思是"將來，一定也會有人面對黄樓的夜景，爲了找不到我的踪跡而大聲嘆息"。"黄樓"是蘇軾建於徐州的建築物①。在蘇軾逝去的將來，黄樓也將成爲他的遺物。蘇軾在燕子樓悲嘆盼盼不在而感到人間的無常。無常感，一般來説，是從現在回憶過去的時候感覺到的。但是他的視點轉向了自我不在的未來。與蘇軾現在面對燕子樓悲嘆盼盼不在一樣，將來有人會面對黄樓的夜景悲嘆蘇軾不在。"古今如夢，何曾夢覺"，不但人間現在如此，將來也是永遠醒不來的夢。對已經過去的時間懷有無常之感，這也不一定是新的。但是想像將來有人悲嘆自己的消失而抒發無常之感，這樣的手法卻是不多見的。就想像自己不在的將來這一點看，與陶淵明的《自祭文》有相似之處②。但是這《永遇樂》詞，蘇軾人生如夢之思想所觸及的範圍則更深刻、更廣泛。現在悲嘆着已故的盼盼之蘇軾，也終究

① 根據秦觀的《黄樓賦》，黄樓是蘇軾元豐元年(1078)八月所建的。
② 關於陶淵明的挽歌詩，有日本一海知義《文選挽歌詩考》(《中國文學報》12,1960 年)。

不得不面臨死亡,而死後也就爲人所悲嘆。就是説,以更廣泛
的視點來看,人們在人世間又生又死,現在悲嘆前人逝去的
人,在不久的將來也將成爲被悲嘆對象。這種現象不單衹限
於盼盼、蘇軾之間,而是永遠重複並普遍地存在人世間。這就
是這首詞很新奇的地方。

　　蘇軾的人間如夢的看法,不但是對過去的感傷,也含有對
自我死後的感傷。他元豐二年(1079)四月,赴湖州知州任的
途中,在揚州的平山堂作了一首《西江月》詞。從這首詞,也可
以看出與《永遇樂》相類的看法。

　　　　三過平山堂下,半生彈指聲中。十年不見老仙翁,壁
　上龍蛇飛動。　　　欲弔文章太守,仍歌楊柳春風。休言
　萬事轉頭空,未轉頭時皆夢。(《傅注》卷2)

　　"平山堂"是慶曆八年(1048)歐陽修所建的。這首詞後闋
第一句的"文章太守"就是指歐陽修,第二句的"楊柳春風"是
指歐陽修寫作的《朝中措》詞"手種堂前垂柳,別來幾度春風"
而言的①。歐陽修逝世於熙寧五年(1072),這首詞是蘇軾元
豐二年爲追念他而作。

　　蘇軾在這首詞最後兩句以"夢"吟詠自己的人生觀。"休
言萬事轉頭空,未轉頭時皆夢",意思是"不要説世間萬事回頭
來看都是空虛的。其實,尚未回頭時也都是夢"。"萬事轉頭
空"是對已過去的事情而言的。"未轉頭時"則指正在進行時。
現在歐陽修不在了,平山堂壁上衹保留着他的草書。那時候,
人們都會覺得人世間是空虛的。但是蘇軾勸説不要悲嘆已經

---

① 歐陽修《朝中措》詞:"平山闌檻倚晴空。山色有無中。手種堂前垂柳,
　別來幾度春風。　　　文章太守,揮毫萬字,一飲千鍾。行樂直須年少,
　尊前看取衰翁。"(《全宋詞》1册第122頁)

過去的萬事萬物有如夢一般。他認爲人生、人間都如永遠不醒的夢，生者與死者到底都祇是在夢中過了很短的時間而已，所以都不用悲嘆。由此可見蘇軾是從巨大的視點來看問題，也是與上述的《永遇樂》詞相同的①。

　　但是將《永遇樂》與《西江月》比起來，仍有一個差別。《西江月》云"休言萬事轉頭空"，否定了人們悲嘆人生空虛之意。但《永遇樂》云"但有舊歡新怨"，卻抒發了自我心裏的悲哀之情。假如從巨大的視點來看，就能達到"人生如夢"的達觀境界，不會陷入悲哀中。因爲"怨"也是"夢"中的事情，不可以爲"怨"苦惱。《永遇樂》詞雖説"古今如夢，何曾夢覺"，但也説"但有舊歡新怨"，蘇軾爲"新怨"傷心。這表明他心中的矛盾。

　　蘇軾元豐三年(1080)在黃州寫作了一首《西江月·中秋和子由》詞②。這首詞雖也云"世事一場大夢"，但卻充滿了他的悲哀之情。

　　　　世事一場大夢，人生幾度新涼。夜來風葉已鳴廊。看取眉頭鬢上。　　　酒賤常嫌客少，月明多被雲妨。中秋誰與共孤光。把酒淒然北望。(《傳注》卷 2)

　　"世間之事物好像一場大夢，人的一生能够遇到幾次初秋呢?"蘇軾把"世事"視爲"一場大夢"。假如覺悟到"世事一場

---

① 參看日本山本和義《蘇軾詩論稿》(《中國文學報》13, 1960 年)。

② 關於這首詞的編年，《總案》、《朱注》、《曹注》、《石唐注》都認爲是元豐三年(1080)。但是《孔年》和《校注》卻認爲紹聖四年(1097)。《孔年》云："詞不作於黃州，弟轍時在筠，筠居黃之南，位置不符。詞云'夜來風葉已鳴廊，看取眉頭鬢上。'爲居僧情景。"(卷 36)但是"把酒淒然北望"一句，如《薛注》所説的那樣，是"設想子由望公耳。時子由貶筠州酒税，筠州與黃州，正好南北相望耳"(第 252 頁)。並且，這《西江月》所詠的内容與在黃州寫作的詞意境相類。所以筆者認爲這首詞是元豐三年貶官黃州之時所作的。

大夢",那,現在他面臨的處境也就是"夢",也就不用悲嘆。但是蘇軾在這首詞後闋悲嘆自我不幸的身世。"酒賤常嫌客少",這表現了謫居黄州的處境。"酒賤"正不妨廣邀客人飲酒,而卻"常嫌客少",這是爲不少人都怕受牽連而回避他。蘇軾在貶官黄州期間嘗盡了世態炎涼的滋味,他在《送沈逵赴廣南》詩(《合注》卷 24)中寫道:

> 我謫黄岡四五年,孤舟出没風波裏。故人不復通問訊,疾病饑寒疑死矣。

"月明多被雲妨"一句,他自比"月",將新黨比作"雲",暗示自我謫居黄州。"月明"表現出他雖被貶而仍頗自負,"雲妨"表現出他對新黨的不滿。"中秋誰與共孤光"是吟詠蘇軾當時懷有的孤獨感。"把酒淒然北望"是借弟弟蘇轍思念(北望)自己來,抒發自己對弟弟的思念之情。意思是説:"我跟誰一起欣賞這孤獨的月光呢? 祇有在筠州的蘇轍舉着酒盃,淒然地眺望北方的黄州。"這首詞作於元豐三年,他們不能在一起欣賞明月。蘇軾在黄州懷念蘇轍,蘇轍自然也在筠州懷念蘇軾。"把酒淒然北望"一句,是蘇軾想像蘇轍而言的。三年前即熙寧九年(1076)中秋,蘇軾所作《水調歌頭》詞(明月幾時有),就對蘇轍説:"但願人長久,千里共嬋娟。"熙寧十年他們在徐州一起度過中秋,以後他們能一起欣賞中秋月,祇有九年後的元祐元年(1086)了。

　　蘇軾在詩裏不是偏重於抒情而是冷静地吟詠烏臺詩禍。例如,元豐二年(1079)年底,他剛剛出獄時所作的《十二月二十八日,蒙恩責授檢校水部員外郎黄州團練副使,復用前韻二首》(《合注》卷 19)其一云:

> 卻對酒盃渾似夢,試拈詩筆已如神。此災何必深追

咎，竊禄從來豈有因。

而《西江月》詞所表現的卻是不能消解的悲哀，吐露的是他真實的哀傷之情。

有人僅强調蘇軾是一個樂觀者，其實他也有悲觀厭世的一面。烏臺詩案使蘇軾精神上受到强烈打擊，但他將那無可奈何的心情不是寫在詩裏，而是寫在詞裏。

如本文開頭部分所説的那樣，蘇軾的思想、人生觀，向來多從他的詩文來考察。但是要弄清蘇軾的思想、人生態度，也必須考慮他的詞裏所説的内容。他的人生如夢的思想之表現，詩和詞往往有不一樣的地方。以下一首《江神子》詞，就是表示蘇軾對陶淵明的傾倒、思慕之情：

> 夢中了了醉中醒。衹淵明，是前生。走遍人間，依舊卻躬耕。昨夜東坡春雨足，烏鵲喜，報新晴。　　雪堂西畔暗泉鳴。北山傾，小溪横。南望亭丘、孤秀聳曾城。都是斜川當日境，吾老矣，寄餘齡。(《傳注》卷6)

這首詞有"公舊序"云：

> 陶淵明以正月五日游斜川，臨流班坐，顧瞻南阜，愛曾城之獨秀，乃作《斜川詩》。至今使人想見其處。元豐壬戌之春，余躬耕於東坡，築雪堂居之，南挹四望亭之後丘，西控北山之微泉，慨然而嘆，此亦斜川之游也。乃作長短句，以《江神子》歌之。

元豐五年壬戌(1082)春天，建成了雪堂，蘇軾開始過農夫的日子。根據"公舊序"和詞的内容，蘇軾覺得雪堂的周圍風景、境界，與陶淵明《游斜川》詩裏所寫的内容相似，這使他深受感動。這就是作詞的動機。蘇軾開始住在雪堂的時候，腦

海裏浮現的不是別的,而是陶淵明。他想起陶淵明的直接原
因,是雪堂的周圍風景與《游斜川》詩所寫的内容很相似。其
實,如這首詞開頭三句所説的"夢中了了醉中醒。祇淵明,是
前生"那樣,蘇軾當時已有對陶淵明的强烈傾倒、思慕之情。
"了了",指聰明、懂事。《世説新語・言語》:"小時了了,大未
必佳。"一般人都是夢中糊塗,醉中昏迷。蘇軾認爲祇有他和
陶淵明能作到夢中清楚,醉中清醒。"走遍人間,依舊卻躬
耕",就是他和陶淵明"了了"和"醒"的内容。但正是在這裏,
表現出他與陶淵明的不同,陶是自己棄官歸耕,蘇軾卻是被貶
而"躬耕",區别就在於自願與被迫。這裏的"夢",基本上也與
上面考察的《永遇樂》和兩首《西江月》裏的"夢"相同,但是在
含義上有點不同。"夢中了了醉中醒"的最後三字"醉中醒",
典出《楚辭・漁父》的"舉世皆濁我獨清,衆人皆醉我獨醒。是
以見放"。蘇軾用這一典故,表明自己的"見放"也與屈原一
樣,未隨"舉世皆濁"而濁,未隨"衆人皆醉"而醉,抒發了他對
迫害他的新黨的不滿。

　　蘇軾説:"祇有陶淵明一個人'夢中了了醉中醒'。我
是他的轉世。"那麽,陶淵明"轉世"的蘇軾也是人世間唯一
的"覺醒者"。其實,陶淵明和蘇軾有很大不同,在這方面
陶淵明比蘇軾清醒得多。正如後來蘇轍在《子瞻和陶淵明
詩集引》裏所説:"淵明不肯爲五斗米,一束帶見鄉里小人,
而子瞻出仕三十餘年,爲獄吏所折困,終不能悛,以陷於大
難。乃欲以桑榆之末景,自託於淵明,其誰肯信之?"(《欒
城後集》卷 21)信還是可信的,嚴酷的現實使蘇軾想學陶
淵明歸隱田圃;是仕途中人,故總是學不到。蘇軾是承認
這點的,蘇轍説他"半生出仕,以犯世患,此所以深服淵明,
欲以晚節師範其萬一也"(同前)。但他視陶淵明和自我爲

一體,表明他身處惡劣的環境仍十分自負。他到這裏,領悟一種境界。上述的《永遇樂》和兩首《西江月》詞裏祇提人間如夢,没説到夢裏怎麼活下去。但是這《江神子》明確地表明了自我人生態度。那一定與雪堂的完成和開始過農耕生活有關。他下了烏臺之獄,被貶在黄州。在黄州的日子,對蘇軾説來,一定是很難受的。他當時很需要精神支柱。來到黄州經過了一年,他的安身之處"雪堂"完成了。他開始過農民的生活。下定作農夫的決心,一定是不簡單的,可能有躊躇逡巡。那時候,陶淵明正是作爲精神支柱的最合適的人物。因爲他們雖然彼此情況不同,但是都歸田了。就是説,蘇軾是以陶淵明與自我的一體化來接受他的遭遇的。

在黄州蘇軾還寫有一首《哨遍》詞來表現他與陶淵明的共鳴:

> 爲米折腰,因酒棄官,口體交相累。歸去來,誰不遣君歸。覺從前、皆非今是。露未晞。征夫指予歸路,門前笑語喧童稚。嗟舊菊都荒,新松暗老,吾年今已如此。但小窗、容膝閉柴扉。策杖看、孤雲暮鴻飛。雲出無心,鳥倦知還,本非有意。　噫。歸去來兮。我今忘我兼忘世。親戚無浪語,琴書中、有真味。步翠麓崎嶇,泛溪窈窕,涓涓暗谷流春水。觀草木欣榮,幽人自感,吾生行且休矣。念寓形、宇内復幾時。不自覺、皇皇欲何之。委吾心、去留誰計。神仙知在何處,富貴非吾志。但知臨水登山嘯詠,自引壺觴自醉。此生天命更何疑。且乘流、過坎還止。(《傳注》卷8)

這《哨遍》是檃括陶淵明的《歸去來兮辭》而作的,也是以檃括詞出名的。《歸去來兮辭》是陶淵明吟詠決心辭職歸田時的心境。這正符合當時蘇軾的情況。雪堂建成,他決心過農夫的生活。正是在這種背景下,他聲稱"祇淵明,是前生",寫了檃括陶淵明的《歸去來兮辭》。

蘇軾晚年作了很多《和陶詩》。向來考察他敬仰陶淵明的心情之時,多半從這些《和陶詩》來論述。蘇軾元祐七年(1092)在揚州作了《和陶飲酒二十首》。這是他寫作《和陶詩》的開始。但是在《和陶飲酒二十首》的十年前、被謫在黃州之時,他已寫了《江神子》和《哨遍》,來表達敬仰陶淵明的強烈心情。

詞雖稱爲"詩餘",也是新興文學,在宋代的地位處於詩文之後,但卻也不能忽視。如上面所説的那樣,考察蘇軾敬仰陶淵明的心情之時,除了詩以外,也應該要參考他的詞。祇看詩,不能完全看出蘇軾在黃州對陶淵明的強烈敬仰之情。

最後,我們看看《十拍子》詞。

> 白酒新開九醞,黃花已過重陽。身外儻來都是夢,醉裏無何即是鄉。東坡日月長。　　玉粉旋烹茶乳,金齏新擣橙香。强染霜髭扶翠袖,莫道狂夫不解狂。狂夫老更狂。(《傅注》卷12)

這首詞是元豐六年(1083)九月在黃州作的,也是一首蘇軾主張自我人生態度的作品。關於這首詞的"狂",筆者已經在《蘇軾詞裏所詠的"狂"》中論述,在這裏不贅述。

在這首詞裏,要注意的是"身外儻來都是夢,醉裏無何即是鄉",意思是"自身以外無意得來的東西,都是夢一般空虛的。醉酒時的'無何有之鄉'就是我的故鄉"。蘇軾在這裏使用了"身外"的詞語。"身外儻來都是夢",是説身外之物,包括昔日的莅官和今日以帶罪之身謫居黃州都如夢幻,換而言之,祇有他一個人覺醒。如上述的那樣,蘇軾在《江神子》詞裏説自己是在人間唯一的覺醒者。從這《十拍子》詞也可以看出相同的思想。人們懷有的"狂"的形象,就蘇軾説來,也是"儻來"的事情,也是"夢"。他將世間上的名聲、高位、甚至對"狂"的定見都看做"夢"。由此可見他想要徹底地超脱如夢的人生態度。

三

以上,考察了蘇軾詞裏所詠的夢。從上面的考察,可以看出蘇軾將自己看做是如夢人生中唯一的覺醒者這樣的思想,而且,他在謫居黃州之時已有對陶淵明的強烈敬仰。特別是《江神子》裏的"祇有淵明,是前生"一語,與《和陶詩》比起來,是更深切的。

本文祇限於詞而論述蘇軾的夢。但是同時也應該考慮蘇軾詩裏所詠的"夢"。還有,《江神子》與《十拍子》都將"夢"與"醉"成對吟詠,以表現他對人生的態度。所以也應當考察蘇軾詩裏所詠的"夢"和蘇軾詩詞裏所詠的"醉"。但這一問題,不太簡單,需要詳細的考察。本文祇能略微涉及。

元祐七年(1092)蘇軾在揚州作了《和陶飲酒二十首》。筆者認爲,這首詩是解決上述兩個問題的重要資料之一。《和陶飲酒二十首》有《叙》云:

> 吾飲酒至少,常以把盞爲樂,往往頹然坐睡。人見其醉,而吾中了然。蓋莫能名其爲醉爲醒也。在揚州時,飲酒過午輒罷。客去解衣,盤礴終日,歡不足而適有餘。因和淵明《飲酒二十首》。庶以彷彿其不可名者。示舍弟子由晁無咎學士。(《合注》卷35)

　　這《叙》中的“人見其醉,而吾中了然”與《江神子》的“醉中醒”,在表現上相類。但是“吾中了然”不一定是“醉”者與“醒”者的對比,而是表示自我醉酒時的覺醒感。蘇軾將這個感覺表現爲“莫能名其爲醉爲醒”的境地。

　　《和陶飲酒二十首》其一,將這個境地描述如下:

> 我不如陶生,世事纏綿之。云何得一適,亦有如生時。寸田無荆棘,佳處正在兹。縱心與事往,所遇無復疑。偶得酒中趣,空盃亦常持。

　　“世事纏我的身,所以我不如陶淵明。那麽,如何能够接近他的境地呢? 那需要消解纏着心田的荆棘。將精神從拘束中解脱出來,隨心所欲,跟心所欲,隨着事物變化而行動,而毫無懷疑地接受所有的事情”。蘇軾將這個境地稱爲“酒中趣”。“醉”可以説是從所有的拘束解放出來的手段,用上述的《十拍子》的表現來説,就是“醉裏無何即是鄉”。

　　《和陶飲酒二十首》其十二,吟詠“夢”與“醉”兩個事情。開頭八句如下云:

> 我夢入小學,自謂總角時。不記有白髮,猶誦論語辭。人間本兒戲,顛倒略似兹。惟有醉時真,空洞了無疑。

　　“人間本兒戲,顛倒略似兹”兩句,顯示蘇軾對如夢人間的看法。人間本來好像是微不足道的孩提時代的遊戲,是非的顛倒正如老人在夢中回到孩提時代誦讀《論語》時一樣。人們在夢中不認識那個“顛倒”。那麽蘇軾爲何能够認識那個“顛倒”呢? 因爲他“夢中了了醉中醒”,即使在醉夢中也是一個醒者,所以能了解人間的本質。“醉時真”的境地是没有什麽東西遮蓋着,很清楚明確,也没有什麽可以懷疑的。

　　在這裏不用着急地作出結論，但是蘇軾想要尋求的境地是没有什麽遮擋的、没有什麽可懷疑的世界。換而言之，是要從所有拘束中解放出來，也就是精神的自由。他要在醉夢裏找到這個境界。或許有點嚴酷，但是他除了在醉夢裏之外找不到精神的自由。

　　最後附帶説説，蘇軾以人間如夢來做比喻，這已見於佛教經典①。《西江月》詞的"大夢"這個詞語見於《莊子·齊物論》。現在已有不少學者指出蘇軾深受佛教、老莊思想影響。其中，日本竺沙雅章先生説："蘇軾從小對千變萬化的人生感到悲哀，做官之後，在糾紛不斷的政界陷入了孤獨。他接近佛教，不是因爲看佛典而想要理解高深的佛理的，而是因爲回顧自我被外物愚弄的人生而要求精神的休息於佛教。"②王水照老師也指出："他的思想武器是佛老哲學。但應説明，蘇軾對於佛老思想的吸取，是有所選擇和保留的"，"原來他並不沉溺於玄奧的佛學教義，祇是取其所需以保持自己達觀的人生態度而已"③。竺沙先生、王老師的觀點，在本文論及的《西江月》、《江神子》和《十拍子》詞中很明顯地表現出來。這三首詞雖然使用"大夢"、"前生"、"儻來"、"無何"等與佛教、老莊思想有關的詞語，但是並不是講佛教的哲理，而是吟詠自我在現實社會的人生態度。

---

① 例如，蘇軾在黄州所寫的《金剛般若波羅蜜經》裏云："一切有爲法，如夢幻泡影，如露亦如電，應作如是觀。"

② 《蘇軾和佛教》(《東方學報》36，1964 年)。所引用的句子，原爲日文，筆者翻譯爲中文。關於蘇軾和佛教的論文，還有日本吉川幸次郎《蘇東坡的文學和佛教》(《吉川幸次郎全集》13)、曹樹銘《蘇東坡與道佛之關係》上下(上篇收在《"國立中央圖書館"館刊》3 卷 2 期，下卷收在同書 3 卷 3、4 期，1970 年)等。

③ 上海古籍出版社"中國古典文學基本知識叢書"《蘇軾》第 57—58 頁。

李白有一首《與元丹丘方城寺談玄作》詩(《全唐詩》卷
182)云：

> 茫茫大夢中，惟我獨先覺。騰轉風火來，假合作容
> 貌。滅除昏疑盡，領略入精要。澄慮觀此身，因得通寂
> 照。朗悟前後際，始知金仙妙。幸逢禪居人，酌玉坐相
> 召。彼我俱若喪，雲山豈殊調。清風生虛空，明月見談
> 笑。怡然青蓮宮，永願恣游眺。

這首詩開頭兩句，在表現上與蘇軾的《西江月》、《江神子》
相同。但是其內容並不一樣。李白詩，如詩題云是"玄談"，通
篇吟詠佛教的教義和大徹大悟的境地。"茫茫大夢中，惟我獨
先覺"是指佛教的醒悟而言。從此也可以看出，"夢中覺醒"源
於佛教思想。

那麼，也許有人認爲，詞這個文學樣式，本來不合於講
佛教的哲理，所以蘇軾在詞裏没寫到佛教的哲理。但是王
安石已寫了四首《望江南·歸依三寶讚》來吟詠歸依佛教
的境地：

> 歸依衆，梵行四威儀。願我遍游諸佛土，十方賢聖不
> 相離。永滅世間癡。
> 歸依法，法法不思議。願我六根常寂静，心如寶月映
> 琉璃。了法更無疑。
> 歸依佛，彈指越三祇。願我速登無上覺，還如佛坐道
> 場時。能智又能悲。
> 三界裏，有取總災危。普願衆生同我願，能於空有善
> 思惟。三寶共住持。(《全宋詞》1 册第 207 頁)

由這四首詞爲例，可見不能輕率地判斷説，詞這個文學樣
式，在當時是不適合講佛教的哲理。但是就蘇軾説，正如竺沙

先生、王老師所指出的那樣，雖然蘇軾學了佛教、老莊思想，其實他學佛老思想不是因爲想要徹底鑽研佛老的奧義，而是想要更高層次地實現和穩固地堅持自我理想的達觀境地。本文祇考察蘇軾詞裏所詠的“夢”，但是也能看出他這種對佛教、老莊思想的接受角度。

蘇軾詞裏所詠的“雨”

一

　　“詞”大多是被用來描寫風景、抒發情懷的文學形式。詞人有時以暗示、有時以象徵、有時以比喻的手法，透過風景的描寫，來表現自己的心情、感慨、思想。這可以説是詞的主要特點之一。假如想要表達自己心情，怎麽有效地使用心象風景，那就是作詞的重要關鍵之一。

　　蘇軾的詞中，也多採用這種寫景的手法。他的詞，題材廣大，爲詞的發展開闢了新的道路。但是就多用風景描寫這一點來講，可以説是沿用了唐五代的寫法的①。蘇軾也有效地使用風景描寫來表達他自己的心情、感慨、思想。那麽，假如想要以風景描寫作爲開端，來闡明蘇軾詞裏所詠的心情、思想、人生態度，也是一個重要的研究方式。但是風景描寫是多種多樣的，祇用一篇文章篇幅，怎麽也説不完。因此，筆者在本文裏，想要選擇蘇軾詞裏所詠的“雨”來考察他的心情、思想、人生態度。那是因爲“雨”向來是爲大多數的詩人、詞人所詠的景色，蘇軾在詞裏抒發悲哀的心情、吟詠人生態度的時候，屢次使用“雨”的描寫。

---

① 　請參看本書的《試論蘇軾的詞和詩之比較》。

　　根據《全宋詞·蘇軾詞》,蘇軾詞裏共有86個"雨"字。本文選擇與他的心情、思想、人生態度特別有關的22個例子,按編年順序來進行考察。再者,本文爲了方便起見,把這些詞的寫作時間分爲四期。第一期是通判杭州,第二期是從離開杭州以後到密州、徐州、湖州擔任知事,第三期是被謫黄州,第四期是離開黄州以後。

二

　　本節考察蘇軾第一期的詞。這時期的"雨",從所詠的内容來講,可以分成兩類。第一類是,描寫雨過天晴的秀麗風景。第二類是,暗示送别之時的悲哀心情。第一類的例子是《江神子》、《蝶戀花》。

> 　　鳳凰山下雨初晴。水風清。晚霞明。一朵芙蓉,開過尚盈盈。何處飛來雙白鷺,如有意,慕娉婷。　　忽聞江上弄哀箏。苦含情。遣誰聽。煙斂雲收,依約是湘靈。欲待曲終尋問取,人不見,數峯青。(《江神子·湖上與張先同賦,時聞彈箏》,《傳注》卷6)

　　這首詞是熙寧六年(1073)秋天在杭州所作的。據詞序,蘇軾與張先一起泛舟於杭州西湖,那時候聽到箏的聲音。

　　雨剛剛停了,西湖湖水清澈,晚霞明亮。他們可能被雨後的爽朗景色吸引,乘船玩去。雨洗掉污濁,雨後的氣氛有一種清澈的透明感,"苦含情"的箏聲也響得越發清晰。雨後的風景清澈美麗,欣賞風光,最適宜泛舟游玩。但是那個清澈的空氣卻使悲哀的箏聲更清晰,更扣人心弦。這首詞前闋描寫雨後的美景,後闋則詠悲哀的箏聲,適成對照。

　　雨後春容清更麗。祇有離人,幽恨終難洗。北固山前三面水。碧瓊梳擁青螺髻。　　一紙鄉書來萬里。問我何年,真個成歸計。回首送春拚一醉。東風吹破千行淚。(《蝶戀花·京口得鄉書》,元本卷下①)。

　　這首詞是熙寧七年(1074)二月在京口所作的。根據詞題,蘇軾當時接到了家信,越發想起家鄉來。雨停以後,春天的景色更加清麗妖嬈。雨洗掉污濁,但卻洗不去他的悲哀。雨後的春光是可欣賞的。在這秀麗的風景之中,祇有蘇軾一個人心情沉重。能够洗掉污濁的雨,也不能解除他的悲哀之情,蘇軾使用這種寫法來表示自己的強烈望鄉之思。他將自己心情的沉重跟眼前風景的清澈美麗相對照,強調自己的悲哀感。並且,開頭一句的"雨"可能是最後一句的"淚"之伏線。雨已停了,他的淚水還停不下來。這首詞使用"雨後"與"幽恨終難洗"、"千行淚"對照,有效地吟詠蘇軾當時懷有的悲哀感。詞末提出"何年真個成歸計"的問題,但作者卻未直接回答,而以"回首送春拚一醉。東風吹破千行淚"作結,不答之答,尤爲傷感。

　　第二類的例子是《訴衷情》、《菩薩蠻》、《南鄉子》。

　　錢塘風景古今奇。太守例能詩。先驅負弩何在,心已浙江西②。　　花盡後,葉飛時。雨淒淒。若爲情緒,更問新官,向舊官啼。(《訴衷情·送述古迓元素》,《傅注》卷8)

　　這首詞是熙寧七年(1074)七月,送別陳襄、迎楊繪之時所

---

① 這首詞,《傅注》存目闕詞。
② "心已浙江西"的"浙",《傅注》、元本都作"晢"。這裏根據《百家詞·東坡詞》卷下。

作的。蘇軾用歌女的口吻來抒發送別陳襄、迎接楊繪之時的
複雜心情。後闋的"花盡後,葉飛時。雨淒淒",暗示離別陳襄
的悲哀。百花謝盡,葉子飄飛這個描寫,既點時令,又烘托離
情,並暗示陳襄今後不在杭州的淒清。"雨淒淒"既指下雨,也
指歌女由於離別陳襄而落下的淚水,同時也是蘇軾的淚水。
這首詞的"雨",可以説是暗示離別的悲哀。

秋風湖上蕭蕭雨。使君欲去還留住。今日謾留君。
明朝愁殺人。　　佳人千點淚。灑向長河水。不用斂雙
蛾。路人啼更多。(《菩薩蠻·西湖送述古》,《傳注》卷7)

這首詞也是熙寧七年(1074)送別陳襄之時所作。蘇軾送
陳襄的時候,西湖刮着秋風,下着蕭蕭的雨。蘇軾雖然知道挽
留也是枉然,但是即使多留片刻也是好的。天也知道蘇軾的
心情,下雨暫時擋住陳襄的起程。這首詞的雨,雖然是實際景
色,但也表示蘇軾要挽留陳襄的心情。並且,與上一首《訴衷
情》一樣,暗示蘇軾的離愁。這首詞後闋吟詠歌女和杭州路上
的老百姓都因爲捨不得陳襄離去而流下了眼淚。那麼,開頭
一句的"蕭蕭雨",也象徵歌女和杭州路上老百姓流下的淚水,
也是後闋的伏線。這首詞未寫蘇軾落淚,但是在"蕭蕭雨"之
中也有他的淚水。

回首亂山橫。不見居人祇見城。誰似臨平山上塔,
亭亭。迎客西來送客行。　　歸路晚風清。一枕初寒夢
不成。今夜殘燈斜照處,熒熒。秋雨晴時淚不晴。(《南
鄉子·送述古》,《傳注》卷4)

這首詞也與上一首《菩薩蠻》一樣,是熙寧七年送別陳襄
之時所作。全篇都寫蘇軾離別陳襄的惜別之情。後闋云:"歸
路上,清冷地刮着晚風。在剛剛降臨的寒意之中,我一個人上

淋,但睡不着。今晚殘燈斜照的地方,燈光閃爍,秋雨停住,但
我因思念您而流淚不止。""秋雨晴"與"淚不晴"正是絶妙的對
照。上一首《菩薩蠻》,"雨"象徵淚水。但這首詞則以"秋雨
晴"與"淚不晴"的對照來抒發他無盡的離愁,比《菩薩蠻》更令
人哀嘆。

　　以上考察第一期蘇軾通判杭州之時的"雨"。從這些例
子,可以看出他絶妙地描寫雨後的美景,有效地使用"雨"來吟
詠離别之時的悲哀心情。特别是"淚"與"雨"的對照,可以説
是很出色的。但是描寫雨後的美景,不是蘇軾開始寫的。例
如,"山水詩人"謝靈運早已在《遊南亭》詩裏吟詠夏天雨後的
清爽氣氛説:"時竟夕澄霽,雲歸日西馳。密林含餘清,遠峯隱
半規。"(《文選》卷 22)使用"雨"來吟詠離别時的悲哀心情,蘇
詞的表現雖然很絶妙,但也不是他的創造,杜牧《見吳秀才與
池妓别,因成絶句》云:

　　　　紅燭短時羌笛怨,清歌咽處蜀弦高。萬里分飛兩行
　　淚,滿江寒雨正蕭騷。(《全唐詩》卷 522)

　　還有,柳永的代表作之一《雨霖鈴》,也使用雨後的風景來
吟詠離别的場面和惜别之情:

　　　　寒蟬凄切。對長亭晚,驟雨初歇。都門帳飲無緒,留
　　戀處、蘭舟催發。執手相看淚眼,竟無語凝噎。念去去、
　　千里煙波,暮靄沉沉楚天闊。　　　多情自古傷離别。更
　　那堪、冷落清秋節。今宵酒醒何處,楊柳岸、曉風殘月。
　　此去經年,應是良辰好景虛設。便縱有、千種風情,更與
　　何人説。(《全宋詞》1 册第 21 頁)

　　杜牧《見吳秀才與池妓别,因成絶句》詩和柳永《雨霖鈴》
詞都用"雨"和"淚"來吟詠離别的悲哀。在這裏,將杜詩擱一

下,筆者想看看柳詞和蘇詞。

　　柳永的《雨霖鈴》詞,跟蘇軾的《菩薩蠻》、《南鄉子》兩首詞比起來,雙方都吟詠離別的場面,也都有"雨"的描寫和"淚"字。並且,季節也都是秋天。但是兩者之間,有鮮明的差異。讀者看蘇詞時,很具體、清楚、明白地瞭解蘇軾作詞的動機、環境等情況。但是柳詞則不清楚他何時何處所作。那是因爲蘇詞有詞題、詞序。讀者看蘇詞的時候,先看詞題、詞序,再看正文。所以讀者就知道這首詞寫作的經過、情況。柳永的詞,不用說是反映他自己的體驗而作的。但是作詞的具體情況、經過卻模糊不清,也有柳永故意使用曖昧手法的印象。柳詞的寫法,是沿用唐五代詞。《花間集》的詞,都是用這種寫法。這樣寫法,能激發讀者的想像力。因爲作詞的具體情況模糊不清,讀者就很容易與作品中的人物產生重疊、一體化,成爲作品中主人翁。但是在蘇詞裏,寫作的動機被很明確地點了出來,讀者能够瞭解掌握蘇軾的體驗,卻無法超脱蘇軾的體驗而成爲作品的主人翁。

　　在這裏,筆者没有論述彼此優劣的打算,祇是想説明這是蘇詞和柳詞的重要差異之一。除了詞牌以外還添寫詞題、詞序,這是蘇詞的特點之一(但是有些蘇詞的詞題、詞序是後人所加)。這些詞題、詞序對讀者"看詞"是有意義的。他們看詞題、詞序就知道那首詞寫作之時的具體情況、經過。但是他們"唱詞"、"聽詞"的時候,這些詞題、詞序並没有意義。因爲"詞題、詞序"本來不是歌詞,"唱詞"的時候不唱,"聽詞"的時候没聽到。詞這個文學形式,本來是要"唱"的。那麽,蘇軾爲何將不能唱的詞題、詞序特意添在詞裏呢? 這可能是因爲"詞"當時有着"唱""聽"的文學和"看"的文學之兩面性。這不是本文要論述的問題,但是筆者認爲,蘇軾某些詞特意添寫詞題、詞序這件事，不但表示蘇詞本身的特點，也意味着詞這個文學形式本身也有個變化過程。

<h1 style="text-align:center">三</h1>

本節考察第二期所作的詞。這時期的"雨"，現出與農村、農活有關的題材，也現出比喻人生苦惱的"雨"。

與農村、農活有關的例子是《望江南》、《浣溪沙》。

> 春已老，春服幾時成。曲水浪低蕉葉穩，舞雩風軟紵羅輕。酣歌樂昇平。　　微雨過，何處不催耕。百舌無言桃李盡，柘林深處鵓鴣鳴。春色屬蕪菁。(《望江南》，《傅注》卷12)

這首詞是熙寧九年(1076)在密州的超然臺所作的。後闋的開頭兩句"微雨過，何處不催耕"，意思是細雨過了，到處開始忙於耕地。蘇軾面臨雨後的晚春風景，吟詠農活的開始。在詞裏描寫農村的風景，這是蘇軾詞的特點之一。一般人都認爲，蘇軾寫作農村詞是從知徐州的時期開始的。下一首《浣溪沙》就是在徐州所作的農村詞之一。嚴格地説，這《望江南》不是描寫農村的詞，但是就提到農活這一點而言，這首詞就是最早的。

雨，對農活説來是不可欠缺的。蘇軾在《超然臺記》云："始至之日，歲比不登。"(《蘇軾文集》卷11)他剛到密州的時候，穀物是數年歉收，旱災、蝗災都很嚴重。蘇軾爲了人民，盡心盡力地抗旱、減蝗。他在密州將農活寫在詞裏，其動機可能在這裏。他對人民的深切關愛，在知密州的時候已很突出。這首詞尚未頌揚農村的美景，表達他歸農的思想，但是在密州的詞裏最早言及到農活這一點,就值得注意。

> 軟草平莎過雨新。輕沙走馬路無塵。何時收拾耦耕
> 身。　　日暖桑麻光似潑,風來蒿艾氣如薰。使君元是
> 此中人。(《浣溪沙》,《傅注》卷 10)

這首詞是元豐元年(1078)在徐州所作的,是組詞《浣溪沙》五首中的第五首。其詞序云:

> 徐州石潭謝雨,道上作五首。潭在城東二十里,常與
> 泗水增減清濁相應。

元豐元年春天天旱,蘇軾在石潭禱求降雨。之後下了雨,他又到石潭謝神。這五首詞都寫雨後的農村風景。前四首,有描寫農民出來觀看蘇軾的情景,有吟詠和平的農村景色,也有蘇軾與農民之間交往。而這第五首詞則可以說是一組詞的總結,表達了蘇軾的人生態度。"何時收拾耦耕身"和"使君元是此中人"的兩句,表達他對農村生活的憧憬,歸依田園的願望和自己的本性。

這首詞開頭兩句云:"軟草平莎過雨新。輕沙走馬路無塵。""塵"既指沙塵,也暗指"俗塵"。地面因雨濕了,即使走馬也沒有揚起沙塵。這是蘇軾在沒有沙塵的雨後這種農村風景裏,看出了一種遠離俗塵的氣氛,所以產生了歸田的願望。

如上述的那樣,在密州的詞裏,雖然尚未有歸田思想,但是已有與農活有關的詞。到了徐州,蘇軾詞明顯地吟詠自己退隱農村的意願。由此可以看出蘇軾在這時期,心境有了變化。他在密州、徐州為人民奔走。在密州、徐州蘇軾接觸農民的生活的機會,比杭州更多了。他在接觸人民的過程中,發現到了農村的好處,歸田退隱的願望就越來越濃了。蘇軾對人民有很深的關愛。這不但是由於他的本性,而且在密州和徐

州廣泛接觸人民的體驗,也是個很重要的因素。

這時期的"雨",還有比喻人生苦惱的例子。

> 東武南城,新堤畔、漣漪初溢。隱隱遍、長林高阜,臥
> 紅堆碧。枝上殘花吹盡也,與君試向江邊覓。問向前、猶
> 有幾多春,三之一。　　官裏事,何時畢。風雨外,無多
> 日。相將泛曲水,滿城爭出。君不見、蘭亭修禊事①,當
> 時座上皆豪逸。到如今、修竹滿山陰,空陳跡。(《滿江
> 紅・東武會流盃亭》,《傳注》卷 2)

這首詞是熙寧九年(1076)三月三日在密州所作的。前闋
吟詠蘇軾去南郊之時所見的風景。在密州的南郊,新堤的岸
邊,江水蓄得滿滿的,水面蕩起微波。蘇軾沿江邊尋找春光的
踪跡,但是殘花滿地,春意已經很少("三分之一")。後闋則先
悲嘆自己做官生活上的苦惱,再表達人間的無常。"官裏事,
何時畢"的"何時畢",三字語重千斤,充分表現了他對作官的
厭煩。"風雨外,無多日",蘇軾回顧自己走過的歷程,悲嘆説:
"除了刮風下雨的日子以外,沒有多少晴和的日子。"然後他以
蘭亭修禊的故事來描寫人間無常而結束作品。"當時座上的
人們都是豪俊。但到了現在,祇有長滿山陰的長竹,往事的痕
跡已經消失殆盡"。

"風雨"是比喻危難和惡劣的處境。蘇軾當時覺得自己做
官的日子很難受。蘇軾離開京師以後,在杭州、密州擔任地方
官。這首詞是在密州所作的,不用説是"烏臺詩案"以前的作
品。但是蘇軾在密州回顧自己走過的歷程,已經感到自己處

---

① "蘭亭修禊事",《傳注》作"蘭亭修禊時事"。劉尚榮《傅幹注坡詞》的這
首詞之【校勘記】云:"'事'上有'時'字,蓋涉下文而衍。"(42 頁)這裏根
據劉先生的校勘。

境多半是危難和惡劣的。以"風雨"的比喻來表現自己危難和惡劣的處境,是到密州之時纔現出的。

　　蘇軾在杭州通判之時所作的詞裏,還没有表現自己的理想和現實之間的齟齬。但他在離開杭州赴密州任的路上,寫作《沁園春·赴密州早行馬上寄子由》詞(《傅注》卷11、元本卷上①)而初次提到這點。《沁園春》詞有云:"世路無窮,勞生有限,似此區區長鮮歡","致君堯舜,此事何難。用捨由時,行藏在我,袖手何妨閑處看"。蘇軾在《沁園春》詞裏,爲自己走來的人生做了"很辛苦,歡愉之事很少"的詮釋之後,又明顯地表達自己的人生態度:"袖手何妨閑處看。"這《沁園春》裏所説的内容與《滿江紅》詞的"官裏事,何時畢。風雨外,無多日"相類。這個在詞裏言及到自己政治態度和官場之特點,意味着蘇詞的題材擴大了。因爲蘇軾以前,吟詠官場的詞幾乎没有。但是反過來説,他對自己遭遇的不滿是非常强烈的,因此在從未用來寫自己處境的詞裏也不得不發出"世路無窮,勞生有限,似此區區長鮮歡"的哀嘆。蘇軾在杭州所作的詞裏,也有"此生飄蕩何時歇"(《醉落魄》)、"何日功成名遂了,還鄉"(《南鄉子》)、"良辰樂事古難全"(《浣溪沙》)等感慨。但是這些祇是一般的感慨,不一定是針對自己的"官裏事"而言,可以説是與《沁園春》、《滿江紅》不同。

　　以上,考察了第二期的"雨"。蘇軾的詞在密州時期有重大發展。他在密州寫作了幾首名作。例如,悼亡詞的《江神子》(十年生死兩茫茫)、豪放詞的《江神子》(老父聊發少年狂)、中秋的絶唱《水調歌頭》(明月幾時有)等等。這三首作品,可以説是蘇軾的代表作,爲詞的發展開闢了新的道路。但是除了這三

---

① 　這首詞,《傅注》存目部分闕文。所以在這裏並舉《傅注》和元本的卷數。

首以外,還有不可以忽略的詞。那就是初次言及到農活的《望
江南》"微雨過,何處不催耕";回顧自己走過的歷程而表現自己
處境危難和惡劣的《滿江紅》"官裏事,何時畢。風雨外,無多
日"。這兩首詞裏所寫的內容,與《江神子》(十年生死兩茫茫)、
《江神子》(老父聊發少年狂)、《水調歌頭》(明月幾時有)比起
來,在讀者的心裏所留下的印象沒有那麼深刻。但是在考察蘇
詞時,這兩首卻不可以忽略。還有,到了湖州,蘇軾在詞裏,不
但悲嘆對自己處境,而且吟詠對農村生活的憧憬,表達歸田的
願望。第二期,在詞的創作上,出現了不少新的題材。這時期,
就蘇軾來講,可以説是摸索開拓詞的新領域之時期。

四

　　本節考察第三期,蘇軾被謫黄州時的詞。這時期的"雨",
出現了幾個新奇的例子。他以"雨"來吟詠不被外物拘束的態
度,也用"愛走沙路,以免被泥污染"這種寫法來表達超俗的姿
勢,以雨過天晴的風景來表明一種循環思想,將"雨"中的漁父
和"官人"做對照,吟詠完全超脱俗塵的自我。

　　莫聽穿林打葉聲。何妨吟嘯且徐行。竹杖芒鞋輕勝
馬。誰怕。一蓑煙雨任平生。　　料峭春風吹酒醒。微
冷。山頭斜照卻相迎。回首向來瀟灑處。歸去。也無風
雨也無晴。(《定風波》,《傳注》卷4)

這首詞有"公舊序"云:

　　三月七日,沙湖道中遇雨,雨具先去。同行皆狼狽,
余獨不覺。已乃遂晴,故作此。

元豐五年(1082)三月,蘇軾去沙湖相田,"道中遇雨","雨

具先去",“同行皆狼狽”。不過他一個人不在乎,“一蓑煙雨任平生"。這裏描寫自己即使碰上了雨,没有雨具,也不用驚慌的態度。並且,他不但對"雨"而且對"晴"也不再介意。"也無風雨也無晴"一句,表現了蘇軾對任何事都能超脱的姿勢,碰上了雨也不用驚慌,天晴了也不用特別高興。所有的時間,我總是我。"風雨",比喻危難和惡劣的處境。蘇軾元豐五年七月六日,在武昌的王文甫家,作了一首《滿庭芳》詞,也以"風雨"來表現自己很艱難的處境①。

> 蝸角虚名,蠅頭微利,算來著甚乾忙。事皆前定,誰弱又誰强。且趁閑身未老,儘放我、些子疏狂。百年裏,渾教是醉,三萬六千場。　思量。能幾許,憂愁風雨,一半相妨。又何須、抵死説短論長。幸對清風皓月,苔茵展、雲幕高張。江南好,千鍾美酒,一曲滿庭芳。(《傳注》卷1)

"忖度起來,人生能有多少歡樂日子? 一半的時間都被妨礙在擔憂風雨"。蘇軾在這裏使用"憂愁"、"相妨",明確表達"風雨"是令人悲傷的,也是擋住自己去路的。這《滿庭芳》雖説"思量。能幾許,憂愁風雨,一半相妨",但也説"蝸角虚名,蠅頭微利,算來著甚乾忙。事皆前定,誰弱又誰强"、"又何須抵死、説短論長"。假如根據"事皆前定,誰弱又誰强"的思想,"憂愁風雨,一半相妨"也是"前定"的事情,悲嘆也没用。但他敢寫當時感到的"憂愁"。那麽,這"憂愁風雨,一半相妨"兩句,可以説是抒發出他即使用"事皆前定,誰弱又誰强",也不能解除悲哀。

---

① 關於這首詞的編年,請參看本書的《蘇軾詞編年考》。

　　把話回到《定風波》來，"風雨"是危難和惡劣的處境之比喻。那麼，"晴"則意味着處境順利。《定風波》的"也無風雨也無晴"一句，蘇軾要說的是無論處境危難還是順利都無所謂，也不用悲嘆。他的達觀思想到此達到極限。並且，從這首詞，我們可以看出一種循環論："回首向來瀟灑處"，"山頭斜照卻相迎"，雨過之後，天肯定會晴朗。反過來說，天晴之後，一定會下雨。就人生說來，困難之後一定會如意，悲傷之後一定會歡喜。

　　蘇軾在另外一首《滿江紅》裏，也用"風雨"的比喻來表達這種循環論：

　　　　憂喜相尋，風雨過、一江春綠。巫峽夢、至今空有，亂山屏簇。何似伯鸞攜德耀，箪瓢未足清歡足。漸粲然、光彩照階庭，生蘭玉。　　　幽夢裏，傳心曲。腸斷處，憑他續。文君壻知否，笑君卑辱。君不見周南歌漢廣，天教夫子休喬木。便將相、左手抱琴書，雲間宿。（《傳注》卷2）

　　這首詞與《定風波》一樣，是元豐五年春天在黃州所作的。《傳注》所引的《本事曲集》云：

　　　　董毅夫名鉞，自梓漕得罪，歸鄱陽，遇東坡於齊安。怪其豐暇自得，曰："吾再娶柳氏，三日而去官，吾固不戚戚，而憂柳氏不能忘懷於進退也。已而欣然，同憂患，如處富貴，吾是以益安焉。"乃令家童歌其所作《滿江紅》。東坡嗟嘆之不足，乃次其韻。

　　這首詞開頭六句，意思是"憂愁和喜悅輪流循環。這好像一陣風雨之後，長江仍充滿春天的綠水。又好像楚懷王和巫山神女相悅的故事，如今已經消失了，祇有參差不齊的山嶺聳立在那裏"。蘇軾根據董鉞的事情而表達禍兮福所倚、福兮禍所伏的思想。"風雨"和"空有亂山屏簇"相當於"憂","一江春綠"和"巫峽夢"相當於"喜"。蘇軾在這裏,用簡單的比喻來明確表達循環論。即使現在很難受,但是過了一段時間就一定會很喜悦。反過來説,即使現在很幸福,那個幸福也不會永遠存在。好事和不好事,輪流循環,不會永遠存在。那麽就不用對這些事情一會兒高興一會兒懊喪。這種思想就相當於"也無風雨也無晴"的境地。

有如上述,蘇軾在密州寫的《滿江紅》云:"官裏事,何時畢。風雨外,無多日。"他在那裏祇有悲嘆"風雨"。將在密州所作的《滿江紅》與在黄州所作的《定風波》、《滿江紅》比較,我們可以看出蘇軾的思想上的發展。

蘇軾在密州寫了中秋詞的名作《水調歌頭》:"人有悲歡離合,月有陰晴圓缺,此事古難全。"人有悲傷,有歡喜,有離散,有相聚;月有時陰,有時晴,有時圓,有時缺。這也是一種循環論。但是在那裏,如云"此事古難全"的那樣,蘇軾到底還是在悲嘆不能跟蘇轍一起賞月。《水調歌頭》是蘇軾想念蘇轍而作的,與在黄州所作的《定風波》、《滿江紅》題材不同,不可以將此三首並排在一起做比較。可是《定風波》的"一蓑煙雨任平生"和"也無風雨也無晴",比起《水調歌頭》,他的達觀境地更深刻了。

蘇軾元豐五年(1082)三月去沙湖相田的時候,還寫了一首《浣溪沙·游蘄水清泉寺,寺臨蘭溪,溪水西流》詞。

　　　　山下蘭芽短浸溪。松間沙路净無泥。蕭蕭暮雨子規啼。　　　誰道人生無再少,門前流水尚能西。休將白髮唱黄鷄。(《傳注》卷 10)

關於這首詞,《東坡志林》卷 1《游沙湖》云:

> 黄州東南三十里爲沙湖,亦曰螺師店。予買田其間,因往相田得疾。聞麻橋人龐安常善醫而聾,遂往求療。……疾癒,與之同游清泉寺。寺在蘄水郭門外二里許。有王逸少洗筆泉,水極甘。下臨蘭溪,溪水西流。余作歌云……是日劇飲而歸。

這首詞吟詠他游清泉寺之事。前闋描寫溪邊的風景,後闋抒發他看西流的溪水而懷有的感慨。這首詞裏,筆者注目的是"松間沙路净無泥"一句。雖然蕭蕭地下着暮雨,但是松林之間的沙路乾乾净净,没有泥土。下了雨,一般的道路就會泥濘。但是蘇軾當時走的是"松間沙路",不會有泥濘。雖被雨淋濕但不泥濘的"沙路",他將它表現爲"净"。不用説,没有泥土就是"净"。但是筆者認爲,蘇軾在這裏,特意使用"净"這個字,並不僅僅是叙述没有泥濘這個事實,而是積極地頌揚即使被雨淋濕也能保持潔净的"沙路"之美麗。

如前所述,蘇軾在徐州寫的一首《浣溪沙》有"軟草平莎過雨新。輕沙走馬路無塵。何時收拾耦耕身"。那徐州的《浣溪沙》,描寫因爲地面被雨淋濕所以即使走馬也没有揚起沙塵,而吟詠遠離塵俗的農村之氣氛。"塵"可以解釋爲塵俗的象徵,"無塵"表示超俗的形象。這黄州作的《浣溪沙》則云:"松間沙路净無泥。蕭蕭暮雨子規啼。"徐州的《浣溪沙》所説的是因爲下了雨所以没有"塵",這黄州的《浣溪沙》則是雖然下了雨但是没有"泥"。兩者的寫法不同,但是都在没有"塵"、"泥"的風景中看到清净感這一點卻相同。

這黄州的《浣溪沙》,如上述的那樣,是游清泉寺之時所作的。清泉寺是個充滿超塵脱俗氣氛之地。蘇軾先游清泉寺,再走在"松間沙路"上。"松間沙路"下臨蘭溪("山下蘭芽短浸溪"),一定與清泉寺毗連。所以"松間沙路"也應該具有超俗的氣氛。這個超俗的氣氛,換而言之,是沒有世間污垢的。本來沒有世間污垢的"松間沙路",即使被雨淋濕也不泥濘,不會被雨弄髒,依舊具有超俗的氣氛。"淨無泥"三字,表面上祇是描寫即使被雨淋濕也不泥濘的"松間沙路",但是裏面也表達出這條"沙路"具有不被世間所污染的超塵絕俗。"松間沙路淨無泥",不用説是實際風景。但是蘇軾在"淨無泥"那一點上,也感到沒有世間污垢的清澈。

這"即使被雨淋濕也不泥濘",換而言之,"即使被雨淋濕也保持清潔"。這個表現,雖然不一定是完全一致,但是與上述的《定風波》"一蓑煙雨任平生"、"也無風雨也無晴"有相類的部分。或許有點勉强,但是即使被雨淋濕也保持清潔的"沙路"和他的無論晴雨都能泰然處之的自己之間,都有一種不理睬外物的影響、保持超俗之形象。

從以上的考察,可以看出這《浣溪沙》詞的"山下蘭芽短浸溪。松間沙路淨無泥。蕭蕭暮雨子規啼"裏含有超俗的形象,蘇軾將當時的淨無泥的真實景象與不論在何種逆境中都能泰然處之的自己的影像重疊在一起。

蘇軾元豐五年(1082)三月去沙湖相田的時候,也寫了三首《南歌子》詞。

> 日出西山雨,無晴又有晴。亂山深處過清明。不見綵繩花板、①細腰輕。　　盡日行桑野,無人與目成。且將新句琢瓊英。我是世間閑客、此閑行。
>
> 帶酒衝山雨,和衣睡晚晴。不知鐘鼓報天明。夢裏

---

① "綵繩花板"的"綵",《傳注》作"採"。這裏據元本。

栩然蝴蝶、一身輕。　　老去才都盡，歸來計未成。求田
問舍笑豪英。自愛湖邊沙路、免泥行。

　　雨暗初疑夜，風回忽報晴。淡雲斜照著山明。細草
軟沙溪路、馬蹄輕。　　卯酒醒還困，仙村夢不成①。藍
橋何處覓雲英。祇有多情流水、伴人行。(《傅注》卷5)

　關於這三首《南歌子》詞的編年，有異説。但是筆者認爲
是元豐五年三月去沙湖相田("求田問舍")時所作②。第一首
末句云："我是世間閑客、此閑行。"清明節作爲"世間閑客"是
在"亂山深處"度過的，無見美女，祇是"盡日行桑野"，"且將新
句琢瓊英"而已。這正是他貶官黃州時的情景。"日出西山
雨，無晴又有晴"，天氣變化不定，但是他並不着慌。這第一首
所詠的内容，與上述的《定風波》(莫聽穿林打葉聲)相類。"無
晴又有晴"和"也無風雨也無晴"之間，雖然表現不完全一致，
但是都可以感到蘇軾的"無論晴雨，都不介意"的態度。

　第二首開頭兩句"帶酒衝山雨，和衣睡晚晴"，表現了蘇軾
不受束縛的樣子。即使淋濕也不介意，即使和衣睡覺也無所
謂，而"夢裏栩然蝴蝶、一身輕"，這正是不受束縛的寫照。另
外，蘇軾在末句描寫即使被雨淋濕也不泥濘的"沙路"。這正
與上述的《浣溪沙》的"松間沙路淨無泥"相同。從即使被雨淋
濕後也不泥濘的"沙路"看出超俗的氣氛，這正是蘇軾貶謫於
黃州之時所出現的特點之一。

　第三首也云："細草軟沙溪路、馬蹄輕。"蘇軾騎馬走在"沙
溪路"。"沙溪路"就是"沙路"，那裏雖被雨淋濕也不泥濘，所
以"馬蹄輕"。這也與"松間沙路淨無泥"相同。蘇軾很喜歡沙

---

① "仙村夢不成"的"村"，《傅注》作"材"。這裏根據元本。
② 詳細的考證，請參看本書《蘇軾詞編年考》。

湖,特別喜歡"松間沙路净無泥"、"湖邊沙路、免泥行"、"細草
軟沙溪路、馬蹄輕"的地方。但他到底未能實現買田於沙湖,
這首詞後闋就抒發他沮喪的心情。這三首《浣溪沙》絕妙地使
用"雨"和與"雨"有關的景色來表示蘇軾的人生態度和當時懷
有的歸田思想。

　　蘇軾在黄州寫了組詞《漁父》四首,吟詠不受外在事情拘
束之"漁父"。這組詞的第四首有"雨"的描寫。

　　　　漁父飲,誰家去。魚蟹一時分付。酒無多少醉爲期,
　　彼此不論錢數。
　　　　漁父醉,蓑衣舞。醉裏卻尋歸路。輕舟短棹任斜
　　橫①,醒後不知何處。
　　　　漁父醒,春江午。夢斷落花飛絮。酒醒還醉醉還醒,
　　一笑人間今古。
　　　　漁父笑,輕鷗舉。漠漠一江風雨。江邊騎馬是官人,
　　借我孤舟南渡。(《朱注》卷2②)

　　關於這四首《漁父》詞的編年,有異説。但是筆者認爲是
在黄州所作的③。這些詞裏的"漁父"是蘇軾仰慕的人物。
"漁父"不受所有的拘束,隨時隨地飲酒,"醉醒還醉醉還醒",
將人世間的古往今來,都付之一笑。這組《漁父》詞的第一、
二、三首,祇寫"漁父"一個人。但是第四首卻出現了另外一個
人物,那就是"官人"。蘇軾在這裏以"漁父"和"官人"對照,所
詠的内容與前三首有點差異。這很有意思。

　　漁父笑着,鷗鳥輕輕飛起。江面刮風下雨,濛濛一片。就

---

①　"任斜橫",《朱注》作"任橫斜"。這裏根據《施顧注蘇詩》卷22。
②　這四首《漁父》,《傅注》、元本、《百家詞·東坡詞》都未收錄。
③　詳細的考證,請參看本書《蘇軾詞編年考》。

在這時,"官人"出現了。"官人"冒着迷蒙的風雨向漁父借小
船想渡江去南方。關於"漠漠一江風雨"的景色,陳邇冬先生
云:"漠漠,幽静地、無聲地。風雨是動的、有音響的,這裏卻用
作静默的抒狀字,使人更覺得江上寂寞,漁父蕭閑。"①但是筆
者不同意陳先生的解釋。這"漠漠"乃密蒙貌,看不清楚對岸
的樣子。並且,"漠漠一江風雨"一句不是爲了寫"漁父"的,而
是爲了寫"官人"的。他忙忙碌碌,要向前趕路,冒着風雨要渡
江南去。他當時的處境,可以説是危難和惡劣的,前途多艱。
所以"漠漠一江風雨"的景色,象徵"官人"的處境,並對漁父清
閑的性格、幽静的環境是一個強烈的對照與破壞。就是説,充
滿了世間污垢的"官人"侵入"漁父"的清澈世界,而使得這一
净土的氣象一變成爲"漠漠一江風雨"。

　　"官人"與"漁父"的對照,就是這首詞的重點。"官人"與
"漁父"是極端相反之人。蘇軾在《漁父》裏,想要將"笑"着的
"漁父"與冒着迷蒙的風雨而借漁父小船渡江到南方去的"官
人"做個對照。這個"官人"是誰?筆者認爲,這正是蘇軾的分
身。但那不是在黄州的蘇軾,而是曾經在宦途上辛苦奔波時
的蘇軾。就是説,蘇軾在這首詞裏出現了現在和以前的兩個
自己。並且,現在的自己"笑"着旁觀以前的自己。這一定是
意味着對以前自己的訣别,同時也是對自己現在生活之肯定。
蘇軾在這裏,呼籲"我已不是'官人'而是'漁父'",否定以前的
自己,肯定現在的自己。蘇軾在《定風波》詞裏説"一蓑煙雨任
平生"、"也無風雨也無晴",吟詠自己不受所有的拘束之姿勢。
但是這《漁父》的表現比《定風波》留給讀者的印象更加堅定
深刻。

---

① 《蘇軾詞選》(人民文學出版社,1986 年)第 85 頁。

如上述的那樣,蘇軾在黃州開始用"雨"來吟詠不受所有的拘束之態度。那麽,他爲何到黃州貶謫時期纔詠起這種態度呢? 筆者認爲,那是因爲他當時所在的處境惡劣。"不受拘束"的"拘束",實際上指現實的處境而言。就是説,他之所以特地强調自己不受所有拘束之態度,是因爲想要抵抗當時的惡劣處境之壓迫,度過當時的困難。

五

最後,筆者考察第四期的詞。這時期的"雨"的特點,一言以蔽之,就是出現了使用"夜雨對牀"的故事,來吟詠對蘇轍的思念。

蘇軾元豐七年(1084)四月,改授汝州團練副使、本州安置,離開了黃州。九月,到汝州的路上,他過宜興買了莊田。之後,他十月在揚州上書乞常州居住,十二月在泗州又撰了《乞常州居住表》。蘇軾想要居住常州的願望不久被許可,他在元豐八年(1085)五月到了常州。那時候,蘇軾寫了一首《菩薩蠻》①。

> 買田陽羨吾將老。從來祇爲溪山好。來往一虛舟。聊從物外遊。有書仍懶著。水調歌歸去。筋力不辭詩。要須風雨時。(《傳注》卷 7)

"我將要年老的時候在陽羨買田,從來祇是爲了欣賞這裏

---

① 關於這首詞的編年,《孔年》、《校注》都認爲是元豐七年(1084)九月蘇軾通常州求田的時候所作的。但是這首詞吟詠他常州居住的喜悅,所以筆者認爲是元豐八年五月所作的。詳細的考證,請參看《蘇軾詞編年考》。

山水之美。我空舟來往,姑且與自然融合"。蘇軾在這首詞前
闋詠了自己與自然的一體感。但是他對此並不滿意。因爲他
還在異鄉,旁邊也没有蘇轍。這首詞後闋則詠蘇軾對蘇轍的
思念:"我因爲懶惰,還没有把書寫成。我想唱着《水調歌頭》
回故鄉去。我的筋力還不錯,還能作詩。但要等到與蘇轍相
聚的風雨之晚。"這首詞中的"《水調》歌歸去"是指熙寧十年在
徐州所作的《水調歌頭》:

> 安石在東海,從事鬢驚秋。中年親友難别,絲竹緩離
> 愁。一旦功成名遂,準擬東還海道,扶病入西州。雅志因
> 軒冕,遺恨寄滄洲。　　歲云暮,須早計,要褐裘。故鄉
> 歸去千里,佳處輒遲留。我醉歌時君和,醉倒須君扶我,
> 惟酒可忘憂。一任劉玄德,相對卧高樓。(《傳注》卷 1)

這首詞有"公舊序"云:

> 余去歲在東武,作《水調歌頭》以寄子由。今年子由
> 相從彭門百餘日,過中秋而去,作此曲以别。余以其語過
> 悲,乃爲和之。其意以不早退爲戒,以退而相從之樂爲慰
> 云耳。

蘇軾勸蘇轍"以不早退爲戒,以退而相從之樂爲慰",並且
設想他們一起回故鄉的場面:"故鄉歸去千里,佳處輒遲留。
我醉歌時君和,醉倒須君扶我,惟酒可忘憂。"蘇軾嘉祐六年
(1061)在懷遠驛跟蘇轍"相約早退,爲閑居之樂"。這《水調歌
頭》寫的正是那件事。蘇轍《逍遥堂會宿二首》詩的《引》有云:

> 轍幼從子瞻讀書,未嘗一日相捨。既壯,將游宦四
> 方,讀韋蘇州詩,至"安知風雨夜,復此對牀眠",惻然感
> 之,乃相約早退,爲閑居之樂。故子瞻始爲鳳翔幕府,留

詩爲別曰："夜雨何時聽蕭瑟"。其後子瞻通守餘杭,復移守膠西,而轍滯留於淮陽、濟南,不見者七年。熙寧十年二月,始復會於澶濮之間,相從來徐,留百餘日。時宿於逍遙堂,追感前約,爲二小詩記之。(《欒城集》卷7)

元豐八年五月,蘇軾已經在陽羨買田,能夠實現隱棲的生活。但是尚未能夠實現跟蘇轍一起"退而相從之樂"。當時他並沒忘記懷遠驛的誓。

蘇轍的《引》裏所引用的"韋蘇州詩",指韋應物的《示全真元常》詩(《全唐詩》卷188)。蘇轍所引爲"安知風雨夜,復此對牀眠",但是現存的《示全真元常》卻云:"寧知風雪夜,復此對牀眠。"文字略有異同。作"風雨夜"是對的,還是"風雪夜"是對的,這不一定是本文的論點。但是從蘇軾詩裏的表現來看,蘇軾和蘇轍當時看的"韋蘇州詩"肯定作"風雨夜"。例如,蘇轍的《引》裏所舉的"夜雨何時聽蕭瑟"是蘇軾在嘉祐六年(1061)所寫的《辛丑十一月十九日,既與子由別於鄭州西門之外,馬上賦詩一篇寄之》詩(《合注》卷3)中的一句。那首詩最後四句云:

　　寒燈相對記疇昔,夜雨何時聽蕭瑟。君知此意不可忘,慎勿苦愛高官職。

對這四句有"公自注"云:"嘗有夜雨對牀之言,故云爾。"王十朋注引韋應物《示全真元常》詩也作"風雨夜"。還有,《初別子由》詩裏有云"秋眠我東閣,夜聽風雨聲"(同前卷15),《送劉寺丞赴餘姚》詩裏有云"中和堂後石楠樹,與君對牀聽夜雨"(同前卷18),《予以事繫御史臺獄,獄吏稍見侵,自度不能堪,死獄中,不得一別子由,故作二詩授獄卒梁成,以遺子由二首》其一裏有云"是處青山可埋骨,他年夜雨獨傷神"(同前卷

19),《初秋寄子由》有云"雪堂風雨夜,已作對牀聲"(同前卷
22),《過建昌李野夫公擇故居》有云"對牀老兄弟,夜雨鳴竹
屋"(同前卷 23),《東府雨中別子由》有云"對牀定悠悠,夜雨
空蕭瑟"(同前卷 37),《雨夜宿净行院》有云"林下對牀聽夜
雨,静無燈火照凄涼"(卷 43)等等。

　　將話轉回《菩薩蠻》詞來。"筋力不辭詩。要須風雨時"的
"風雨"即指與弟弟一起回故鄉"夜雨對牀"。蘇軾愛好常州的
山水之美,感覺到"與自然融合",心裏充滿詩興。但是蘇轍不
在身邊,這是個很大的缺憾。蘇軾的終生意願,不是在陽羨買
田退隱,而是跟蘇轍一起回故鄉退隱,"夜雨對牀"。蘇軾的眼
前有美麗的山水,詩興紛紛涌出來。但是他的這種詩興祇有
到跟蘇轍一起回故鄉退隱之時纔能發揮出來。"筋力不辭詩。
要須風雨時",表明蘇軾不願獨樂,衷心期盼能與蘇轍共享歡
樂的心情。

　　蘇軾的詞裏還有兩首使用"夜雨對牀"詞語之作品。第一
是下面的《滿江紅·寄子由》。

　　　　清潁東流,愁目斷、孤帆明滅。宦游處、青山白
　　浪,萬里重疊。辜負當年林下意,對牀夜雨聽蕭瑟。
　　恨此生、長向別離中,添華髮。　　　一樽酒,黄河側。
　　無限事,從頭說。相看恍如夢①,許多年月。衣上舊
　　痕餘苦淚,眉間喜氣添黄色。便與君、池上覓殘春,花
　　如雪②。(《傅注》卷 2)

──────────

① "恍如夢"的"如",《傅注》作"知"。劉尚榮《傅幹注坡詞》的這首詞之
　【校勘記】云:"清鈔本作'知',今據珍重閣本改。"(第 44 頁)這裏根
　據劉先生的校勘。
② 《傅注》缺"雪"字。這裏據元本。

　　這《滿江紅》的編年，多認爲是元祐七年(1092)二月蘇軾離開潁州的時候所作的。但是《孔年》卻認爲是熙寧十年(1077)二月蘇軾和蘇轍他們再會的時候所作的(卷16)。《校注》則云："元祐六年辛未八月，作於東京赴潁州途中。"(中册，第695頁)但是筆者認爲，這首詞既不是熙寧十年二月所作的，也不是元祐七年二月所作的，而是元豐八年(1085)十月自登州赴京時所作的。

　　這首詞後闋有云："衣上舊痕餘苦淚，眉間喜氣添黄色。""眉間"現出"黄色"是喜事的預兆。《傅注》云：

　　　　《玉管照神書》曰："氣青黄色喜重重。"韓退之詩："眉
　　　　間黄色見歸期。"

　　那麼，蘇軾的喜事是什麼？那就是後面所説的"便與君、池上覓殘春，花如雪"，也就是跟蘇轍的再會。元豐八年八月，蘇轍除秘書省校書郎。蘇軾知道蘇轍的轉任，寄信勸轍"繞道錢塘去京師"。同年九月，蘇軾也以朝奉郎除禮部郎中，十月在登州以禮部郎中召還。然後，十一月他離開登州進京。蘇軾到京是元豐八年十二月，蘇轍到京是翌年仲春二月。"便與君、池上覓殘春，花如雪"，是蘇軾設想跟蘇轍再會的場面①。

　　蘇軾與蘇轍的再會在望，作這首詞回憶他們從來的離合。"清潁東流，愁目斷、孤帆明滅"是寫熙寧四年(1071)九月的離別。熙寧四年蘇軾乞外任，七月離開京師到杭州赴任。途中，他去陳州見蘇轍。然後蘇轍到潁州去送蘇軾赴杭州。"愁目斷"的蘇轍望見蘇軾坐的"孤帆明滅"。"當年林下意，對牀夜雨聽蕭瑟"即指前已提及的嘉祐六年(1061)所寫的《辛丑十一

---

① 　詳細的考證，請參看本書《蘇軾詞編年考》。

月十九日,既與子由別於鄭州西門之外,馬上賦詩一篇寄之》詩中的"寒燈相對記疇昔,夜雨何時聽蕭瑟。君知此意不可忘,慎勿苦愛高官職"。這《辛丑十一月十九日》詩是他們進京以後第一次離別時作的。蘇軾在這裏,回憶他們在"鄭州西門之外"第一次分手的情形。後闋"一樽酒,黃河側。無限事,從頭說",寫的是熙寧十年(1077)的事。熙寧九年十一月朝廷以蘇軾爲知河中府,十二月他離開密州赴河中府。道中,蘇轍從京師來到澶、濮之間,迎接蘇軾。他們一起往開封去。到陳橋驛,朝廷改命蘇軾知徐州。他們在京師郊外範鎮東園小住,再一起往徐州去。"一樽酒,黃河側。無限事,從頭說"表示他們在"黃河側"的開封,將無盡的思念談到天亮。"相看怳如夢,許多年月",是說他們自前次離別以來已過了"許多年月"。

　　這首詞是他們即將在京師再會的時候所作的。但是這首詞所詠的多半是他們歷來的離合之回憶。那是因爲蘇軾"恨此生、長向別離中,添華髮",知道在退休之前即使能再會,也祇是短暫的相聚,所以特別珍惜每一個能够相聚之回憶。就蘇軾來說,祇有實現"對牀夜雨",纔能真正地吟詠出心裏的喜悅來。

　　紹聖元年(1094)閏四月,蘇軾被罷免定州之任,責知英州。他在前往英州的中途,六月又有命,責授建昌軍司馬、惠州安置。八月,蘇軾至於贛州(今江西省),經過萬安縣造口。那天晚上,他寫作了一首《木蘭花令·宿造口聞夜雨寄子由、才叔》詞。

　　　梧桐葉上三更雨。驚破夢魂無覓處。夜涼枕簟已知秋,更聽寒蛩促機杼。　　　夢中歷歷來時路。猶在江亭醉歌舞。樽前必有問君人,爲道別來心與緒。(《傳注》卷11)

　　這首詞，如詞序所説的那樣，是蘇軾因"聞夜雨"而想念蘇
轍時作的。詞序的"聞夜雨"，不用説是根據"夜雨對牀"而
言的。

　　這首詞上闋寫夢魂驚破。開頭一句"梧桐葉上三更雨"象
徵離別的難受，語出溫庭筠的《更漏子》詞："梧桐樹，三更雨，
不道離情正苦。一葉葉，一聲聲，空階滴到明。"（《花間集》卷
1)這裏吟詠與蘇轍不在一起的哀傷，也抒發自己還在異鄉過
日子的懊惱。蘇軾夢見蘇轍，卻被夜雨的聲音驚醒了，再也找
不到夢中的蘇轍。從枕簟的涼氣就知道秋天已到，更何況聽
見了寒蛩的鳴聲。下闋回述夢中情景。他從夢裏醒過來以
後，回想夢裏在江亭宴飲，欣賞歌舞。在那裏總有人問你們的
情況。我總是以自己與你們離別後的心緒作答①。

　　這首詞是"寄子由、才叔"的，詞裏雖没有直接表現蘇軾言
及蘇轍、才叔説的詞語，但是"梧桐葉上三更雨，驚破夢魂無覓
處"，暗示了蘇軾與他們離別的悲哀和孤獨感。這種寫法餘味
無窮，給讀者留下了更多的回味餘地。這首詞有效地使用實
際景色的"夜雨"和"夜雨對牀"的"夜雨"來，吟詠蘇軾離開蘇
轍的悲哀、孤獨感和對蘇轍的很深的思念。"夜雨"可以説是
吟詠離別悲哀的誘因。

　　"夜雨對牀"的故事，蘇軾嘉祐六年已經用在《辛丑十一月
十九日，既與子由別於鄭州西門之外，馬上賦詩一篇寄之》詩
裏。但是詞則到元豐八年五月纔出現。蘇軾用"夜雨對牀"的
三首詞，都見於第四期。這值得注意。蘇軾在第二、第三期也
作寄給蘇轍的詞，但是那些詞裏没用"夜雨對牀"的故事，到了

---

①　詞序裏的"才叔"，根據《孔年》卷33，是張庭堅。"問君"的"君"當包括蘇
　　轍和才叔，"問君人"的"人"當指"夢中"、"樽前"問蘇轍、才叔情況的人。

第四期纔出現"夜雨對牀"。他爲何到了第四期纔用"夜雨對牀"來作詞而寄給蘇轍呢？

這也許說是很自然的事情。元豐八年,蘇軾 50 歲了。漸近致仕的年齡。歐陽修致仕而回穎州的是熙寧四年 65 歲的時候。王安石退隱於南京的是熙寧九年 56 歲的時候。50 歲的蘇軾,比起歐陽修、王安石退隱的年齡來,還年輕。但對致仕也漸漸地有現實感。那時候,自然更容易想起他曾經在懷遠驛跟蘇轍"相約早退,爲閑居之樂"。就他說來,致仕就意味着他可與蘇轍一起回故鄉"夜雨對牀"了。所以蘇軾在第四期作詞寄給蘇轍,就較多地提到"夜雨對牀"。

六

以上,按着編年順序考察了蘇軾詞裏所詠的"雨"。在這裏,簡單地歸納上述的考察。本文將制作時間分爲四個時期。這四個時期,各有各時期的特點。第一期,蘇軾絕妙地描寫雨後的美景,也有效地使用"雨"來吟詠離別之時的悲哀心情。從來在詞裏多以"雨"詠男女之間的離別,但是蘇軾卻用它來詠與同事的離別。這一點很新奇。但是他描寫雨後的美景、使用"雨"來吟詠離別時的悲哀心情,雖然表現方法高出一籌,不過這時期還很少積極地摸索詞的新途徑,好像祇在修辭上下工夫。第二期,特別是在密州的詞裏,出現兩個新奇的用例。第一是回顧自己走過的歷程,而以"雨"來表現自己處境危難和險惡。第二是言及農活。到了湖州,蘇軾則通過雨後的風景來,吟詠對農村生活的憧憬和歸田的願望。第二時期,蘇軾爲詞的發展開闢了新的道路的。到了第三期,蘇軾用"雨"來吟詠不受所有拘束之態度,《定風波》的"一蓑煙雨任平

生"、"也無風雨也無晴"是其代表。還有,蘇軾吟詠自己愛好
即使被雨淋也不泥濘的"沙路",表現出超俗的形象,並且表達
了不管在任何處境都能泰然處之的心情的重疊。在第四期,
則以"夜雨對牀"反襯對蘇轍的思念,對致仕漸漸有了現實感。

　　這些特點,反映了蘇詞在創作上、在思想上的發展和變
化。就創作詞的發展、變化來說,第一期,蘇軾絕妙地描寫雨
後的美景,也有效地使用"雨"來吟詠離別之時的悲哀心情。
特別是"淚"與"雨"的對照,可以説是很出色的。但是描寫雨
後的美景、使用"雨"來吟詠離別時的悲哀心情,是從來有不少
的詩人、詞人已經用過的主題、寫法,不是蘇軾開始的。這時
期的詞,可以説是尚未超過習作之域。但是在第二期他將新
的題材積極地導入詞裏,開闢了詞的新道路。到了第三期,他
就以"雨"來吟詠自己人生的態度。蘇軾爲了表明自己的人生
態度、思想而寫作詞。如果稍微誇大一點説,他的詞,到這時
期使"詞"這一文學形式的内容爲之一變。在第四期,蘇軾則
用"夜雨對牀"的故事,抒發對蘇轍的思念和想要退隱故鄉的
心願。

　　就他的思想發展、變化來説,第二期、第三期值得注目。
"雨"本身沒有變化。但是從"雨"感到的形象,卻時時有變化,
反映了那時候的心情、思想。第二期,蘇軾從雨後的風景感到
農活的開始,看農村的雨後風景引起他歸田思想,他將風雨疊
印自己的仕宦生活裏。第三期,他使用"雨後有晴,晴後有雨"
來表達循環論,也使用"下雨也不用着慌,天晴也不用高興"來
吟詠自己的達觀境地,是他的思想上的一個頂點。

蘇軾詞裏所詠的"多情"

一

　　陳師道《後山詩話》云："退之以文爲詩，子瞻以詩爲詞。"《苕溪漁隱叢話》引《王直方詩話》也云："少游詩似小詞，先生（蘇軾）小詞似詩。"向來的評論，往往强調蘇軾的詞似詩這一點。不用説，這個評語，説中了蘇詞在某一方面的特徵。唐五代詞，其内容大都寫男歡女愛、離愁别恨、流連光景。蘇軾則開拓題材而詠官場、農村風光、自己人生觀等。但是仔細地看看他的詞，題材有擴大，不過寫法則仍然用唐五代的①。

　　宋代的士大夫，在文學創作活動之中，除了詩文以外，還有從唐代開始的詞。如果限於韻文學，當時他們有"傳統文學"的詩和"新興文學"的詞這兩個文學樣式，有時用詩，有時用詞來吟詠自己的心情、主張、感慨。考察詩和詞的差異，是一個重要的研究題目。跟詩比起來，詞採用了更多象徵和暗示的表現。在宋代，假如詩是"理"的文學，那麽詞就是"情"的文學了。假如想要闡明文人的感性，就需要瞭解詞這個文學式樣的特點。

　　蘇軾是個偉大的詩人，也是個著名的詞人。闡明蘇軾的

---

① 請參看本書的《試論蘇軾的詞和詩之比較》。

感性,這是很有趣的、很有意義的。所以本文通過他的詞裏所詠的"多情"來探討蘇軾感性的特點。這也能够成爲弄清宋代士大夫對詩和詞的意識差異之頭緒。

　　根據《全宋詞‧蘇軾詞》,蘇軾詞裏一共有14個"多情"的用例。在使用頻率上來講,跟《花間集》比起來,則多了一些。跟張先、晏殊、晏幾道、歐陽修、柳永等人比起來,則不相上下①。這一點是非常有意思的。《花間集》以及晏殊、晏幾道、柳永等人的詞,屬於"婉約",與蘇軾的創作風格不一樣。但是在使用"多情"的頻率來講,蘇軾比《花間集》卻高,跟晏殊等人則是不相上下,沒有明顯的差距。《花間集》談的是男歡女愛、離愁別恨、流連光景的題材,正適合於"多情"。不過在"多情"的使用頻率來看,蘇詞的更高。在這裏,雖然並不能立刻斷定,但是這可能意味着蘇軾將"多情"視爲一個在作詞裏不能欠缺的詞語。

　　下面,從14個例子中選擇9個,來考察蘇軾詞裏所詠的"多情"之特點。再者,爲了方便起見,本文先考察蘇軾自謂的"多情",再看對事對物使用"多情"的例子,最後看看以"多情"來說的自己以外事的例子。

二

　　本節考察蘇軾自謂的"多情"。

　　　　無情流水多情客。勸我如曾識。盃行到手休辭卻。

---

①　根據筆者就《全宋詞》所作統計,《花間集》、張先、晏殊、晏幾道、歐陽修、柳永的"多情"使用數和頻率如下:《花間集》500首詞之中有4個(1.25%),張先176首詞中有8個(4.5%),晏殊141首詞之中有3個(2%),晏幾道261首詞中有8個(3%),歐陽修266首詞中有8個(4%)。蘇軾319首中則有14個(4%)。

這公道難得。曲水池上，小字更書年月。如對茂林修竹，
永和時節。　　　纖纖素手如霜雪。笑把秋花插。樽前莫
怪歌聲咽。又還是輕別。此去翱翔，遍賞玉堂金闕。欲
問再來何歲，應有華髮。（《勸金船·和元素韻自撰腔命
名》，《傅注》卷 11）

　　熙寧七年（1074）九月，蘇軾從杭州通判調往密州赴任。
那時候，楊繪在流盃亭爲他餞行。這首詞是蘇軾在送別會上
寫作的。

　　"無情"的"流水"，對"多情"的"客"勸酒，好像相識一般不客
氣。酒盃到我的手那裏，他千萬不讓我拒絕。那好像"軒冕相逼"
一樣。"多情客"是指將要離開杭州往密州上任的蘇軾而言的[1]。

　　這首詞是在流盃亭舉行的筵席上所作的。蘇軾就要離開
杭州，與楊繪分手。"多情"的蘇軾難以忍受離別。面臨離別
這個很難受的場面，自覺"多情"，這可以説是自然的。假如他
不是"多情"的話，即使遇到離別，也是"輕別"，不會陷入分手
的悲哀。他難以離開杭州、離別楊繪的惜別之情，由於使用
"多情"的詞語，越發被強調了。並且，用"多情客"與"無情流
水"來對照，留給我們深刻的印象。但是離別與"多情"的合
用，不一定是新奇的。例如，柳永的名作《雨霖鈴》裏也吟詠離
別的場面和惜別之情，並且使用"多情"的詞語：

　　　　寒蟬淒切。對長亭晚，驟雨初歇。都門帳飲無緒，留

---

[1]　《石唐注》云："多情客，指楊元素。"（46 頁）但是這首詞第二、三句云："勸我
如曾識。盃行到手休辭卻。"意思就是"'流水'勸'我'飲酒。那好像老相識
一般。酒盃流到我的手那裏，千萬不讓我拒絕"。這裏描寫"我（蘇軾）"和
"流水"的事情。"流水"和"我"，一定相當於"無情流水"和"多情客"。總之，
"多情客"是指蘇軾而言的。

戀處、蘭舟催發。執手相看淚眼,竟無語凝噎。念去去、千里煙波,暮靄沉沉楚天闊。　　多情自古傷離別。更那堪、冷落清秋節。今宵酒醒何處,楊柳岸、曉風殘月。此去經年,應是良辰好景虛設。便縱有、千種風情,更與何人說。(《全宋詞》第 1 冊第 21 頁)

"多情"的人,自古以來臨別的時候越發悲傷。柳永說得很對,假如人"多情",就很難忍受離別。臨別,人們都多多少少會傷感,自然產生惜別之情,越多情越難以分手。

但是蘇軾在遇見老朋友愉快地飲酒的時候,也感到"多情"。

多情多感仍多病,多景樓中。樽酒相逢。樂事回頭一笑空。　　停盃且聽琵琶語,細撚輕攏。醉臉春融。斜照江天一抹紅。(《採桑子·潤州多景樓與孫巨源相遇》,《傅注》卷 12)

這首詞是熙寧甲寅七年(1074)十一月,蘇軾從杭州往密州上任的途中,過潤州的甘露寺多景樓之時所作的。關於這首詞,《傅注》引《本事集》云:

潤州甘露寺多景樓,天下之殊景。甲寅仲冬,蘇子瞻、孫巨源、王正仲參會於此。有胡琴者,姿色尤好。三公皆一時英秀,景之秀,妓之妙,真為希遇。飲闌,巨源請於子瞻曰:"殘霞晚照,非奇才不盡。"子瞻作此詞。

當時孫洙、王存和蘇軾在一起,地方是"天下之殊景"的多景樓,還有"姿色尤好"的"胡琴"在座。這真是"希遇"。孫洙在筵席將散時,對蘇軾說:"祇有您一個人纔能表現眼前的'殘霞晚照'之景色。"這首詞是蘇軾應孫洙之求而寫作的。"三公皆一時英秀,景之秀,妓之妙,真為希遇",如此,孫洙一定期待蘇軾要寫景色的美麗、歌女的美貌、夕陽的鮮明和筵席的樂趣氣氛。蘇軾也應該吟詠當時的喜悦心情、筵席的樂趣氣氛。但是"奇才"的蘇軾,在詞的開頭一句卻云:"多情多感仍多病。"又云:"樽酒相逢,樂事回頭一笑空。"蘇軾能見孫洙,覺得很高興。但是他卻説:"因爲'多情多感仍多病',所以雖然還在談笑飲酒的時候,也已感到這次酒會立刻成爲一去不回的、很空虛的。"這首詞前闋,不是針對孫洙的要求所作的回答,而是坦陳當時蘇軾内心真正的感覺、想法。在大家都高興的氣氛之中,他一個人卻感到人世間的無常。蘇軾非常珍惜這次邂逅,不願酒筵結束,深怕"樂事回頭一笑空"。

蘇軾在給李公擇的信中,也提到這次潤州的邂逅:

> 某已到揚州,此行天幸,既得李端叔與老兄,又途中與完夫、正仲、巨源相會,所至輒作數劇飲笑樂。人生如此有幾,未知他日能復繼此否。乍爾暌違,臨紙於邑。（《蘇軾文集》卷51）

"人生如此有幾,未知他日能復繼此否"與"樽酒相逢,樂事回頭一笑空",表現上有點不同。可是都悲嘆樂事短暫,轉眼成空,難以集聚。

但是他不僅僅悲嘆世間的無常,也欣賞琵琶聲音,也描寫"殘霞晚照"。這首詞後闋云:"停盃且聽琵琶語,細撚輕攏。醉臉春融。斜照江天一抹紅。"蘇軾停下酒盃,暫時聽琵琶的聲音。看胡琴喝醉酒的面孔,蕩漾着暖融融的春意,落日斜照,江天一色,挂着緋紅的晚霞。胡琴的面孔,不但酒醉爲紅,而且被落日照紅。這首詞後闋是回答孫洙的所望而寫的。蘇軾絶妙地寫出歌女的艷麗和晚霞的美麗。

蘇軾當天在多景樓也作有一首《潤州甘露寺彈箏》詩:

　　多景樓上彈神曲,欲斷哀絃再三促。江妃出聽霧雨
愁,白浪翻空動浮玉。喚取吾家雙鳳槽,遣作三峽孤猿
號。與君合奏芳春調,啄木飛來霜樹杪。(《合注》卷12)

　　這首詩,如詩題所説的那樣,全篇吟詠"箏":箏的悲哀聲
音好像使箏絃都快斷了,但仍連續不斷地彈奏;以致"江妃"都
出來聽箏,"霧雨"都充滿悲傷,"白浪"搖撼"浮玉"山;去拿我
家的"雙鳳槽"來,演奏像"三峽孤猿號"的聲音;假如跟你的
"箏"一起合奏,啄木鳥都會飛到秋天的樹杪上來。

　　這《潤州甘露寺彈箏》詩與《採桑子》詞,雖然是同時作的,
但是所詠的内容卻不一樣,顯出兩者的差異。蘇軾並未寫自
己因"箏"的"哀絃"陷入悲哀中,卻是想拿家裏的"雙鳳槽",來
演奏像"三峽孤猿號"的聲音。在這首詩中,看不出悲嘆人世
無常的"多情"蘇軾,而是積極欣賞"箏"聲的蘇軾。他在潤州
與孫洙不期而遇。他們在多景樓飲酒聽了琵琶和箏的演奏。
《潤州甘露寺彈箏》詩與《採桑子》詞都是在那個酒席上所寫
的。但是詩與詞所詠的内容卻不同。不過寫詩的是蘇軾,作
詞也是蘇軾。聽"箏"的蘇軾也是"多情多感仍多病"的蘇軾。
他當時懷有一種無常感:酒筵即將結束,在結束的時候,所發
生的一切將變成回憶,不會再來。他將這個無常感,寄託在詞
裏而不是在詩裏。這很明顯地表現出蘇軾對詩和詞意識差
異。蘇軾在詞裏,一開口便説"多情多感仍多病",直接傳達了
自己當時所懷有的情緒①。從《潤州甘露寺彈箏》詩與《採桑

────────

①　筆者查了查在一句裏同時使用"多情"、"多感"、"多病"的用例。結果在
　蘇軾以前的詩詞裏還沒有這樣的例子。但是歐陽修的《踏莎行》有云:
　"莫言多病爲多情,此身甘嚮情中老。"(《全宋詞》1册154頁)柳永的失
　調名斷句云:"多情到了多病。"(同前1册54頁)

子》詞的比較,可以看出,"詞"這個文學樣式,就蘇軾説來,確實是吟詠"情"的世界之文學。

蘇軾也寫作豪放的詞。"豪放"和"多情",好像彼此不相容;但是他在豪放的詞裏,也説自己的"多情"。

> 大江東去,浪淘盡、千古風流人物。故壘西邊,人道是、三國周郎赤壁。亂石穿空,驚濤拍岸,捲起千堆雪。江山如畫,一時多少豪杰。　遥想公瑾當年,小喬初嫁了,雄姿英發。羽扇綸巾,談笑間、强虜灰飛煙滅。故國神游,多情應笑我,早生華髮。人間如夢,一樽還酹江月①。(《念奴嬌·赤壁懷古》,《傅注》卷 2)

這首詞是蘇軾被謫在黄州的元豐五年(1082)所作的②。蘇軾在前闋描寫赤壁和長江的景色,緬懷古代英雄。後闋則抒發對周瑜的仰慕,自笑多情,悲嘆人世間如夢一般。這首詞從開頭一句到"强虜灰飛煙滅",充滿豪放的氣氛。但是到了"故國神游"的一句,氣氛爲之一變,進入"多情"的世界。"我頭髮早已花白了,但是一事無成。人世間像夢幻一般,祇好以酒祭奠江月"。蘇軾吟詠赤壁之戰時,也抒發自己的多情。這應當可以説是"詞"的筆法。

蘇軾元豐五年(1082)七月十六日跟友人一起去赤壁而作《赤壁賦》(《蘇軾文集》卷 1)。《赤壁賦》與《念奴嬌》都是在赤壁所作的。但是所詠的内容卻不同。"壬戌之秋,七月既望",蘇軾跟客人坐着小船去赤壁之下。客人之

---

① "一樽還酹江月"的"酹",《傅注》作"醉"。這裏根據元本。
② 這首詞的編年,《紀年録》、《朱本》、《曹注》、《石唐注》、《薛注》、《孔年》認爲是元豐五年(1082)所作的。《總案》則認爲是元豐四年之作。本文暫且認爲是元豐五年(1082)所作的。

中有能吹洞簫的。他按着蘇軾他們所唱的歌聲吹簫伴奏。
那個聲音"嗚嗚然,如怨如慕,如泣如訴。餘音嫋嫋,不絶
如縷。舞幽壑之潛蛟,泣孤舟之嫠婦"。蘇軾聽洞簫的聲
音而覺得"愀然"。他問吹洞簫的人説:"何爲其然也?"客
人回答説:

> "月明星稀,烏鵲南飛",此非曹孟德之詩乎?西望夏
> 口,東望武昌。山川相繆,鬱乎蒼蒼。此非孟德之困於周
> 郎者乎?方其破荆州,下江陵,順流而東也,舳艫千里,旌
> 旗蔽空,釃酒臨江,橫槊賦詩,固一世之雄也,而今安在
> 哉?況吾與子漁樵於江渚之上,侶魚蝦而友麋鹿。駕一
> 葉之扁舟,舉匏尊以相屬。寄蜉蝣於天地,渺滄海之一
> 粟。哀吾生之須臾,羨長江之無窮。挾飛仙以遨游,抱明
> 月而長終。知不可乎驟得,託遺響於悲風。

吹洞簫的人悲嘆"吾生之須臾",羨慕"長江之無窮"。這
種悲嘆,換而言之,是對人生無常的哀嘆,也相當於《念奴嬌》
所説的"故國神游,多情應笑我,早生華髮。人間如夢,一樽還
酹江月"。但在《赤壁賦》,蘇軾聽了這個吹洞簫的人悲嘆之
後,卻用《莊子》的"齊物論"來消解在《念奴嬌》所表出的那樣
無常感:世間的萬事,從一方面看來,變化無常,但是從另一方
面看來,並無變化;眼前正有"江上之清風"和"山間之明月",
我們取用它們也没人禁止,享用它們也不會用光,因爲那些是
"造物者之無盡藏"。

蘇軾在《念奴嬌》悲嘆人世間的無常。但是在這《赤壁
賦》則消解在《念奴嬌》裏所詠的無常感。將《念奴嬌》和
《赤壁賦》比較,《赤壁賦》中悲嘆人生無常的"吹洞簫的
人"好像相當於《念奴嬌》之中的蘇軾。在這裏,不能立刻

判斷,但是蘇軾可能先寫《念奴嬌》,再作《赤壁賦》。他先爲感情所動,選擇"詞"來吟詠人生的無常。然後他選擇"賦",以"道理"來解除自己曾經懷有的悲哀心情。通過《赤壁賦》和《念奴嬌》的比較,也可以看出,蘇軾認爲"詞"是"情"的文學。

蘇軾的《蝶戀花》詞,是吟詠自己"多情"的極致。

> 花褪殘紅青杏小。燕子飛時,綠水人家繞。枝上柳綿吹又少。天涯何處無芳草。　墻裏鞦韆墻外道。墻外行人,墻裏佳人笑。笑漸不聞聲漸悄。多情卻被無情惱。(元本卷下①)

這首詞寫作的時間不詳。前闋抒發傷春之情,後闋吟詠蘇軾的"多情"。墻內的鞦韆,墻外的道路,墻外的行人被墻內的美女引起煩惱。蘇軾祗是"行人",不認識"佳人"。"佳人"的笑聲響過來,但蘇軾看不見"佳人"的身影,祗聽見她們的笑聲。她們的笑聲漸漸聽不到,蘇軾就被"佳人"引起煩惱。蘇軾被"佳人"煩惱了,但是"佳人"本身並沒有責任。那是因爲她們連蘇軾的存在都不知道。蘇軾因爲是"多情",所以祗聽"佳人"的笑聲就被動心、煩惱。蘇軾和"佳人"之間被圍墻擋住了,蘇軾看不見"佳人"的身影。"多情"的他,祗聽笑聲就煩惱。可以説是蘇軾單相思的"笑聲"。這正是"多情"的極致。這麽"多情"的蘇軾,祗有"詞"纔能寫出這種情,這與"詞"的筆法也合適的。再者,這首詞雖寫被女孩的笑聲煩惱的樣子,但並不鄙俗。即使描寫"多情"也並不流於庸俗,這也是蘇詞的特點之一。

---

① 這首詞,《傅注》存目闕詞。

三

在本節，考察將人以外的事物用“多情”來表現的例子。

　　天豈無情，天也解、多情留客。春向暖、朝來底
事，尚飄輕雪。君遇時來紆組綬①，我應老去尋泉石。
恐異時、盃酒忽相思，雲山隔。　　　浮世事，俱難必。
人縱健，頭應白。何辭更一醉，此歡難覓。不用向、佳
人訴離恨，淚珠光已凝雙睫。但莫遣、新燕卻來時，音
書絕。（《滿江紅・正月十日雪中送文安國還朝》，《傳
注》卷2）

這首詞是熙寧九年(1076)在密州所作的。所詠的內容，
如詞序所說的那樣，是送別文安國之時懷有的惜別之情。“正
月十日”，文安國回京師去。當天雖然已是春天，但是下雪了。
蘇軾將那件事表現爲“天豈無情，天也解、多情留客”，他認爲，
上天本是無情物，却也很多情，懂得挽留客人。在這裏，要注
意的是他將上天視爲“多情”。

從來詩人、詞人看着自然景色——柳、雨、落日、風、流水、
月亮等，而感到“多情”。例如，“多情”的最早例子《子夜四時
歌》七十五首中的《春歌》二十首第十首云：

　　春林花多媚，春鳥意多哀。春風復多情，吹我羅裳
開。（《樂府詩集》卷44）

蘇軾也在詞裏吟詠“多情”的明月、流水。在湖州所作的
《漁家傲・七夕》云：

────────────

① “君遇時來紆組綬”，《傳注》作“君過春來紆組綬”。這裏根據元本。

　　皎皎牽牛河漢女。盈盈臨水無由語。望斷碧雲空日
暮。無尋處。夢回芳草生春浦。　　鳥散餘花紛似雨。
汀洲蘋老香風度。明月多情來照户。但攬取。清光長送
人歸去。(《傳注》卷 3)

還有,在黄州所作的《南歌子》①云:

　　雨暗初疑夜,風回忽報晴。淡雲斜照着山明。細草
軟沙溪路,馬蹄輕。　　卯酒醒還困,仙村夢不成②。藍
橋何處覓雲英。祇有多情流水,伴人行。(《傳注》卷 5)

　　"多情"的春風讓衣裳的下擺飄揚,"多情"的明月來照亮
房門,"多情"的流水伴着我前行。春風調戲美女而讓衣裳的
下擺飄揚。明月、流水安慰作者的孤獨感、失意感。這些的例
子,不勝枚舉。但《滿江紅》的"多情"則與這些例子頗不同。
那是因爲蘇軾將"天"視爲"多情"。"天"是萬物主宰者。春
風、明月、流水也都被"天"支配,人也被"天"所操縱。韓偓的
《多情》詩(《全唐詩》卷 683)云:"天遣多情不自持,多情兼與
病相宜。"韓偓説:"我的多情是'天'賦予的。'天'讓多情的我
不能自持。""天"給人賦予"多情",但是它本身並不在情感的
世界裏。李賀的《金銅仙人辭漢歌》(《全唐詩》卷 391)云:"衰
蘭送客咸陽道,天若有情天亦老。"假如"天"有情,"天"也就會
年老。反過來説是"天"沒有情感,所以不會老③。

　　向來有不少的詩人吟詠天與人的關係。如上述的那

---

① 　關於這首詞的編年,請參看本書的《蘇軾詞編年考》。
② 　"仙村夢不成"的"村",《傳注》作"材"。這裏根據元本。
③ 　與韓偓的《多情》、李賀的《金銅仙人辭漢歌》相似的例子,還有杜甫《新
　　安吏》詩的"眼枯即見骨,天地終無情"(《全唐詩》卷 217);張先《御街行》
　　詞的"餘香遺粉,膩衾閑枕,天把多情付"(《全宋詞》1 册(轉下頁注)

樣,韓偓説:"天遣多情不自持,多情兼與病相宜。"李賀
説:"衰蘭送客咸陽道,天若有情天亦老。"這些例子表達
"天無情"。但是詩人不一定總是感到"天"没有情感。根
據筆者的調查,雖然數量少,不過以下的兩首詩,所詠的内
容與《滿江紅》相近。

　　造化多情狀物親,剪花鋪玉萬重新。閑飄上路呈豐
歲,狂舞中庭學醉春。興逸何妨尋刻客,唱高還肯寄巴
人。遥知獨立芝蘭閣,滿眼清光壓俗塵。(楊巨源《奉酬
端公春雪見寄》,《全唐詩》卷 333)

　　獨坐對月心悠悠,故人不見使我愁。古今共傳惜今
夕,況在松江亭上頭。可憐節物會人意,十日陰雨此夜
收。不惟人間惜此月,天亦有意於中秋……(蘇舜欽《中
秋夜吳江亭上對月,懷前宰張子野及寄君謨蔡大》,《全宋
詩》卷 310)

　　楊巨源的《奉酬端公春雪見寄》詩,將"造化"視爲"多情"。
造化因爲"多情",所以很親切地創作東西。從天空飄下來的
雪,好像花朵一樣,積在地面的雪,猶如玉石似的,周圍變爲另
一世界。這首詩是説:"造化知道人的心情,出現了很漂亮的
雪世界。"蘇舜欽的《中秋夜吳江亭上對月,懷前宰張子野及寄
君謨蔡大》也將"天"視爲"有意"。不但人們愛惜這圓月,而且
"天"也對中秋懷有特別的心意,讓連綿不斷的陰雨停止而放
晴。這兩個例子與《滿江紅》的"天豈無情,天也解、多情留客"

───────────

(接上頁注)第 80 頁);晏幾道《點絳唇》詞的"天與多情,不與長相守"(同前第
246 頁);同《玉樓春》詞的"天若多情終欲問"(同前第 236 頁);歐陽修《漁家
傲》詞的"天與多情絲一把。誰廝惹。千條萬縷縈心下"(同前第 130 頁);《豐
樂亭小飲》詩的"造化無情不擇物,春色亦到深山中"(《全宋詩》卷 284)等。

相似。但是《滿江紅》的"天豈無情,天也解、多情留客",語氣更強。蘇軾在這裏使用反問的表現。他一開口就説:"天並不是無情!"這首詞是送別的作品。所詠的是惜別的心情。蘇軾"多情"所以受不了離別,很想挽留文安國。"天"也很"多情",懂得他的心情,特意下雪挽留文安國。"天也想挽留你"這個表現,絕妙地抒發了蘇軾的惜別之情。但是筆者認爲,蘇軾之所以在這裏特地使用反問句,是因爲他想要表達找到"天"與自己的接觸點之喜悦。

　　如上述的那樣,他自知"多情多感仍多病",但是不以"多情"自負。以"多情"自負,或者悲嘆自己的"多情",每個詩人不同。以"多情"自負的代表是白居易。他在《下邽莊南桃花》詩(《全唐詩》卷 436)云:"村南無限桃花發,唯我多情獨自來。"在《重尋杏園》詩(同前卷 437)云:"杏花結子春深後,誰解多情又獨來。"在《玉泉寺南三里,澗下多深紅躑躅,繁艷殊常,感惜題詩以示遊者》(同前卷 454)云:"今日多情唯我到,每年無故爲誰開。"白居易説:"祇有'多情'的我一個人來欣賞很美麗的花。"但是蘇軾則沒有他那樣的自負。可以説,他屬於"悲嘆派"。蘇軾因爲"多情",所以雖然在飲酒談笑的歡樂之時,也早已感到無常。他因爲"多情",頭髮已經花白。這麼"多情"的蘇軾,怎麼看待自己與"天"的關係?他在《滿庭芳》詞裏有云:"蝸角虛名,蠅頭微利,算來著甚乾忙。事皆前定,誰弱又誰強。"在《哨遍》詞裏也云:"此生天命更何疑。"在這些詞裏,他認爲自己的人生被"天"支配。支配者和被支配者之間,有很高的墻。他祇好聽"天"由命。但是假如認爲我和"天"都多情,我和"天"之間就出現了共同點,那麼高墻也就矮了一些。他要離別文安國的時候,雖然季節已經是春天,但是下雪了。他看了眼前的景色,就想:"天"並不是無情,跟我一樣"多情",它懂得我的惜別之情。那時候他們之間有的墻低一點了。換而言之,在本來不相容的"天"與自己之間,他找到了"多情"這個接觸點。假如稍微誇大一點説,那就是"天"和自己的"一體化"。將"天"與自己的關係視爲對立的,或者視爲彼此之間有接觸點,這是很重要的問題,對人的思想、人生觀給以很大的影響。不用説,人有喜事就感謝"天",在艱難的處境中就詛咒"天"。但是蘇軾在"多情"那裏看出"天"與自己的接觸點,不是"感謝"或者"詛咒"的意思。假如以爲"天"也跟我一樣"多情",那麽人就不用悲嘆自己的"多情"。他因爲"多情",常常懷有悲哀。但是"天"也並不是無情,跟我一樣"多情",懂得我性情。假如這麽想,他對自己的"多情"就不用躊躇了。

蘇軾的眼前出現的景色,衹不過是春天裏下了一場雪而已。但是在離別時節怎麽將這場春雪提升爲文學作品,則全是作者的本領。也許有人説,"天豈無情,天也解、多情留客"衹是文學的修辭之一。但是其中肯定是反映了蘇軾的思想、看法。"春風"、"明月"、"流水"等本來"無情",他發揮了豐富的感想和想像,使它們變成"多情"。將無情化爲"多情",由無到有之變化是依詩人、詞人的感性而異的。換而言之,對什麽事物感到"多情",並不是所有的詩人、詞人都是一致的。所以我們在每首詩詞裏可以讀出每個作者不同的感性、思想和看法。蘇軾將萬物主宰者的"天"看作"多情",從此可以看出他有"天"是自己的體諒者這個思想。

將"天"視爲"多情"的蘇軾,在《南鄉子》則云:"破帽多情卻戀頭。"

　　霜降水痕收①。淺碧粼粼露遠洲。酒力漸消風力
軟，颼颼。破帽多情卻戀頭。　　佳節若爲酬。但把清
樽斷送秋。萬事到頭都是夢，休休。明日黃花蝶也愁。
（《南鄉子·重九涵輝樓呈徐君猷》，《傅注》卷 4）

　　這首詞是在黄州作的②。九月九日重陽節，蘇軾在涵輝
樓跟徐君猷飲酒。蘇軾想學孟嘉的風雅灑脱，但是當天風徐
徐吹來，他戴着的"破帽"卻未被風吹掉。"破帽"爲何還在頭
上呢？蘇軾説："那因爲是它'多情卻戀頭'。"從來使用"多情"
的時候，那對象大部分是人和大自然，例如月、風、流水等。但
是"破帽"，祇是他所有的，可以説是微不足道的東西。不過他
甚至對這麼小小的東西也視爲"多情"。在這裏，就顯出蘇軾
的感受性之特點。蘇軾在《滿江紅》裏將"天"視爲"多情"，在
這《南鄉子》則將"破帽"視爲"多情"。從萬物主宰者到破舊的
帽子，都能引起他的感性。蘇軾的感性是很豐富的，他正是
"多情"的人。

　　如上述的那樣，對什麼事物感到"多情"，都根據作者的感
受性、思想。"天豈無情，天也解、多情留客"三句表現蘇軾認
爲"天"也懂得我的心情。"破帽多情卻戀頭"的一句意味着他
認爲"破帽"也戀慕我。蘇軾將所有的事物視爲自己的體諒
者。從蘇詞裏所詠的"多情"，可以看出他認爲所有的事物都

---

① "霜降水痕收"的"痕"，《傅注》作"雲"。但是《傅注》卻引用杜甫的"寒水
落依痕"、薛能的"舊痕依石落，初凍着槎生"之詩句。還有，元本作
"痕"。從這些事，筆者認爲《傅注》作的"雲"可能是筆誤。

② 這首詞的編年，有三個看法。《紀年錄》、《朱注》、《曹注》、《石唐注》認爲
元豐五年(1080)所作的，《總案》認爲是元豐三年，《薛注》、《孔年》則認
爲是元豐四年之作。本文暫且祇是説"在黄州所作的"，在另外的機會，
筆者想考這首詞的編年。

對自己懷有很深的感情。那反過來説,他對所有的事物有着很深的感情。這正表示詞是表現"情"的世界之文學樣式。

四

在本節,我們看看蘇軾用"多情"來表現自己以外的人物之例子。這種例子一共有 4 個,這裏選 2 個"多情"的例子。

蘇軾被謫黃州的時候,知黃州徐君猷很體諒他。徐君猷請蘇軾赴酒宴,蘇軾在那裏寫作不少的詞。下面這首《減字木蘭花‧慶姬》,就是在徐君猷舉行的酒筵上所作的。

> 天真雅麗。容態溫柔心性慧。響亮歌喉。遏住行雲翠不收。　妙詞佳曲。囀出新聲能斷續。重客多情。滿勸金卮玉手擎。(《百家詞‧東坡詞》拾遺①)

"慶姬"是徐君猷的歌女之一。這首詞是送給她的作品。她"重客多情。滿勸金卮玉手擎"。這"多情"表示她對客人的深厚款待。從來使用"多情"吟詠歌女的時候,那個"多情"都意味着不能把持自己的"艷情"。歌女們爲"多情"折磨。例如,韋莊的《傷灼灼》詩云:

> 多情不住神仙界,薄命曾嫌富貴家。流落錦江無處問,斷魂飛作碧天霞。(《全唐詩》卷 700)

但是這《減字木蘭花》的"多情"則表示"慶姬"對自己無微不至的關懷,與艷情有點不同,她不爲"多情"折磨。這"多情",可以説是對她的褒詞。她用玉手擎起金盃,一個人一個人地勸酒。蘇軾用"多情"來贊揚她的深厚款待。不用説,那

---

① 這首詞,《傅注》、元本都未收録。

也是感情,但是與艷情的含義不同。蘇軾在徐君猷的酒宴用"多情"來讚揚慶姬的深厚款待,同時也就讚揚徐君猷"多情"。

> 笑勞生一夢,羈旅三年,又還重九。華髮蕭蕭,對荒園搔首。賴有多情,好飲無事,似古人賢守。歲歲登高,年年落帽,物華依舊。　此會應須爛醉,仍把紫菊紅萸,細看重嗅。搖落霜風,有手栽雙柳。來歲今朝,爲我西顧,酹羽觴江口。會與州人,飲公遺愛,一江醇酎。(《醉蓬萊‧余謫居黃州,三見重九,每歲與太守徐君猷會於棲霞。今年公將去,乞郡湖南,念此惘然,故作此詞》,《傳注》卷 3)

這首詞是元豐五年(1082)在重陽的酒筵上所作的。蘇軾來黃州,過了三次重陽。他的頭髮花白而稀疏。他面對荒涼的園圃,用手搔頭。在黃州的日子很難受,但是在此有"多情"的徐君猷。

蘇軾被謫黃州,心緒不安。但是徐君猷體諒他,很熱情地款待他。"賴有多情,好飲無事,似古人賢守",意思是幸有情誼深厚的人,喜歡飲酒,没有特別要做的政務;您好像古代賢明的太守。"多情"的三句是對徐君猷的褒詞。蘇軾在這裏特地使用"賴"這個字。"賴"是幸而的意思。從"賴"字可見蘇軾認爲徐君猷是他在絶望中的救星。來黃州三年了,他是個罪人,但是徐君猷對他很熱情。蘇軾覺得自己好像枯木逢春一般。"賴有多情,好飲無事,似古人賢守"三句也是對徐君猷的褒詞,也是謝詞。不用説,"多情"的含義比較廣,情感豐富的都是"多情"。但是對在危難時伸出援助之手的人使用"多情"的,或許衹有蘇軾一個人。

蘇軾用"多情"來表現自己以外的人物之例子,還有兩個。

一個是《江神子》(玉人家在鳳凰山)的"多情好事與君還"(《元本》卷下①),還有一個是《水龍吟》(小舟橫截春江)的"料多情夢裏,端來見我,也參差是"(《傳注》卷1)。前者吟詠陳直方因爲"多情",所以雖喪妻子但不久就納妾。後者表現閭丘公顯因爲"多情",所以特地闖入夢中來見。

五

以上考察了蘇軾的三種"多情"。從自謂的"多情",我們可以看出很"多情"的蘇軾之情形:他臨別感到自己的"多情",談笑歡飲的時候也感到無常,祇聽女孩笑聲就引發煩惱。這些蘇軾的"多情"情形,祇有"詞"纔能寫出來。從對不是人的事物使用"多情"的例子,可以看出蘇軾將所有的事物視爲自己的體諒者。蘇軾看着春天下雪,就認爲"天"也懂得我的心情,看着"破帽"不被風吹落,就想它戀慕我的頭髮。這正表示蘇軾的情感豐富、細膩,也表示他善於妙筆生花。他爲"多情"折磨,但是認爲所有的事物也"多情",那,我們都"多情"。這種想法,讓蘇軾的情緒無論在何時何地都能穩定。那是因爲他認爲周圍的東西,都有着跟我一樣的特性,它們都是他的同胞。認爲自己以外的人都"多情"的例子中,可以看出蘇軾將"多情"用作褒詞。從這些三種例子,還可以看出蘇軾對"多情"的強烈自覺、對什麼事物都感到"多情"。這也可以説是祇有"詞"纔能寫出的。

最後簡單地提出蘇軾詩裏所詠的"多情"。根據筆者的調查,蘇詩裏一共有15個"多情"的詞語。其中,自謂的例子有

① 這首詞,《傳注》存目闕文。

5 個,不是指人的有 7 個,指自己以外的人有 3 個。以下,選擇幾個例子,說明蘇軾詩裏所詠的"多情"。

蘇軾很想回故鄉退隱,但是他的夙願尚未實現,白髮已長得很長。他吟詠這樣感慨的時候使用"多情"。《宿州次韻劉涇》詩云:"多情白髮三千丈,無用蒼皮四十圍。"(《合注》卷15)他雖然年老,但是因爲"多情"所以仍然忍不住愛惜花朵的心情。例如,《和秦太虛梅花》詩云:"西湖處士骨應枯,衹有此詩君壓倒。東坡先生心已灰,爲愛君詩被花惱。多情立馬待黃昏,殘雪消遲月出早。江頭千樹春欲闇,竹外一枝斜更好。"(同前卷22)《再和楊公濟梅花十絶》其三云:"白髮思家萬里回,小軒臨水爲花開。故應剩作詩千首,知是多情得得來。"(同前卷33)《花落復次前韻》詩也云:"多情好事餘習氣,惜花未忍都無言。"(同前卷38)還有,蘇軾將自己和韓愈、杜甫做比較,而說:"我比他們更多情。"《留題徐氏花園二首》其二云:"退之身外無窮事,子美樽前欲盡花。更有多情君未識,不隨柳絮落人家。"(同前卷9)這些例子,都是將愛惜花的感情以"多情"來表現,沒有詞那樣的引起無常感的"多情"。在詩裏他對明月、雨、梅花、鼓角的聲音等,也感到"多情"。在這些例子中,最顯出他的"多情"的是元豐四年(1081)十一月在黃州所作的《姪安節遠來夜坐三首》(同前卷21)。其中第一首云:"南來不覺歲崢嶸,夜撥寒灰聽雨聲。遮眼文書原不讀,伴人燈火亦多情。"來到南方的黃州以後,不知不覺歲暮;我連在眼前的文書也不想看;衹有在我旁邊的燈火很"多情",體貼地照着我。對被謫居黃州的蘇軾來説,衹有燈火是他的體諒者。從這首詩可以看出,他在黃州的孤獨和寂寞。對燈火感到"多情",也表現出他的豐富的感受性。但是跟詞裏所詠的"多情"比起來,沒有詞那麽廣博細膩。蘇軾在詞中,把從萬物主宰者的"天"到微不足道的"破帽",都看成爲"多情"的對象。論"多情"的對象,詩遠没有詞那麽廣博。

元祐六年(1091)春天,關景仁將紅梅送給蘇軾。蘇軾感謝他而作《謝關景仁送紅梅栽二首》(同前卷33)。第一首云:"年年芳信負紅梅,江畔垂垂有欲開。珍重多情關令尹,直和根撥送春來。"您特地送了有根的紅梅,我很珍惜您的關懷。這與《減字木蘭花》、《醉蓬萊》的"多情"相同,都意味着對自己的深厚關懷。除了這個例子以外,還有設想對方爲落花悲傷的《次韻楊公濟奉議梅花十首》其九(同前卷33),描寫歌女嬌態的《和人回文五首》其五(同前卷47)等。從將自己以外的人用"多情"來表現的例子,不能看出詞與詩中的明顯差異,這裏不再列舉。

以上簡單地比較了詞和詩裏的"多情"。結果,可以看出詞裏所詠的"多情",遠比詩裏所描寫的"多情"來得深烈、細膩。本文祇針對詞裏所詠的"多情"進行分析,但是可以闡明詩和詞之間的差異,並察知"詞"可以説是"情"的文學。一般説來,詩是"理"的文學,詞是"情"的文學。但是從來少有兩者的具體考察。在本文開頭部分也提到向來對蘇軾的詞之評語,有"子瞻以詩爲詞","先生小詞似詩"等。這確實説中了蘇詞的特點之一,考察這些是指蘇詞的哪些内容而言的,也有意義。但是筆者認爲,更重要的是,蘇軾怎麽看"詞"、怎麽應用"詞"這個問題。更廣泛地説,宋人用什麽態度來接觸"詞"、應用"詞",是應該弄清的問題。本稿不能論及到宋代士大夫對"傳統文學"的詩和"新興文學"的詞之意識差異,但是以後,筆者想要通過蘇軾的詞和詩的比較來考察這個問題。

蘇軾詞編年考

南 歌 子 三 首

　　日出西山雨，無晴又有晴。亂山深處過清明。不見綵繩花板①、細腰輕。　　盡日行桑野，無人與目成。且將新句琢瓊英。我是世間閑客、此閑行。

　　帶酒衝山雨，和衣睡晚晴。不知鐘鼓報天明。夢裏栩然蝴蝶、一身輕。　　老去才都盡，歸來計未成。求田問舍笑豪英。自愛湖邊沙路、免泥行。

　　雨暗初疑夜，風回忽報晴。淡雲斜照着山明。細草軟沙谿路、馬蹄輕。　　卯酒醒還困，仙村夢不成②。藍橋何處覓雲英。祇有多情流水、伴人行。(《傳注》卷 5)

首先，把所選這三首詞的問題整理一下。

《南歌子》其一的詞題，《傳注》作"送劉行甫赴餘杭"，元本作"送行甫赴餘姚"。這首詞之前，還有一首《南歌子》(山雨瀟瀟過)，那首詞題爲"湖州作"。但是以"送行甫赴餘姚"爲詞題的這三首《南歌子》，很難認爲是送別之詞，另外一首《南歌子》卻明顯是送別的作品。

---

① "綵繩花板"，《傳注》作"採"。這裏根據元本。
② "仙村夢不成"的"村"，《傳注》作"材"。這裏根據元本。

《總案》卷 18 云：

> 十三日錢氏園送劉攽赴餘姚並作《南歌子》詞。本集湖州調寄《南歌子》詞云："山雨瀟瀟過，……。"《南柯子》，集中作《南歌子》。《施注》以墨跡刻石，此爲送劉攽詞。後題元豐二年五月十三日吳興錢氏園作。

《送劉攽寺丞赴餘姚》詩的《施注》[1]云：

> 劉寺丞，名攽，字行甫，長興人。……後七載，公守湖州，行甫自長興道郡城，赴餘姚，公既賦此詩，又即席作《南柯子》詞爲餞，首句云"山雨瀟瀟過"者是也。後題元豐二年五月十三日吳興錢氏園作。今集中，乃指他詞爲送行甫，而此詞第云"湖州作"，誤也。真跡，宿皆刻石餘姚縣治。

《朱注》云：

> 攽字行甫，湖州人。集中《送劉攽寺丞赴餘姚》詩，即其人也。別有"日出西山雨"一首，題作《送行甫赴餘姚》，即《施注》所謂"他詞"者。疑與是詞題互誤，今編於次以待考。（卷 1）

元豐二年(1079)五月十三日，蘇軾在湖州的錢氏園送別劉攽。劉攽當時要離開湖州去杭州。蘇軾爲作《送劉攽寺丞赴餘姚》詩。《南歌子》(山雨瀟瀟過)則有"小園幽榭枕蘋汀"、"苔岸霜花盡"、"兩山指海門青"等的句子。這些句子，與"蘇軾在湖州的錢氏園送別劉攽，劉攽當時要離開湖州去杭州任官"的情況相符合。所以《南歌子》(山雨瀟瀟過)肯定是送劉攽的詞。

---

① 《增補足本施顧注蘇詩》卷 16。

　　從來關於《南歌子》(山雨瀟瀟過)與這三首《南歌子》(這三首詞同韻,一定是同時作)的問題,幾乎都祇注意到詞題,隨着《朱注》的"疑與是詞題互誤"而認爲"湖州作"。《孔年》卷18認爲這三首《南歌子》"皆有送行意,疑爲同時送攜之作"。《曹注》、《石唐注》、《孔年》都認爲元豐二年在湖州所作。但是《薛注》指出了重要的問題:"公是年清明在徐州,而不在赴南都、更不在赴湖途中,故知此詞,亦絶不寫於己未。"(第10頁)所以《薛注》認爲這三首《南歌子》不是在湖州作的,而是車馬客在行役的作品,寫作的時間是"過清明",地方是"亂山深處"、"湖邊"。然後根據這些條件來找這首詞的寫作時期,認爲"作於癸卯(嘉祐八年)二月下旬至三月上旬送趙薦歸蜀入終南山中復回鳳翔府時也"。

　　《薛注》的建議很有意義。這三首詞,如《薛注》所指出的那樣,是"過清明"的時候,在旅途上所寫的。這種情況,與元豐二年的不合。但是《薛注》的編年也有問題。嘉祐八年(1063),蘇軾28歲,是他初仕的時期,還不老。這三首《南歌子》所詠的意境,與蘇軾初仕時之心情、處境不合。例如,"老去才都盡"意味着他已近年老、已經江郎才盡了。"才都盡"這三字,一定是歷經艱難之後的語言。"我是世間閑客,此閑行"表示蘇軾當時已經沒有出仕的熱情,同時表示他在於跟政治無關的地位、沒有官吏的職責。並且,"閑客"這個語詞是到貶謫黃州後纔經常用的。"仙村夢不成"暗示他那時雖有着一個"夢"但不能實現。"仙村"是與俗世遠離關係的生活,指隱居之地。可見,蘇軾當時在找隱居之地而未成功。還有,"求田問舍笑豪英,自愛湖邊沙路、免泥行",意思是"豪傑之士嘲笑我打算求田問舍,但是我很喜歡未被泥土弄髒的湖邊沙路"。可見蘇軾當時想"求田問舍"

於"湖邊沙路",盼望隱居。"泥"一定是指"黨爭"説的,"自
愛湖邊沙路、免泥行"意味着"我不願意再被卷入'黨爭'的
旋渦之中"。這些與嘉祐八年 28 歲的蘇軾都不合適。筆者
認爲,這三首詞裏所寫的内容,與貶官黃州的時候,特別是
元豐五年三月的情況正符合。

元豐五年三月五日,蘇軾在黃州過了第三次清明。那時
候,知黃州徐君猷爲他分新火。《徐使君分新火》詩云:

> 從來破釜躍江魚,祇有清詩嘲飯顆。起攜蠟炬遶空
> 室,欲事烹煎無一可。(《合注》卷 21)

可見蘇軾過了一個很蕭索的清明。這與《南歌子》所説的
"亂山深處過清明。不見綵繩花板、細腰輕"相類。他清明後,
去沙湖相田。《金穀説》云:

> 吾嘗求田蘄水。田在山谷間者,投種一斗,得稻十
> 斛。問其故。云:"連山皆野草散木,不生五穀,地氣不
> 耗,故發如此。"(《蘇軾文集》卷 73)

《書清泉寺詞》也有云:

> 黃州東南三十里,爲沙湖,亦曰螺師店。余將買田其
> 間,因往相田。(同前卷 68)

蘇軾在前往沙湖的路上,也作了《定風波》詞(莫聽穿林打
葉聲)。那首詞的《傅注》引《公舊序》云:

> 三月七日,沙湖道中遇雨,雨具先去。同行皆狼狽,
> 余獨不覺。已乃遂晴,故作此詞。(卷 4)

可見他"三月七日"在前往沙湖的路上。"三月七日"是過
了清明以後不久的日子。這與《南歌子》其一裏所説的内容相

合。他想去沙湖買田,但是這個願望,最終没能實現。《贈別
王文甫》云:

> 僕以元豐三年二月一日至黄州,時家在南都,獨與兒子
> 邁來郡中,無一人舊識者。……及今四周歲,(與王)相過殆
> 百數,遂欲買田而老焉,然竟不遂。(《蘇軾文集》卷71)

這種情況,與《南歌子》裏所説的“求田問舍”但“歸來計未
成”完全一致。蘇軾去沙湖之後,跟龐安時一起去清泉寺玩。
那時候,他作了一首《浣溪沙·游蘄水清泉寺,寺臨蘭溪,溪水
西流》(《傅注》卷10)。那首詞云:“山下蘭芽短浸溪,松間沙
路净無泥。”這個描寫,與《南歌子》其二的“湖邊沙路、免泥行”
相似。還有,其二的“帶酒衝山雨,和衣睡晚晴。不知鐘鼓報
天明。夢裏栩然蝴蝶、一身輕”,和在前往蘄水的路上所作的
《西江月》(《傅注》卷2):“照野瀰瀰淺浪,横空隱隱層霄。障
泥未解玉驄驕,我欲醉眠芳草。　可惜一溪明月,莫教踏破
瓊瑶。解鞍欹枕緑楊橋,杜宇一聲春曉”十分相似。

關於《南歌子》其一的“亂山深處過清明。不見綵繩花板、
細腰輕”,《薛注》認爲,“亂山深處”是在旅途中的一個景色,蘇
軾在旅途過的清明。但是這首詞先云“亂山深處過清明。不見
綵繩花板、細腰輕”,再云“盡日行桑野,無人與目成”。我們也
可以理解,他先在“亂山深處”“過清明”,再出去旅行“盡日行桑
野”,不一定認爲“蘇軾在旅途過的清明”。但是這裏有一個要
解決的問題。如果蘇軾在黄州過清明的話,詞中的“亂山深處”
就是指黄州的。那麼,這“亂山深處”的表現適合不適合於黄
州?蘇軾元豐六年(1083)在黄州寫作一首《六年正月二十日,
復出東門,仍用前韻》詩(《合注》卷22),那裏云:“亂山環合水侵
門,身在淮南盡處村。”他在《六年正月二十日,復出東門,仍用

前韻》詩裏,將黃州的東郊風景表現爲"亂山"。那麼,我們可以理解《南歌子》的"亂山深處",也是指黃州而言的。

　　還有,這三首詞裏所詠的内容、意境,也與他被貶在黃州的時期相合。例如,第一首的"我是世間閑客、此閑行"根據杜牧的《八月十二日得替後移居雪溪館因題長句四韻》(《全唐詩》卷 522)的最後兩句:"景物登臨閑始見,願爲閑客此閑行。"杜牧那時候,如詩題所說的那樣,湖州的任期已經届滿。他已經没有官職,在遷居的"雪溪館"上,眺望快要離開的湖州之景,重新認識湖州的美麗。"願爲閑客此閑行"的意思是"没有職責之時,眺望的湖州景色特别美麗,我願不以當地地方官吏的身份來任意享受湖州的美景"。杜牧的"閑"是對"湖州"没有職責而言的。蘇詞的"閑"則是對"世間"没有職責、責任而言的。"閑"常常表示職務不太重要、没有特别的職責。蘇軾在詩詞裏常用"閑官"、"官閑"、"閑處"、"身閑"、"閑居"等詞語。但是這個"世間閑客"詞語,含義很重。因爲"世間閑客"意味着"世間"的所有事都與蘇軾無關,他祇是個過"世間"的旅人而已。這個詞語正表現被貶謫於黃州的蘇軾處境。蘇軾元豐八年九月所作的《徐大正閑軒》詩(《合注》卷 24)有"人言我閑客,置此閑處所"的語,又説:"五年黃州城,不蹋黃州鼓。"這裏的"閑客",正指在黃州的蘇軾。詞是自稱的"閑客",詩是借人之口,把在黃州貶謫之時的自己叫"閑客"。在黃州的蘇軾,經過"烏臺之獄",身處貶謫之地,當然不能參與政治。同時,黃州的民衆來看,他也祇是一個"客"而已。

　　最後附帶説説,《南歌子》其一(日出西山雨)詞,可能是去沙湖之時所寫的,其二(帶酒衝山雨)是在沙湖、蘄水之時所寫的。其三(雨暗初疑夜)則是從沙湖返回之時所作的,後闋的"卯酒醒還困,仙村夢不成。藍橋何處覓雲英。祇有多情流水、伴人行",表現蘇軾未能得到隱居之地的沮喪的心情。

　　從以上的考證,筆者認爲,這三首《南歌子》是元豐五年三月清明後,蘇軾去沙湖相田的時候所作的①。

永　遇　樂

　　長憶別時,景疏樓上,明月如水。美酒清歌,留連不住,月隨人千里。別來三度,孤光又滿,冷落共誰同醉。捲珠簾、淒然顧影,共伊到明無寐。　　今朝有客,來從灘上,能道使君深意。憑仗清淮,分明到海,中有相思淚。而今何在,西垣清禁,夜永露華侵被。此時看、回廊曉月,也應暗記②。(《傳注》卷7)

　　這首詞的編年,有三個見解。一是,《朱注》、《龍注》、《曹注》、《石唐注》、《孔年》等的熙寧七年(1074)十一月在海州③。二是《總案》、《薛注》的熙寧八年(1075)正月在密州。三是《校注》的熙寧七年十月在密州。

　　《傳注》引"公自序"云:

　　　　孫巨源以八月十五日離海州,坐別於景疏樓上。既而與余會於潤州,至楚州乃別。余以十一月十五日至海州,與太守會於景疏樓上,作此詞以寄巨源。

---

① 《校注》也認爲這三首詞是元豐五年三月清明後,去沙湖相田的時候所作的。
② "景疏樓上"、"來從灘上",《傳注》作"景疏樓下"、"來往淮上",這裏根據元本。
③ 《紀年錄》也把這首詞編於熙寧七年,但是沒寫幾月。

關於這首詞,《朱注》的編年如下:

> 案,詞叙稱"巨源八月十五日,坐別樓上",則詞中"別
> 來三度",乃謂巨源之別海州,歷九月、十月,至公至之十
> 一月十五日,恰爲三度。非公與別三月也。仍從《紀年
> 録》編甲寅。(卷 1)

《總案》卷 13 云:

> 此詞有"別來三度,孤光又滿"句,乃與巨源相別三月
> 而客至東武,爲道巨源寄語,故作此詞。……此詞作於乙
> 卯正月,確不可易。

《薛注》認爲:《傅注》所引的"公自序""錯亂無緒"、
"絶非公自撰,疑爲後人妄傳,好事者又以公自序名之";蘇
軾"與孫巨源相會與潤州,旋即同到揚州、楚州,至海州乃
別,有詩《次韻孫巨源,寄漣水李、盛二著作,并以見寄五
絶》及詞《更漏子》(水涵空)爲證",並且他離開海州是"甲
寅十月底之事","因公十一月三日已至密州,有到密州謝
表爲據";因此,這首詞是"十月"後的三個月,即熙寧八年
正月在密州所作的(139 頁)。

《校注》則引用張志烈先生的《蘇軾由杭赴密詞雜議》
而云:"張說較爲可信,故依之編年。""張說"是:"本詞詞
序是可靠的。其唯一錯謬,在於後人於'十'字下誤添'一'
字,變成'十一月十五日到海州',以致產生許多混亂。倘
去'一'字,則全序全詞與蘇孫行踪皆可吻合無間;孫以八
月十五日離海州回老家揚州,東坡九月下旬離杭,二人相
會潤州,然後同舟北上,至楚州分別;東坡十月十五日到海
州,與新任知州、原曾爲眉山縣令的陳某相會於景疏樓,其
後作此詞寄孫。"(上册,第 132 頁)

　　在這裏,暫且把"公自序"擱一擱,先從詞的正文找找編年的頭緒。詞的後闋云:"今朝有客,來從灘上,能道使君深意。憑仗清淮,分明到海,中有相思淚。而今何在,西垣清禁,夜永露華侵被。"今天早上有一位"客"從"灘"來,他能把"使君"的"深意"告訴我。"灘"是從開封附近流下來的一條河。可見那個託"客"傳其"深意"的"使君",當時在開封。這與"而今何在,西垣清禁"相合。因爲"西垣"是指京城的中書省。"憑仗清淮,分明到海,中有相思淚"三句,意思是"使君"懷念我的淚,隨着清澈的淮水,確實傳到了海邊。"憑仗清淮,分明到海"表示蘇軾當時所在的位置。"使君"當時在開封。他的眼淚隨着淮水流到海。那個"海"正是蘇軾當時所在的地方。因此,蘇軾當時是在沿海的地方。還有,"夜永露華侵被"一句表示這首詞所作的季節。"夜永露華"的季節一定是秋天或者冬天。總之,從詞的正文,可以認爲"使君"當時在開封,蘇軾在沿海地區,季節是秋天或者冬天。這些事,正與《傅注》引"公自序"相合。"十一月十五日"是冬天,"海州"是沿海的地方。"孫巨源以八月十五日離海州",已經不在海州,而在開封擔任同修起居注、知制誥。所以蘇軾作了這首詞,"以寄巨源"。

　　但是在這裏還有一個問題。那就是"余以十一月十五日至海州"。蘇軾到了密州任所的時間,雖然《密州謝上表》(《蘇軾文集》卷23)、《密州到謝執政啓》(同前卷46)都祇寫"今月三日到任",而沒寫幾月,但是《論河北京東盜賊狀》(同前卷26)開頭云:"熙寧七年十一月日,太常博士直史館權知密州軍州事蘇軾狀奏。"所以從來認爲是熙寧七年十一月三日。如果蘇軾熙寧七年十一月三日到密州任,"十一月十五日"那天,他不在海州而在密州。對"十一月十五日"的日期,陳邇冬先生説：“或以爲序文‘十一月’的‘一’字乃衍文,實爲十月十五日也。”①劉乃昌先生也説：“詞序謂‘十一月十五日至海州’,似誤。”②張志烈先生也説：“倘去‘一’字,則全序全詞與蘇孫行踪皆可吻合無間。”但是,《孔年》提出了新的見解。《孔年》根據蘇軾《與通長老》(同前卷 61)的兩封信和《蘇詩佚注》引《施注》,認爲蘇軾到密州任所是十二月三日,並且對《論河北京東盜賊狀》的“熙寧七年十一月”的記載,“按：‘十一’乃‘十二’之誤”(卷 13)。

我們在這裏不能立刻決定哪個見解對,但是還有一條資料表明蘇軾“十一月十五日至海州”的可能性。那就是《採桑子·潤州多景樓與孫巨源相遇》詞的《傅注》引《本事集》的記載：“潤州甘露寺多景樓,天下之殊景。甲寅仲冬,蘇子瞻、孫巨源、王正仲參會於此。”(卷 12)這《採桑子》是熙寧七年從杭州到密州去上任途中,在潤州的甘露寺多景樓所作的。《本事集》就説明了這首詞所作的經過。其中云：“甲寅仲冬,……參會於此。”根據《本事集》,蘇軾他們聚會多景樓的是“甲寅”(熙寧七年)的“仲冬”(十一月)。這一條《本事集》的記載,也見於《潤州甘露寺彈筝》詩(《合注》卷 12)的宋本《王狀元集百家注分類東坡先生詩》的堯卿注。這堯卿注和《傅注》的記載,不完全一致。但是劉尚榮先生云：“引述内容更詳盡完整,可補《傅注》之脱漏。”③堯卿注也云：“甲寅仲冬,蘇子瞻軾、孫巨源洙、王正仲存同遊多景樓。”《本事集》是蘇軾在杭州同事的楊繪所撰,蘇軾曾經給他寄了幾條《本事集》的資料。現在《本事集》

---

① 《蘇軾詞選》(人民文學出版社,1986 年)第 25 頁。
② 《蘇軾選集》(齊魯書社,1980 年)第 148 頁。
③ 《傅幹注坡詞》(巴蜀書社,1993 年)第 335 頁。

原書已佚,僅有輯本,但是《傅注》所引的《本事集》和堯卿注的
"楊元素云"一條,内容大約一致,都云"甲寅仲冬"。那,"甲寅
仲冬"的四字可能可靠。如果蘇軾熙寧七年十一月(甲寅仲
冬)還在潤州的話,"熙寧七年十一月三日"不能到密州的任
所。但是"余以十一月十五日至海州",不一定是不可能的。
十一月初離開潤州,然後經過揚州、高郵、楚州,十五日到海
州。那,蘇軾到了密州任所就是"熙寧七年十二月三日"。如
果蘇軾十一月初離開潤州,十二月三日到了海州,旅程就很匆
忙,但是他熙寧七年十二月三日到了密州的任所這個可能性,
也可能站得住腳。

　　還有,《薛注》說:"與孫巨源相會與潤州,旋即同到揚
州、楚州,至海州乃別,有詩《次韻孫巨源,寄漣水李、盛二
著作,并以見寄五絕》及詞《更漏子》(水涵空)爲證。"但是
這首《次韻孫巨源,寄漣水李、盛二著作,并以見寄五絕》
詩,如詩題所說的那樣,蘇軾次韻孫巨源寄來的詩。那麼,
當時他們不在一起。因爲如果蘇軾和孫巨源在一起的話,
巨源不會給蘇軾寄詩。所以,《次韻孫巨源,寄漣水李、盛
二著作,并以見寄五絕》不能成爲蘇軾和孫巨源"至海州乃
別"的證據。

　　《薛注》所引的《更漏子》詞(《傅注》卷 12)則有"送孫
巨源"的詞題。其後闋云:"海東頭,山盡處。自古客槎來
去。槎有信,赴秋期。使君行不歸。"我們一看這首詞,就
會覺得這是蘇軾在海州送別孫巨源將離開海州的時候作
的。但是筆者認爲,這首詞不一定是在海州作的。蘇軾在
這首詞裏使用乘槎的典故。這個典故根據一個天河與大
海相通的傳說。《博物志》卷 10 云:"近世有人居海濱,年
年八月,有浮槎去來,不失期。"這個槎"年年"秋天的"八

月"在海邊出現,然後回天河去。蘇軾除了這首詞以外,還有三首詞裏使用這個典故。那就是《鵲橋仙》(緱山仙子)、《鵲橋仙》(乘槎歸去)和《南歌子》(海上乘槎侶)。這三首,季節都是秋天。蘇軾肯定遵守這個典故的"秋天"的季節。所以《更漏子》裏也云:"槎有信,赴秋期。"但是蘇軾和孫巨源熙寧七年在潤州見面之時,季節已是冬天。即使認爲他們一起"至海州乃別",季節也是冬天。因爲蘇軾熙寧七年九月下旬離開的杭州。那,蘇軾爲何在冬天特意使用秋天的典故來作這《更漏子》詞呢?那就是因爲這《更漏子》並不是蘇軾在海州面臨巨源將要離開海州而作的,而是在別的地方想像巨源曾經離開海州的場面而寫的。"槎有信,赴秋期。使君行不歸"三句,意思是"雖然傳説中的槎子八月現出之後,到了明年秋天就肯定再回來,你也秋天乘着槎子去天河(就是京城的開封),但是不再回來"。這件事,與《永遇樂》的"公自序""孫巨源以八月十五日離海州"相合,因爲"八月十五日"是中秋。這《更漏子》既不是蘇軾面臨巨源將要離開海州而作的,所作的地方不一定是海州。在楚州也没什麽問題。結果,《更漏子》也不能成爲蘇軾和孫巨源"至海州乃別"的證據,"公自序"的"孫巨源以八月十五日離海州,……至楚州乃別"卻是可靠的。

從以上的考證來説,作《永遇樂》的時候,蘇軾在海州,孫巨源在開封。蘇軾不一定是"十一月三日"到的密州任所,也可能是"十二月三日"。因此,《傅注》所載的"'公自序'云:'孫巨源以八月十五日離海州,坐別於景疏樓上。既而與余會於潤州,至楚州乃別。余以十一月十五日至海州,與太守會於景疏樓上,作此詞以寄巨源。'"也是可靠的。這些事都證明,這首詞是熙寧七年十一月在海州所作的。

浣溪沙二首

傾蓋相看勝白頭，故山空復夢松楸。此心安處是菟
裘。　　賣劍買牛真欲老，乞漿得酒更何求。願爲同社
宴清秋。

炙手無人傍屋頭，蕭蕭晚雨脱梧楸。誰憐季子敝貂
裘。　　顧我已無當世望，似君須向古人求。歲寒松柏
肯驚秋。（《傅注》卷11）

關於這首詞的編年，《紀年録》、《王年》、《總案》、《孔年》都
未提及，《朱注》、《石唐注》都未編年。《曹注》認爲元豐八年
(1085)五月，《薛注》認爲熙寧七年(1074)三月。《校注》則編
年於元豐六年(1083)秋冬間。

《薛注》根據《浣溪沙》其一所詠的意境，與蘇軾熙寧七年
三月過常州之時所作的詩《常潤道中，有懷錢塘，寄述古五首》
(《合注》卷11)其五“惠泉山下土如濡，陽羨溪頭米勝珠。賣
劍買牛吾欲老，殺鷄爲黍子來無。地偏不信容高蓋，俗儉真堪
著腐儒。莫怪江南苦留滯，經營身計一生迂”很相似，而説：
“臆公寄述古五詩之後，意猶未足，故復寫《卜算子》(蜀客到江
南)及《浣溪沙》(傾蓋相看勝白頭)同寄述古。下闋《浣溪沙》
(炙手無人傍屋頭)與此詞爲步韻，觀其‘誰憐季子敝貂裘’句，
正常潤行役之境況。”(第67頁)

《薛注》認爲這兩首《浣溪沙》是同時之作，是對的。但是
把這兩首《浣溪沙》和《常潤道中》其五比起來，所作的季節完
全不一樣。《浣溪沙》其一云“宴清秋”，其二云“蕭蕭晚雨脱梧
楸”、“歲寒松柏肯驚秋”，可見《浣溪沙》所寫的是秋天。但是
蘇軾熙寧七年爲了賑濟飢民去常州的不是三月，而是五月(根
據《孔年》卷13)。五月是盛夏，與《浣溪沙》季節完全不同。

所以,這兩首《浣溪沙》不是熙寧七年在常州所作的。

《浣溪沙》其一和在常州所作的《常潤道中》其五,所詠的意境確實是相似的。《曹注》也說:“惟細玩此詞上片末句,在東坡一生行踪之中,唯常州足以當之。”認爲這首詞是“元豐八年乙丑五月間初到常州時所作”(第309頁)。但是《曹注》的編年也同樣是不對的,理由也一樣,“五月間”不是秋天。根據《孔年》,蘇軾元豐八年五月二十二日到了常州,六月被命,七月下旬離開常州。元豐八年他在常州之時,沒有寫這兩首《浣溪沙》的可能,因爲在已經決定離開常州的秋天他不會寫《浣溪沙》這樣的詞。

《校注》的編年,都根據劉崇德《蘇詞編年考》而認爲這兩首《浣溪沙》是元豐六年秋冬間所作的。但是筆者也不同意這個編年。在這裏,先簡單地介紹《校注》根據劉氏見解。“顧我已無當世望,似君須向古人求。歲寒松柏肯驚秋”,都是贈友或與友人唱和之語。蘇軾在黃州的時候,有一首與光州太守曹演父(九章)唱和的詩《次韻曹九章見贈》(《合注》卷22)云:“蘧瑗知非我所師,流年已似手中蓍。正平獨肯從文舉,中散何曾斬孝尼。賣劍買牛真欲老,得錢沽酒更無疑。雞豚異日爲同社,應有千篇唱和詩。”這首詩和《浣溪沙》內容一致,語句也有相同之處。詩是元豐七年春天所作的。那麼,詞則是前一年的元豐六年秋冬間所作的。那年也有一首《杭州故人信至齊安》詩(同前卷21),有云:“相期結書社,未怕供書帳。”蘇軾對曹演父和杭州故人都願意與之唱和。

《校注》認爲,這兩首《浣溪沙》都是寄給曹演父的。但是如果這麼解釋的話,也有一個問題。那就是蘇軾和曹演父兩人的關係。《浣溪沙》第一首云:“傾蓋相看勝白頭。”這一句的意思是“一見如故的新交,勝於已經到白頭的故友”。如果這首詞是元豐六年秋冬寄給曹演父的,那麼,當時蘇軾和"他"的關係不是"故友",而是剛剛認識的"新友"。不過曹演父就是蘇轍的壻之父親。曹演父在元豐七年春天蘇軾寫了《次韻曹九章見贈》詩之後"不久即卒","或在元豐八年八月轍除校書郎前"逝去的(根據《孔年》卷23)。蘇轍爲了他寫過《祭曹演父朝議文》而云:"始於朋友,求我婚姻。數歲之間,相與抱孫。……匪我知公,我兄實知。"(《欒城集》卷26)還有,馮應榴對《次韻曹九章見贈》詩"正平獨肯從文舉,中散何曾薪孝尼"兩句的案語也云:"正平、孝尼指曹,文舉、中散自謂。言九章(演父)願從學,自不吝教也。"(《合注》卷22)這些《祭曹演父朝議文》的"匪我知公,我兄實知"和《次韻曹九章見贈》詩的"正平猶肯從文舉,中散何曾薪孝尼"都表示了蘇軾和曹演父兩人的關係。從其内容,我們可以看出蘇軾和曹演父在"元豐七年"彼此已經很熟,正是"故友"。這與《浣溪沙》第一首的"傾蓋相看勝白頭"相反。總之,元豐六年,蘇軾不會跟"故友"曹演父説"傾蓋相看勝白頭"的。所以筆者認爲《校注》的編年也有問題。

　　這兩首《浣溪沙》,從意境和内容來看,正如《曹注》、《薛注》已指出的那樣,一定是在常州所作,所作的季節是秋天。蘇軾秋天在常州,那就是元豐七年(1084)九月買莊田於宜興之時。"故山空復夢松楸,此心安處是菟裘"、"賣劍買牛真欲老"、"願爲同社宴清秋",也與買田宜興一致。當時蘇軾經過十年之後又來常州,剛剛結識了一個"一見如故"的新友人。"他"是那麼重友情的人,這件事也與詞中所説的"傾蓋相看勝白頭"、"似君須向古人求"、"炙手無人傍屋頭。蕭蕭晚雨脱梧楸。誰憐季子敝貂裘"相合。"似君須向古人求"表現出蘇軾對結識這位新交很高興。可見這兩首《浣溪沙》是元豐七年(1084)九月在宜興求田時所作的。

臨 江 仙

夜到揚州席上作

樽酒何人懷李白,草堂遥指江東。珠簾十里捲香風。
花開花謝,離恨幾千重。　　輕舸渡江連夜到,一時驚笑
衰容。語音猶自帶吳儂。夜闌對酒,依舊夢魂中。(《傳
注》卷 3)

關於這首詞的編年,《紀年録》、《王年》、《總案》都沒有收
録,《朱注》、《龍注》未編年。《曹注》、《石唐注》認爲是元豐八
年(1085),《孔年》認爲是元祐六年(1091)四月,《薛注》認爲是
熙寧四年(1071)。

這首詞有"夜到揚州席上作"的詞題,所以一定是在揚州
所作。根據《薛注》對這首詞的考證(第 30 頁),蘇軾平生到過
11 次揚州。下面,參考《薛注》和《宋兩淮大郡守臣易替
考》①,列舉那 11 次的時間和當時知揚州的人物:

1. 熙寧四年(1071)十一月/錢公輔
2. 熙寧七年(1074)十月/章岵
3. 元豐二年(1079)四月/鮮于侁
4. 元豐二年(1079)八月/鮮于侁
5. 元豐七年(1084)十月/呂公著
6. 元豐八年(1085)五月/呂公著
7. 元豐八年(1085)八月/楊景略
8. 元祐四年(1089)六月/蔡卞
9. 元祐六年(1091)四月/王存
10. 元祐七年(1092)三月/張璪

---

① 李之亮撰,巴蜀書社,2001 年。

11. 紹聖元年(1094)五月/蘇頌

《曹注》認爲這首詞是"元豐八年五月到常州居住短期後，奉命赴登州任途中，八月間經過揚州"，在楊景略的席上所作的(第315頁)。《曹注》編年的根據如下："由常州舟行至揚州，路途甚近，可以連夜到達"和這首詞後闋首句的"輕舸渡江連夜到"相合；"自謫居黃州五年後，移居常州不久"的情況和這首詞後闋第二句的"一時驚笑衰容"合適；元豐七年所作的另外一首《滿庭芳》詞(《傅注》卷1)裏所云的"坐見黃州再閏，兒童盡，楚語吳歌"和這首詞後闋第三句"語音猶自帶吳儂"相合。

《石唐注》編於元豐八年的根據如下：元豐八年知揚州的楊景略和蘇軾"詩文朋友，交誼很深"；當時蘇軾"從常州到揚州"，那麼"可連夜到達"，這跟"輕舸渡江連夜到"句相合；"蘇軾此時51歲，已經歷了'烏臺詩案'，在黃州五年的斥逐歲月，纔奉命轉汝州、常州、登州等地"，這種情況和詞裏所云的"衰容"相符(295頁)。

《薛注》也從另一個角度考證編年。《薛注》認爲後闋第三句"語音猶自帶吳儂"是寫當時的知揚州，因此，首先從蘇軾過揚州之時當太守的十個人之中，找出跟"江東"、"語音猶自帶吳儂"相合的人物"錢公輔"和"王存"。然後調查蘇軾和他們兩個人的交游踪跡。熙寧四年十一月蘇軾第一次過揚州之時，和劉貢父、孫巨源、劉莘老以及錢公輔一起對酒，作了一首《廣陵會三同舍，各以其字爲韻，仍邀同賦》詩(《合注》卷6)。熙寧四年十一月蘇軾和當時的知揚州錢公輔之間就有交游踪跡。元祐六年四月第九次過揚州的時候，蘇軾和當時的知揚州王存之間"無交游踪跡"。《薛注》根據這些，就認爲這首詞是熙寧四年十一月所作的。

　　筆者認爲,這首詞的後闋第三句"語音猶自帶吳儂",如《薛注》所説的那樣,就是當時知揚州者的"語音","他"本來是"吳"人。所以"他"這次見面之時跟上次一樣,"猶自""帶"着"吳"音。蘇軾是四川人,不存在"語音猶自帶吳儂"的情況。《孔年》認爲這是蘇軾本人的語音,似不對,《薛注》的着眼點是正確的。但是《薛注》的"熙寧四年十一月"的編年,還是有問題。熙寧四年七月,蘇軾離開開封到杭州去上任,那時候的旅程是南下。他經過陳州、潁州、壽州、濠州、洪澤湖,然後到達揚州。所以熙寧四年,蘇軾從開封到杭州赴任過揚州的時候,不用"渡長江",開封和揚州都在長江以北。但是這首詞的後闋第一句云:"輕舸渡江連夜到。"從"渡江"可看出,蘇軾這次過揚州的旅程不是南下,而是要"渡江"北上。這與熙寧四年十一月從洪澤湖來到揚州的旅程不合。所以這《臨江仙》詞,不是熙寧四年十一月從開封到杭州的南下旅程之中在揚州所作。

　　如前所述,蘇軾平生過了 11 次揚州。把這 11 次的旅程,分爲南下和北上,南下是 1、3、6、8、10、11,北上是 2、4、5、7、9。要"渡江"北上的 5 次之中,跟"語音猶自帶吳儂"相合的知揚州祇有一個,就是第 9 次的王存(1023—1101)。他是潤州丹陽人,丹陽是"吳"地。並且,王存是蘇軾的故人,他們從元祐元年到三年在開封擔任要職,蘇軾起草有多篇有關王存的制詔。王存於元祐三年出京,以端明殿學士知蔡州,元祐五年年底遷知揚州。這正是與詞中的"一時驚笑衰容"和"夜闌對酒,依舊夢魂中"相合。元祐六年四月,蘇軾和王存之間"無交游踪跡",但這以前有"交游踪跡"。從當時的知揚州是"吳"人、蘇軾和"他"好久沒見面這兩點來看,這《臨江仙》詞一定是元祐六年(1091)四月蘇軾從杭州回開封的北上旅程之中,在知揚州王存的席上所作①。

雙　荷　葉

湖州賈耘老小妓名雙荷葉

　　雙溪月。清光偏照雙荷葉。雙荷葉,紅心未偶,綠衣偷結。　　背風迎雨流珠滑。輕舟短棹先秋折。先秋折,煙鬟未上,玉盂微缺。(元本卷下②)

　　關於這首詞的編年,《紀年録》、《朱注》、《曹注》、《龍注》、《石唐注》、《薛注》都認爲是元豐二年(1079)五月。《孔年》則認爲是熙寧五年(1072)十二月。《王年》、《總案》没有收録。筆者認爲當以《孔年》爲是。

　　蘇軾元豐二年五月寫了一首《乘舟過賈收水閣,收不在,見其子三首》詩(《合注》卷19)。這首詩,從詩題可以看出,雖然賈收不在,但是蘇軾訪問過他的家。諸書將這首詞編爲元豐二年五月的主要根據在這裏。《薛注》説:“其詞,當與詩相先後耳。”(第235頁)但是,如果認爲這首詞是元豐二年五月“與詩相先後”所作的話,就有一個矛盾。

　　這《雙荷葉》是戲弄賈收要娶很年輕的“雙荷葉”之諧謔詞。這首詞所作的時間,從詞題和其内容來説,是賈收將要娶雙荷葉之時。但是,元豐二年五月,蘇軾過了賈收的水閣之時所作的《乘舟過賈收水閣,收不在,見其子三首》裏有云:“貧低舉案蛾。”這一句描寫已嫁的“雙荷葉”。《合注》所引的查注也

---

① 　《校注》也認爲這首詞是元祐六年四月在揚州所作的。

② 　這首詞,《傅注》存目闕詞,這裏根據元本。但是元本也有問題。所以參考劉尚榮《傅幹注坡詞》的這首詞之“校勘記”而改。

云:"本集戲贈賈收詩第二首公自注云:'賈將再娶。'今云'貧低舉案蛾',則賈此時已再娶矣。"這與《雙荷葉》的詞題和内容不合。就是説,這《雙荷葉》詞不是元豐二年五月蘇軾過了賈收的水閣之時所作的,而是元豐二年五月以前蘇軾訪問他的時候所作的。

看看蘇軾的事跡,元豐二年五月以前他見過賈收的是,熙寧五年十二月。當時蘇軾通判杭州,以公務去了湖州。那時候,他見賈收而寫《和邵同年戲贈賈收秀才三首》詩(《合注》卷8)。這是三首詩之中的第二首,如查注所指出的那樣,有"公自注"云"時賈欲再娶",也有"朝見新蒬出舊槎"一句吟詠老人(賈收)要娶年輕的女子(雙荷葉)。因此,賈收將要娶雙荷葉的就是熙寧五年十二月。《和邵同年戲贈賈收秀才三首》是戲弄賈收要娶很年輕的雙荷葉之諧謔詩。這正是跟《雙荷葉》相合的。所以這《雙荷葉》詞,不是元豐二年五月所作的,而是熙寧五年十二月蘇軾以公務過湖州之時所作的。附帶説,《乘舟過賈收水閣,收不在,見其子三首》裏所寫的"其子",可能是賈收和雙荷葉之間的孩子。這首詩其一有云"淚垢添丁面",其二有云"兒女自鷹門",可見"其子"雖然還年幼,但是已能告訴家人蘇軾來了。熙寧五年十二月,離元豐二年五月已過六年半。那麽,他們的孩子肯定長得"淚垢面"和能够"自鷹門"了[①]。

浣　溪　沙

縹渺紅粧照淺溪,薄雲疏雨不成泥。送君何處古臺西。　　廢沼夜來秋水滿,茂林深處晚鶯啼。行人腸斷

---

① 　《校注》也把這首詞編年於熙寧五年十二月蘇軾以公務過湖州之時。

草淒迷。（元本卷下①）

關於這首詞的編年，《朱注》云："案，《紀年録》戊午送顏梁，作浣溪沙。集中無是題，疑則是詞。古臺，戲馬臺也。顏、梁，謂顏復、梁吉。"《龍注》、《曹注》、《石唐注》、《薛注》均根據《朱注》，把這首詞認爲"戊午（元豐元年，1078）送顏梁"的"浣溪沙"②。但是《紀年録》本來並没明確地指出這《浣溪沙》就是"戊午送顏梁"之時所作的"浣溪沙"，《朱注》本身也云："集中無是題，疑則是詞。"《薛注》隨着《紀年録》和《朱注》的編年，尋找蘇軾"送顏復、梁吉"的記録。不過找不到"戊午送顏梁"的事情，而最後説："今從《紀年録》編於戊午，並附識如右。"（208 頁）筆者也調查了蘇軾有没有在元豐元年（戊午）同時送別顏復、梁吉兩人的記録，結果找不到。詞的前闋有云："送君何處古臺西。"從這一句，可以看出蘇軾當時作爲當地的主人，在"古臺"的"西"邊送"君"。與這些條件最合的地方，如《朱注》所説的那樣是徐州。那裏有著名的戲馬臺，而且蘇軾擔任過知徐州。還有，這首詞所作的時間，因爲後闋有"秋水滿"的語詞，所以我們可以看出，是秋天。就是説，這首詞一定是蘇軾知徐州的秋天所作的。在下面，把"戊午送顏梁"擱一擱，找找他知徐州之時的秋天送人的記録。

在徐州，蘇軾過了兩個秋天：熙寧十年（1077）、元豐元年（1078）。根據《孔年》等資料，蘇軾在這兩年的秋天，送的一共有 10 個人。熙寧十年七月有梁燾、顏復，八月有蘇轍、李清臣、楊奉禮；元豐元年七月有梁交、胡公達、王鞏、閭丘公顯、傅禓。筆者查了蘇軾跟他們分手時所作的詩詞，結果就找出一

---

① 這首詞，《傅注》未收録。
② 《王年》、《總案》、《孔年》都未收録。

個值得注意之事。那就是,在這 10 個人之中,祇有梁燾,找不
到蘇軾寫的送別詩詞。雖然没找到蘇軾送梁燾的作品,但是
蘇軾在熙寧十年七月送別梁燾是事實,因爲蘇轍有一首《雨中
陪子瞻同顔復長官送梁燾學士舟行歸汶上》詩(《欒城集》卷
7)。那麼,蘇軾送別梁燾的時候没作詩詞嗎? 那很不自然的。
蘇軾没有特別的理由不寫送別梁燾之詩詞的。筆者認爲,這
《浣溪沙》詞就是熙寧十年七月送別梁燾的時候所作的。因爲
這首詞和蘇轍的《雨中陪子瞻同顔復長官送梁燾學士舟行歸
汶上》詩之間,有不少類似點。其一,如上述的那樣,這《浣溪
沙》詞是在秋天所作的。《雨中陪子瞻》詩裏也有云:"秋風日
已至。"其二,《浣溪沙》描寫了在傍晚"君"要走時,雨停夕陽照
起來的風景。《雨中陪子瞻》詩裏也有云:"客去浩難追,落日
平西浦。"熙寧十年秋天八月,蘇軾送李清臣的時候也下着雨。
但是那時"霜林日夜西風急,老送君歸百憂集。清歌窈眇入行
雲,雲爲不行天爲泣"(《臺頭寺雨中送李邦直赴史館,分韻得
憶字人字,兼寄孫巨源二首》其一,《合注》卷 15),天氣與《浣
溪沙》的描寫不合。還有,元豐七年秋天七月送胡公達的時候
也下着雨。不過《送胡掾》詩裏有云:"亂葉和凄雨,投空如散
絲。"(同前卷 16)也與《浣溪沙》的描寫不合。並且,胡公達當
時因父親逝世而奉喪歸鄉,跟《浣溪沙》的内容不符。其三,從
《雨中陪子瞻》這個詩題和詩中的"客去浩難追,落日平西浦",
我們可以看出梁燾在"西浦"上船回故鄉的"汶上"去(他的故
鄉是"汶"水的北邊的鄆州)。換句話說,蘇軾他們送了坐船回
故鄉去的梁燾。那麼,如果從徐州坐船到北方的鄆州的話,梁
燾要溯哪條河而上? 那就是泗水。泗水在什麼地方? 泗水在
徐州的西邊。因之,蘇軾他們是在徐州的西邊送別的梁燾。
《浣溪沙》詞,如上述的那樣,是說蘇軾在"古臺"的"西"邊送

"君"。徐州的"西"邊有泗水。就是說,《雨中陪子瞻》詩和這首《浣溪沙》詞,都詠蘇軾送別從徐州開舟而走泗水的人。

　　從這些情況,我們可以認爲這《浣溪沙》是熙寧十年七月蘇軾在徐州送別梁燾的時候所作的。《紀年録》的"戊午送顏梁,作《浣溪沙》",並不是指這《浣溪沙》。《朱注》也根據不足。至於《紀年録》所説的送顏、梁的《浣溪沙》是否還存世,如果存世,具體爲哪一首,已難以考定①。

減 字 木 蘭 花

　　　江南游女,問我何年歸得去。雨細風微,兩足如霜挽紵衣。　　　江亭夜語,喜見京華新樣舞。蓮步輕飛,遷客今朝始是歸。(《百家詞・東坡詞》拾遺②)

　　這首詞,《紀年録》、《王年》、《總案》、《孔年》都未收録,《朱注》、《龍注》、《石唐注》都未編年。《曹注》認爲是元豐六年(1083)在黄州所作的,《薛注》則認爲是元豐七年離開黄州之時所作的。

　　雖然次序顛倒,但是先看這首詞的後闋。末句云:"遷客今朝始是歸。"這個"遷客"是指蘇軾自身而説的,是遭貶斥放逐之人的意思。這個"貶斥放逐",對蘇軾來講,一定是意味着黄州貶謫。這一句所説的是,被貶謫於黄州的人(蘇軾)今天早上纔回來了!還有,從"始是",可見當時蘇軾離開黄州之後不久;從"歸",可見當地是他曾經來過的地方。因之,這首詞不是在黄州所作的,也不是將要離開黄州之時所作的。因爲還没離開黄

―――――――――――

①　《校注》云:"此詞應是熙寧十年七月顏(復)、梁(先)離徐時的送行之作。"(上册,第208頁)

②　這首詞,《傅注》、元本都未收録。

州之時不會説"遷客今朝始是歸"。那麼,這首詞一定是從黄州向汝州去的路上經過一個以前來過的地方之時所作的。還有,後闋開頭有云"江亭",可見那個地方是面臨長江之地。蘇軾被貶謫於黄州,過了五年,華麗的歌舞也好久未看。所以他"喜見京華新樣舞。蓮步輕飛"。蘇軾可能在那裏碰見老朋友,有好多話要説。所以一直説到深夜("夜語")。這首詞的後闋寫蘇軾離開黄州之後,再來到以前曾經探訪過的地方之事情。

前闋則吟詠他上次離開那裏時的場面。開頭就説"江南"。可見那個地方是"江南"的面臨長江之地。那裏的"游女"當蘇軾將要起身之時,問他"什麼時候能够再來?"當時下着小雨,刮着微風。"游女"的雙脚潔白如霜,拖着白衣的下擺。後闋末句所説的"遷客今朝始是歸",就是對"何年歸得去"的回答。

蘇軾元豐七年(1084)四月離開黄州去汝州,元豐八年一月到了南都。那時的旅途之中,在"江南"面臨長江而且他曾經到過的地方祇有一個,那就是潤州。蘇軾元豐七年八月過潤州京口。上次他經過潤州的時間是五年前的元豐二年(1079)四月,同年八月十八日因"烏臺詩案"入獄。元豐七年八月蘇軾又來到京口之時,見了滕元發、許遵、秦觀等人,作了一首《次韻滕元發、許仲塗、秦少游》詩(《合注》卷24)。上次蘇軾與秦觀見面是五年前的元豐二年五月,至於滕元發,竟是闊別了十幾年。當時知潤州許仲途一定爲蘇軾舉行了酒席。這首詞的後闋就吟詠那個宴席的場面。根據以上的考證,可以認爲這《減字木蘭花》,是元豐七年(1084)八月蘇軾途經京口之時所作的①。

---

① 《校注》,針對《曹注》、《石唐注》、《薛注》和本文等的編年云:"以上諸説均爲推測編年,顯證不足,姑從曹本,以俟詳考。"(中册,第495頁)

踏　莎　行

山秀芙蓉，溪明罨畫。真遊洞穴滄波下。臨風概想
斬蛟靈，長橋千載猶橫跨。　　解珮投簪，求田問舍。黃
雞白酒漁樵社。元龍非復少時豪，耳根洗盡功名話。
（《咸淳毗陵志》卷 23①）

這首詞，《王年》、《紀年錄》、《總案》、《朱注》、《龍注》、《孔
年》都未言及，《曹注》和《石唐注》都認爲是元豐八年(1085)六
月在常州所作的。《薛注》認爲元豐七年(1084)在常州所
作的。

這首詞，從"山秀芙蓉，溪明罨畫"、"臨風概想斬蛟靈，長
橋千載猶橫跨"看，是在宜興所作的。因爲"芙蓉"是在宜興的
山名，"罨畫"是在宜興的溪名，"臨風概想斬蛟靈，長橋千載猶
橫跨"兩句，是根據晉朝周處在宜興"入水擊蛟"的典故（《世說
新語·自新》）。並且，從後闋所寫的內容來說，一定是蘇軾決
定歸隱宜興以後所作的。蘇軾元豐七年(1084)九月至常州而
買莊田於宜興，十月離開常州。元豐八年五月他至常州的貶
所，七月自常州去登州赴任。這首詞一定是元豐七年或者八
年所作的。

《薛注》說"詞首句點明爲八九月景事"，而將這首詞編年
於元豐七年九月，並附注"芙蓉"的詞語云："亦名木蓮，秋半開
花。"（第 440 頁）韓元吉《南澗甲乙稿》卷 21《朝散郎秘閣修撰
江南路轉運副使蘇公(蘇軾的曾孫蘇峴)墓誌銘》云：

（蘇）枬等以明年十二月庚申，葬公宜興縣芙蓉山南

———————————

① 這首詞，歷代蘇軾年譜、詞集都未收錄。

平之原。

從這《墓志銘》,可見宜興縣有芙蓉山。這《踏莎行》詞的第一句和第二句成對,"山"和"溪"、"秀"和"明"、"罨畫"和"芙蓉"各各對應。第二句的"罨畫"是"溪"的名字。《輿地紀勝》卷6"常州"有"罨畫溪"。"罨畫"是"溪"名,那第一句與"罨畫"成對的"芙蓉",也可肯定是"山"名。事實上,如上述的那樣,宜興縣有芙蓉山。《薛注》說"詞首句點明爲八九月景事",而將這首詞編年於元豐七年九月。《薛注》編年之根據是"芙蓉""秋半開花"。但是,這"芙蓉"不是植物名,而是山名,所以"詞首句"不一定是"點明爲八九月景事",不能成爲將這首詞編於元豐七年九月之根據。

元豐七年(1074),蘇軾就在距宜興縣城五十里的黃土村買了一份田產,就想卜居陽羨。他在《常潤道中有懷錢塘寄述古五首》其五中有云:

> 惠泉山下土如濡,陽羨溪頭米勝珠。賣劍買牛吾欲老,殺雞爲黍子來無。(《合注》卷11)

清人趙翼《甌北詩話》卷5所謂"東坡買田陽羨,在通判杭州時以公事往來常潤道中,早有此舉",即因這首詩而言。當時他在常州作了兩首《浣溪沙》("傾蓋相看勝白頭"和"炙手無人傍屋頭"),亦提及這件事:"賣劍買牛真欲老,乞漿得酒更何求。願爲同社宴清秋。"這時雖有"求田問舍"之意,但並無"解珮投簪"之事。其後,經過十年的元豐七年,蘇軾自黃州團練副使改汝州團練副使,乞常州居住,朝入夕報可,改常州團練副使、常州居住,於是又來到常州。其《乞常州居住表》有言:

> 臣有薄田在常州宜興縣,粗給饘粥,欲望聖慈,許於常州居住。(《蘇軾文集》卷23)

他在給友人的信中也説：

> 僕買田陽羨，當告聖主哀憐餘生，許於此安置。幸而許者，遂築室荆溪之上而老矣。（《蘇軾文集》卷51《與滕達道》三二）

《踏莎行》後闋云：“解珮投簪，求田問舍。黄鷄白酒漁樵社。元龍非復少時豪，耳根洗盡功名話。”這一意境，則與元豐八年五月向常州去之路上所作的《歸宜興，留題竹西寺三首》（《合集》卷25）以及同年同月在感兹報恩僧舍所作的《與孟震同游常州僧舍三首》（同前卷25）的内容相似。《歸宜興，留題竹西寺三首》其一云：“十年歸夢寄西風，此去真爲田舍翁。”其三云：“此生已覺都無事，今歲仍逢大有年。”《與孟震同游常州僧舍三首》其三云：“知君此去便歸耕，笑指孤舟一葉輕。”這些句子都表示許居常州之後斷絶世事而歸農的心情。

《薛注》將第一句的“芙蓉”視爲植物名，而説“詞首句點明爲八九月景事”，結果將這首詞編於元豐七年九月。但是這首詞開頭兩句描寫宜興的“芙蓉山”和“罨畫溪”的景色。所以“山秀芙蓉，溪明罨畫”的兩句，不一定是“八九月景事”。這首詞，如上述的那樣，吟詠了得到歸隱之地而捨棄俗世間的欲望的境地，是元豐八年（1085）六月，蘇軾未得到知登州軍州事之命時在常州所作[1]。

臨江仙
夜歸臨皋

夜飲東坡醒復醉，歸來髣髴三更。家童鼻息已雷鳴。敲

---

[1] 《校注》認爲這首詞不是蘇軾所作的，而是賀鑄的作品（下册，第976頁）。

門都不應,倚杖聽江聲。　　長恨此身非我有,何時忘卻
營營。夜闌風靜縠紋平。小舟從此逝,江海寄餘生。
(《傳注》卷3)

這首詞,《王年》、《紀年錄》都未編年,《總案》、《朱注》、《龍
注》、《曹注》都認爲是元豐五年(1082)九月在黄州所作的,《石
唐注》認爲“當作於元豐六年(1083)四月以前”。《孔年》認爲
元豐六年四月所作,《薛注》根據《總案》而認爲元豐五年九月
所作。

關於這首詞的編年,《總案》根據葉夢得《避暑録話》的記
載而云:“雪堂夜飲醉歸臨皋,作《臨江仙》詞。”《總案》卷21所
引的《避暑録話》云:

> 子瞻與數客飲江上,夜歸,江面際天,風露浩然,有當
> 其意,乃作歌辭。所謂“夜闌風靜縠紋平,小舟從此逝,江
> 海寄餘生”者。與客大歌數過而散。翌日喧傳子瞻夜作
> 此詞,挂冠服江邊,挐舟長嘯去矣。郡守徐君猷聞之,驚
> 且懼,以爲州失罪人。急命駕往謁,則子瞻鼻鼾如雷,猶
> 未興也。然此語卒傳至京師。雖裕陵亦聞而疑之。

《朱注》、《曹注》以及《薛注》都根據《總案》的編年。

但是這《總案》的編年,如《石唐注》已經指出的那樣,“誤
推早了一年”。看看《避暑録話》(卷上),《總案》所引的《避暑
録話》之前,還有一段記述:

> 子瞻在黄州病赤眼,踰月不出,或疑有他疾,過客遂
> 傳以爲死矣。有語范景仁於許昌者,景仁絶不置疑,即舉
> 袂大慟,召子弟具金帛,遣人賙其家。子弟徐言:“此傳聞
> 未審,當先書以問其安否,得實,弔恤之未晚。”乃走僕以
> 往。子瞻發書大笑。故後量移汝州,謝表有云:“疾病連

年，人皆相傳爲已死。"

　　這一段記述之後，有云："未幾，復與數客飲江上，夜歸，江面際天，風露浩然。"總之，《總案》跳過前半的記述"子瞻在黃州病赤眼，踰月不出"，又跳過"未幾復"三個字，衹引用後半的"與數客飲江上，夜歸，江面際天，風露浩然"的部分。

　　從《避暑録話》的記述可看出，蘇軾在黃州之時，先有他已死的訛傳，然後"未幾"，還有他"挂冠服江邊，拏舟長嘯去"的訛傳。假如我們明白何時產生了他已死的訛傳，同時就能明白他"挂冠服江邊，拏舟長嘯去"的訛傳是何時產生的。關於他已死的訛傳，《石唐注》和《孔年》已經指出是何時產生的。蘇軾在《書謗》裏説：

　　　　吾昔謫居黃州，曾子固居憂臨川，死焉。人有妄傳吾與子固同日化去，如李賀長吉死時事，以上帝召也。時先帝亦聞其語，以問蜀人蒲宗孟，且有嘆息語。(《蘇軾文集》卷71)

　　從"人有妄傳吾與子固同日化去"一句，可見蘇軾已死的訛傳在曾鞏逝去不久就開始了。因此，曾鞏逝去之後不久，蘇軾"挂冠服江邊，拏舟長嘯去"的訛傳也就出現了。曾鞏逝世於元豐六年(1083)四月十一日。那，蘇軾"挂冠服江邊，拏舟長嘯去"的訛傳，就是元豐六年四月以後"未幾"之時產生的。

　　這首《臨江仙》詞，成了有關蘇軾"挂冠服江邊，拏舟長嘯去"的訛傳之原因。總之，這首詞是元豐六年四月曾鞏逝世以後"未幾"之時，就是元豐六年夏天，在黃州所作的①。

———————————

① 《校注》也認爲這首詞是元豐六年四月在黃州所作的(中册，第467頁)。

滿　庭　芳

　　蝸角虛名，蠅頭微利，算來著甚乾忙。事皆前定，誰弱又誰強。且趁閑身未老，儘放我、些子疏狂。百年裏，渾教是醉，三萬六千場。　　思量、能幾許，憂愁風雨，一半相妨。又何須、抵死說短論長①。幸對清風皓月，苔茵展、雲幕高張。江南好，千鍾美酒，一曲滿庭芳。（《傅注》卷 1）

　　這首詞，《王年》、《紀年錄》、《總案》、《朱注》、《龍注》、《孔年》都未編年，《曹注》認爲是元豐五年(1082)在黃州所作，《石唐注》："列爲蘇軾初到黃州的作品，暫編爲元豐五年。"（第190頁）《薛注》說"按詞意，蓋黃州作"，而"暫編於"元豐七年（第427頁）。

　　這首詞所吟詠的意境，如《曹注》、《石唐注》和《薛注》都指出的那樣，含有黃州貶謫時期的氣味。比方說，《臨江仙》(夜飲東坡醒復醉)、檃括陶淵明《歸去來兮辭》的《哨遍》(爲米折腰)、至沙湖相田道中所作的《定風波》(莫聽穿林打葉聲)等，都與這首詞的意境相似。還有，"思量、能幾許，憂愁風雨，一半相妨"，暗示蘇軾被貶黃州以前的生活。

　　《曹注》說："此詞下片末數句，與本集《黃泥坂詞》引及前首《西江月》'照野瀰瀰淺浪'之意境略似。"（第238頁）但是《曹注》所提的《黃泥坂詞》和《西江月》都是在"江北"的黃州作的。這首詞則有"江南好"一句，可以看出是在"江南"的武昌所作。還有，從"清風皓月，苔茵展、雲幕高張"三句，可見季節是秋天，而且從"千鍾美酒"，可見當天的宴席上有很多"美酒"。

---

①　"說短論長"，《傅注》作"說短長論"。這裏據元本而改。

　　蘇軾在黃州之時,秋天過武昌一共有三次。第一次是元
豐三年(1080)八月,第二次是元豐五年(1082)七月,第三次是
元豐六年(1083)九月。其中,第一次和第三次,蘇軾沒有在宴
席所作的詩詞。但是第二次元豐五年七月,蘇軾在王文甫的
家裏喝得大醉,作了一首《定風波》詞:

> 雨洗娟娟嫩葉光。風吹細細綠筠香。秀色亂侵書帙
> 晚。簾捲。清陰微過酒樽涼。　　　人畫竹身肥擁腫。何
> 用。先生落筆勝蕭郎。記得小軒岑寂夜。廊下。月和疏
> 影上東墻。(《傅注》卷 4)

　　這《定風波》詞有序。《傅注》云:"元豐五年七月六日,王
文甫家飲釀白酒,大醉。集古句作墨竹詞。"但是這序中的"元
豐五年",《百家詞》、《毛本》作"元豐六年"。《總案》將這《定風
波》詞編年於"元豐六年"(卷 22),《孔年》也根據《全宋詞》而
編年於"元豐六年"(卷 22)。但是除了《傅注》以外,元本也作
"元豐五年"。南宋的《傅注》和"元延祐本"的元本都作"元豐
五年"。那麼,如劉尚榮先生指出的那樣,"以'五年'爲是"①。
"王文甫"是王齊愈,他和他弟弟王齊萬,當時寓居武昌縣。
"元豐五年七月六日"是秋天,武昌是"江南","飲釀白酒,大
醉"表示當天的酒席上有"千鍾美酒"。《定風波》詞裏云:"風
吹細細綠筠香"、"月和疏影上東墻",這些與《滿庭芳》的"清風
皓月,苔茵展、雲幕高張"相合。還有,這《滿庭芳》詞吟詠了蘇
軾的人生觀。"蝸角虛名,蠅頭微利,算來著甚乾忙。事皆前
定,誰弱又誰強","又何須、抵死說短論長"等句子,都是他對
人生、世事的看法。蘇軾要將這些思想、人生觀說給人聽,"王

---

① 《傅幹注坡詞》(巴蜀書社,1993 年)第 105 頁。

文甫"就是最適合的對象。蘇軾與王文甫、王齊萬,往還甚密。
對在黃州貶謫之時的蘇軾來講,王文甫可以説是體諒他的人
物之一。蘇軾肯定在好朋友"王文甫"家裏,飲着家釀的"白
酒"而對他吐露了當時自己的真情。

由此可見,這《滿庭芳》詞可以認爲是元豐五年七月六日,
在武昌的王文甫家所作的①。

減字木蘭花

銀箏旋品。不用纏頭千尺錦。妙思如泉。一洗閑愁
十五年。　　爲公少止。起舞屬公公莫起。風裏銀山。
擺撼魚龍我自閑。(《百家詞·東坡詞》拾遺②)

這首詞,《王年》、《紀年録》、《總案》、《孔年》都未言及,《朱
注》、《龍注》、《石唐注》未編年,《曹注》認爲是熙寧七年(1074)
所作。《曹注》説:"考此詞與詩集《潤州甘露寺彈箏》,可以相
合。……編在熙寧七年甲寅。復考此詞上片末句内之'十五
年',從嘉祐四年己亥終母喪後還朝起計算,適與此時之編年
相合。可見此詞與本集《採桑子》'多情多感仍多病'係同時所
作。"(第145頁)

熙寧七年蘇軾從杭州到密州的道中,與孫洙、王存等人會
於多景樓而聽人彈箏。這首詞也吟詠"銀箏"的演奏。但是
《曹注》對"十五年"的解釋,有些不自然。"十五年"的"閑愁",
不用説是蘇軾在宦途上懷有的感情。並且,"閑愁"兩個字雖
然不是强烈的語調,但是表現了蘇軾不能消解的苦悶之情。

---

① 　《校注》,針對《曹注》、《石唐注》、《薛注》和本文等的編年云:"以上諸説
均爲推測,供參考。今暫編元豐五年,以待詳考。"(中册,第459頁)
② 　這首詞,《傅注》、元本都未收録。

蘇軾被捲入"黨争",是他給父親蘇洵服喪之後開始的。"閑愁十五年",最自然的理解是除服以後被捲入"黨争"的"十五年"。

《薛注》根據蘇軾有一首元祐七年重陽之時所作的《在彭城日,與定國爲九日黄樓之會。今復以是日,相遇於宋。凡十五年,憂樂出處,有不可勝言者。而定國學道有得,百念冷灰,而顔益壯,顧予衰病,心形懼悴,感之作詩》(《合注》卷 35)而説:"此詞似應同時作。是時公還朝,於壬申七年九月與王鞏相會於南都。"(第 619 頁)

蘇軾和王定國在徐州見面之後,過了"十五年"纔能再會。當天可能舉行了宴席。但是他們再會的那天,如詩題所寫的那樣,就是九月九日重陽。蘇軾在重陽所作的詞,一定寫了一些與重陽有關的風俗習慣。但是這《減字木蘭花》詞則没有與重陽有關的詞意,很難認爲是九月九日所作的作品。

有如上述,蘇軾被捲入"黨争",是他給父親蘇洵服喪之後。他熙寧二年(1069)二月還朝,王安石同月任參知制事。其後的日子,對蘇軾來講,是懷有"閑愁"的日子。熙寧二年二月的"十五年"後,就相當於元豐六年(1083)。他從元豐三年到七年三月是在黄州貶所度過的。這"十五年"之中含有他被捲入"黨争"之後,經過杭州、密州、徐州、湖州的外任以及"烏臺詩案"的時期。

"一洗閑愁十五年"一句,是對"銀箏"演奏的褒詞。"銀箏"聲音好聽得可以洗去"十五年"的"閑愁"。雖然這個説法可能不是很不恰當,但是蘇軾懷有的"閑愁"越多,對"銀箏"的誇讚的程度也越好越深。因爲祇有"銀箏"的聲音非常好,纔能洗去蘇軾怎麼也不能消解的憂愁。如果認爲"十五年"的"閑愁"含有他被捲入"黨争"之後經過杭州、密州、徐州、湖州的外任以及"烏臺詩案"的艱辛,"一洗閑愁十五年"就能成爲對"銀箏"的最好褒詞。

蘇軾在黄州,除了赴知州徐君猷家宴外,很少有機會出席有歌女的酒筵。元豐五年(1082)十二月,張商英過黄州,徐君猷舉行酒筵。那時候,他也在座,作了五首《減字木蘭花》詞(嬌多媚煞、雙鬟綠墜、天真雅麗、柔和性氣、天然宅院)。那五首詞都贊美徐君猷的歌女,也吟詠歌女演奏"銀箏"之美,並且,詞牌也同樣是《減字木蘭花》。

元豐五年十二月,嚴格説來,不足"十五年"。但是用整數,是詩歌的常套,少一年並不超過容許的範圍。還有,如果認爲這《減字木蘭花》詞是元豐五年十二月在徐君猷舉行的酒筵上所作,就能明白"不用纏頭千尺錦"和後闋的意思。爲何蘇軾"不用纏頭千尺錦"呢?那因爲當天的酒筵是徐君猷舉辦的。張商英過黄州,徐君猷舉辦酒筵,蘇軾也在座。當時蘇軾貶謫於黄州,並不能給歌女"纏頭千尺錦"。酒筵的主人徐君猷,對在黄州貶謫之時的蘇軾來講,可以説是很體諒他的人物之一。徐君猷熟悉蘇軾的情況。蘇軾在徐君猷舉辦的酒筵上,不用多餘的顧慮而可以盡情欣賞"銀箏"的演奏。所以這首詞云"不用纏頭千尺錦"。

這首詞的後闋是歌女的口吻,吟詠她爲了挽留"公"而起舞。那"公"是誰?一個解釋是指蘇軾。但是"公"是個敬稱,即使這首詞是借歌女的口吻來寫的作品,也難以認爲蘇軾自稱爲"公"。最自然的理解是,蘇軾吟詠了一位歌女挽留賓客而起舞的場面。如上所述,元豐五年十二月徐君猷爲了張商英舉行了酒筵。當天的賓客不是蘇軾,而是張商英。"公"是歌女對張商英的敬稱,也同時是蘇軾對張的敬稱。這種解釋在意思上是很恰當的。

這首詞,從"不用纏頭千尺錦"、"一洗閑愁十五年"、"公"等用語,可以認爲是元豐五年(1082)十二月在徐君猷的酒席上所作的①。

臨　江　仙

詩句端來磨我鈍,鈍錐不解生鈆。歡顏爲我解冰霜。酒闌清夢覺,春草滿池塘。　　應念雪堂坡下老,昔年共採芸香。功成名遂早還鄉。回車來過我,喬木擁千章。(《傅注》卷3)

這首詞,《王年》、《紀年録》、《總案》都未提及,《朱注》、《龍注》未編年,《曹注》、《石唐注》、《孔年》都認爲是元豐六年(1083)在黄州寄給蘇轍的。《薛注》認爲是元豐五年(1082)三月贈給來黄州的楊繪的。

《薛注》説:"觀詞中用'芸香'、'千章'典,必當年曾在書職之同僚有過黄訪坡者。……其年(元豐五年)四月,楊繪來黄訪坡,或即書於楊來黄之前以贈楊也。考壬戌春至甲子公離黄前,曾在書職而又來黄訪坡者,唯楊繪元素一人而已。"(第339頁)但是《薛注》的編年有幾個問題。雖然"芸香"是秘書省的別稱或者是"書職",不過"芸香"之前,還有一個"共"字。如果這首詞是蘇軾贈給楊繪的作品,當時他們就應該"共"在"書職"。蘇軾和楊繪從熙寧二年到四年七月之間都在京師,但是蘇軾在京師的差遣,不是"書職"而是判官告院、權開封府推官。這件事與"共採芸香"不合。《薛注》説:"其年(元豐五

---

① 《校注》,針對《曹注》、《薛注》和本文等的編年云:"以上諸説,係對'十五年'的理解有別而各成其説,均爲見仁智之詞,顯證不足。今暫依曹説編年,以俟詳考。"(上册,第121頁)

年)四月,楊繪來黃訪坡。"雖然元豐五年蘇軾寫了一首詩《次
韻答元素》詩(《合注》卷 21),但是這首詩不一定是"楊繪來黃
訪坡"的根據。《孔年》衹云:"楊繪詩來,答之"而已(卷 22)。
因此,這《臨江仙》詞不可以認爲是元豐五年(1082)三月贈給
來黃州的楊繪的。

　　這首詞,後闋開頭一句云:"應念雪堂坡下老。"所以一定
是在黃州雪堂建成之後所作的。前闋的"酒闌清夢覺,春草滿
池塘"兩句,根據謝惠連和謝靈運的典故。謝靈運是惠連的族
兄,他夢見惠連而得"池塘生春草"的句子。爲何蘇軾使用這
一典故呢? 因爲他要以靈運自比,以蘇轍比惠連。蘇軾夢見
蘇轍。在那個"清夢"裏,蘇轍的"歡顏""爲我解冰霜"。"清夢
覺"後就作這《臨江仙》詞。從蘇軾使用謝靈運和惠連的典故,
可見這首詞是送給蘇轍的。還有,"功成名遂早還鄉。回車來
過我,喬木擁千章"三句的意思是"我們應該功成名遂後早點
回鄉。你回鄉的路上,繞道訪問我吧。我住在樹木繁茂的地
方"。這三句的內容,與熙寧十年在徐州送給蘇轍的《水調歌
頭》詞(安石在東海)後闋所云的"歲云暮,須早計,要褐裘。故
鄉歸去千里,佳處輒遲留。我醉歌時君和,醉倒須君扶我,惟
酒可忘憂。一任劉元德,相對臥高樓"(《傅注》卷 1)相似。還
有,筆者認爲"昔年共採芸香"一句,是指嘉祐六年(1061)八月
蘇軾和蘇轍同應制科試而言的。"制科"與三年一次的"常舉"
不同,是皇帝特別下詔而且親自舉行的考試。蘇軾考入第三
等,蘇轍考入第四等。這是極大的榮譽。"制科"先經過在秘
閣舉行的"閣試",及格之後纔能參加御試。"常舉"的主持是
禮部,"閣試"則是在秘閣舉行的。秘閣是收藏珍本書籍和書
畫的官署,這與"芸香"相合。還有,"採芸香"的"採",意思是
選取、搜集。筆者認爲"採芸香"的意思是以"閣試"被選中,是

指考上了"制科"而言的。對"昔年共採芸香"一句,《傅注》云:
"謂同在書職也。"但這個解釋不恰當。因爲蘇軾和蘇轍在蘇
軾被貶謫於黃州之前,不曾"同在書職"。最後附帶説,他們同
應"制科"是嘉祐六年(1061),對在黃州的蘇軾來説正是
"昔年"。

　　蘇軾在黃州雪堂建成之後,寫了幾首詩寄給蘇轍。其中,
元豐六年(1083)秋天,懷念蘇轍而寫有兩首詩《初秋寄子由》
和《聞子由爲軍郡僚所捃,恐當去官》(《合注》卷22)。《初秋
寄子由》詩云:

> 百川日夜逝,物我相隨去。惟有宿昔心,依然守故
> 處。憶在懷遠驛,閉門秋暑中。藜羹對書史,揮汗與子
> 同。……朱顔不可恃,此語君莫疑。別離恐不免,功名定
> 難期。……買田秋已議,築室春當成。雪堂風雨夜,已作
> 對牀聲。

《聞子由爲軍郡僚所捃,恐當去官》詩云:

> 子雖僅自免,鷄肋安足賴。低回畏罪罟,黽勉敢言退。
> 若人疑或使,爲子得微罪。時哉歸去來,共抱東坡耒。

　　這兩首詩與《臨江仙》詞,如《孔年》所指出的那樣,在情調
上有相類處(卷22)。蘇軾回顧他們曾經在一起的日子,而且勸
蘇轍歸隱、歸農。我們可以認爲這《臨江仙》詞與《初秋寄子由》
和《聞子由爲軍郡僚所捃,恐當去官》兩首詩是同時所作的。

　　這首《臨江仙》詞,從以上的考察説來,是元豐六年(1083)
秋天懷念蘇轍而作①。最後附帶説,根據《孔年》,張志烈先生
在《蘇詞三首繫年辨》裏考察過這首詞的編年。但是真可惜,

----

① 《校注》認爲這首詞是元豐六年末贈滕元發所作的(中册,第491頁)。

筆者還無機會看過那篇論文。假如本文在内容上與張先生的論文有重複的部分,請求寬恕。

滿 江 紅

寄子由

　　清潁東流,愁目斷、孤帆明滅。宦游處、青山白浪,萬里重疊。辜負當年林下意,對牀夜雨聽蕭瑟。恨此生、長向別離中,添華髮。　　一樽酒,黄河側。無限事,從頭說。相看怳如夢[1],許多年月。衣上舊痕餘苦淚,眉間喜氣添黄色。便與君,池上覓殘春,花如雪[2]。(《傅注》卷 2)

　　這首詞,《紀年録》、《王年》都没有收録,《總案》認爲是元祐七年(1092)二月離開潁州的時候所作的(卷 34)。《朱注》、《龍注》、《曹注》、《薛注》都根據《總案》的編年。《孔年》則認爲是熙寧十年(1077)二月蘇軾和蘇轍在澶、濮之間再會的時候所作的(16 卷)。但是筆者認爲,這首詞不是熙寧十年二月所作的,也不是元祐七年二月作的,而是元豐八年(1085)十月蘇軾自登州赴京時所作。

　　這首詞有幾處文字異同。上面所引的都根據《傅注》。文字的主要差異如下:詞題,《百家詞》、毛本作"懷子由作";"愁目斷、孤帆明滅",元本作"愁來送、征鴻去翮";"宦游處",元本作"情亂處";"相看怳如夢",毛本作"相看怳如昨"。

---

[1] "怳如夢"的"如",《傅注》作"知"。劉尚榮《傅幹注坡詞》的這首詞之"校勘記"云:"清鈔本作'知',今據珍重閣本改。"(第 44 頁)這裏根據劉先生的校勘。

[2] 《傅注》缺"雪"字。這裏據元本而改。

在這些文字差異中,有問題的是元本。這首詞開頭三句,元本作"清潁東流,愁來送、征鴻去翮"。但是其他的版本,都作"清潁東流,愁目斷、孤帆明滅"。假如根據元本,開頭三句就吟詠蘇軾將要離開潁州的時候,看着雁北飛去,思念在京師的蘇轍。雖然元本的文字與元祐七年二月的事情相合,但是從後闋所詠的内容來看,這首詞並不認爲是元祐七年二月所作的。筆者認爲,元本的"清潁東流,愁來送、征鴻去翮"不對,而《傅注》等的"清潁東流,愁目斷、孤帆明滅"是對的。這首詞的編年,祇有作"清潁東流,愁目斷、孤帆明滅",纔能弄清。

《孔年》卷 16 這首詞的編年云:

> 《東坡樂府》卷上《滿江紅》下闋:"一樽酒,黄河側。無限事,從頭説。相看恍如昨,許多年月。衣上舊痕餘苦淚,眉間喜氣占黄色。便與君,池上覓殘春,花如雪。"乃寫此時事,詞亦爲此時作。詞上闋"清潁東流"云云,乃叙熙寧四年别轍時事。《注坡詞》此詞題作《寄子由》;《東坡先生全集》題作"懷子由作",《全宋詞》第 281 頁同。據下闋,題當作"會子由"。

《孔年》認爲,這首詞的下闋吟詠熙寧十年二月蘇軾和蘇轍再會的事情,而將詞題"當作'會子由'"。這"題當作'會子由'",並不恰當。這首詞的詞題,《傅注》作"寄子由",元本無題,《百家詞》、毛本作"懷子由作"。那麼,《孔年》的"題當作'會子由'"的判斷,沒有版本依據。

這首詞的編年,關鍵在於後闋的"衣上舊痕餘苦淚,眉間喜氣添黄色"兩句。意思説"雖然我的衣上,還留着以前離别時的淚痕,但是眉間卻現出了喜事的預兆黄色"。"眉間"現出"黄色"是喜事的預兆。《傅注》云:"《玉管照神書》曰:'氣青黄色喜重重。'韓退之詩：'眉間黃色見歸期。'"有喜事的預兆，但是當時這個"喜事"雖是在望，卻還没實現。那麼，蘇軾的喜事是什麼？那就是後面所説的"便與君、池上覓殘春，花如雪"，簡單地説，是跟蘇轍的再會。因此，"眉間喜氣添黃色"一句表現蘇軾寫作這首詞的時候，他和蘇轍還在"別離中"，但快要再會了。"便與君、池上覓殘春，花如雪"的三句，是蘇軾設想跟蘇轍再會的場面而言的。這件事與詞題正合。他們在"別離中"，所以蘇軾作這首詞而"寄子由"(假如根據《百家詞》、毛本的詞題，因爲他們還在"別離中"，所以蘇軾"懷子由作"這首詞)。如果根據《孔年》的編年，這首詞就是熙寧十年二月蘇軾和蘇轍再會的時候所作的。那麼，當時蘇轍在蘇軾的眼前，"喜事"已經實現了。那時候，不用對蘇轍説"衣上舊痕餘苦淚，眉間喜氣添黃色"。那因爲是"眉間"現出"黃色"是喜事的"預兆"，反過來説，那時候，喜事雖在望，卻還没實現。因此，這首詞不是熙寧十年二月蘇軾和蘇轍在澶、濮之間再會的時候所作的。

這"蘇軾寫作此詞的時候，他們快要再會了"的情況，也與元祐七年(1092)二月不合。那是因爲蘇軾離開潁州的時候，雖然原來有與蘇轍見面的可能性，但是蘇軾本身卻不同意。蘇軾的《與范純夫書》其三有云：

> 舍弟欲某一到都下乞見，而行路既稍迂，而老病務省事，且自潁入淮矣。(《蘇軾文集》卷50)

蘇轍求他在"都下"一見，但是蘇軾卻覺得"行路既稍迂，又老病務省事"，故"且自潁入淮矣"。結果他們不能再會。蘇轍想見的時候，蘇軾自己卻不同意。這件事，與這首詞的"衣上舊痕餘苦淚，眉間喜氣添黃色。便與君、池上覓殘春，花如雪"有矛盾。因爲蘇轍請求蘇軾見面，蘇軾自己不同意，不會說"眉間喜氣添黄色"。

看看這首詞的構成,開頭云:"清潁東流,愁目斷、孤帆明滅。"再云:"宦遊處、青山白浪,萬里重疊。辜負當年林下意,對牀夜雨聽蕭瑟。恨此生、長向別離中,添華髮。"這首詞前闋,首先描寫離開潁州的場面,然後吟詠"宦遊"四方的事情,最後抒發離愁。這首詞是爲懷念蘇轍而作的,所詠的内容也都是與他們兩個人有關的事。那麼,"清潁東流,愁目斷、孤帆明滅"三句,最自然的解釋是描寫蘇軾和蘇轍以前離別的場面:一個坐着"孤帆"離開潁州往東方去,一個"愁目斷",極目望着他坐的"孤帆明滅"。蘇軾在這首詞開頭部分,回憶他們曾經在潁州離別之事。這個在潁州的離別,是指熙寧四年(1071)九月的事情。熙寧四年蘇軾乞外任,七月離開京師往杭州赴任。途中他經過陳州而見蘇轍。然後他們一起去潁州,蘇轍在那裏送蘇軾赴杭州。蘇軾離別蘇轍的時候,作了《潁州初別子由二首》(《合注》卷6)。第一首開頭六句云:

> 征帆挂西風,別淚滴清潁。留連知無益,惜此須臾景。我生三度別,此別尤酸冷。

蘇轍也作有《次韻子瞻潁州留別二首》(《欒城集》卷3),第二首開頭四句云:

> 放舟清淮上,蕩潏洗心胸。所遇日轉勝,恨我不得同。

蘇軾坐的小船,迎着"西風"往東方的杭州去。這次離別"尤酸冷","別淚滴清潁"。蘇轍也"恨我不得同"而衹好送"征帆"遠去。這《潁州初別子由二首》和《次韻子瞻潁州留別二首》所詠的内容,與《滿江紅》的"清潁東流,愁目斷、孤帆明滅"相合。這首詞開頭的部分,是描寫蘇轍送蘇軾的場面。蘇軾在潁州離別蘇轍以後，渡河翻山，宦游四方。所以他們"長向別離中"，"辜負當年林下意，對牀夜雨聽蕭瑟"。

"對牀夜雨"，就他們來講，是很重要的。熙寧十年七月，蘇轍跟蘇軾一起住在徐州的逍遥堂，作《逍遥堂會宿二首》（《欒城集》卷7）。那首詩有《引》云：

> 轍幼從子瞻讀書，未嘗一日相捨。既壯，將游宦四方，讀韋蘇州詩，至"安知風雨夜，復此對牀眠"，惻然感之，乃相約早退，爲閑居之樂。故子瞻始爲鳳翔幕府，留詩爲別曰"夜雨何時聽蕭瑟"。其後子瞻通守餘杭，復移守膠西，而轍滯留於淮陽、濟南，不見者七年。熙寧十年二月，始復會於澶濮之間，相從來徐，留百餘日。時宿於逍遥堂，追感前約，爲二小詩記之。

蘇軾元祐六年(1091)八月離別蘇轍的時候，寫作《感舊詩》（《合注》卷33）。那首詩有《引》云：

> 嘉祐中，予與子由同舉制策，寓居懷遠驛，時年二十六，而子由二十三耳。一日，秋風起，雨作，中夜脩然，始有感慨離合之意。自爾宦游四方，不相見者，十嘗七八。每夏秋之交，風雨作，木落草衰，輒悽然有此感，蓋三十年矣。元豐中，謫居黃岡，而子由亦貶筠州，嘗作詩以紀其事。元祐六年，予自杭州召還，寓居子由東府，數月復出，領汝陰，時予年五十六矣。乃作詩，留別子由而去。

從蘇轍和蘇軾的《引》，可見他們忘不了嘉祐六年在懷遠驛的約定和韋應物的"夜雨對牀"之詩。蘇轍《引》裏所引的"夜雨何時聽蕭瑟"是蘇軾嘉祐六年十一月離別蘇轍之時所作的《辛丑十一月十九日，既與子由別於鄭州西門之外，馬上賦詩一篇寄之》中的一句。那首詩云：

不飲胡爲醉兀兀，此心已逐歸鞍發。歸人猶自念庭
闈，今我何以慰寂寞。……寒燈相對記疇昔，夜雨何時聽
蕭瑟。君知此意不可忘，慎勿苦愛高官職。(《合注》卷3)

《滿江紅》的"對牀夜雨聽蕭瑟"與這首詩的"夜雨何時聽
蕭瑟"相似，可能是根據《辛丑十一月十九日，既與子由別於鄭
州西門之外，馬上賦詩一篇寄之》而寫的。就是説，蘇軾忘不
了嘉祐六年的離別。總之，這《滿江紅》的前闋，是蘇軾回憶熙
寧四年和嘉祐六年的事情而寫的。

這首詞後闋的前半云："一樽酒，黃河側。無限事，從頭
説。相看怳如夢，許多年月。"然後云："衣上舊痕餘苦淚，眉間
喜氣添黃色。便與君、池上覓殘春，花如雪。"如上述，從"眉間
喜氣添黃色"一句，可以看出蘇軾寫作這首詞的時候，他們快
要再會了，但是還在"別離中"。"便與君、池上覓殘春，花如
雪"三句，是蘇軾設想再會的場面而言的。那麽，在那前面的
"一樽酒，黃河側。無限事，從頭説"，不是蘇軾設想再會的場
面，而是他回憶以前的事情。因爲後面有"相看怳如夢，許多
年月"的兩句。這六句的最自然的解釋是："我們以前在'黃河
側'飲酒，我把過去的'無限事''從頭説'了；但是現在過了'許
多年月'，當時我們'相看'的情景到現在也變得'怳如夢'一
般。"這段回憶文字肯定是指熙寧十年(1077)二月的見面而言
的。蘇軾和蘇轍曾經在一起飲過酒的"黃河側"，祇有一個，就
是京師開封。熙寧九年十一月，下了以蘇軾知河中府之告敕。
十二月蘇軾離開密州赴河中府。熙寧十年二月，蘇轍從京師
來澶、濮之間迎接蘇軾，然後他們一起往開封去。蘇軾寓居京
師城外的范景仁園。當時他們已經七年沒有見面了，所以一
定在"黃河側"的開封飲着酒訴説有很多堆在心裏的話("無限
事，從頭説")。《孔年》也可能注目於"一樽酒，黃河側。無限

事,從頭説",將這《滿江紅》編年於熙寧十年。"一樽酒,黃河側。無限事,從頭説"吟詠熙寧十年二月的事情這一點,筆者同意《孔年》。

在這首詞最後的五句"衣上舊痕餘苦淚,眉間喜氣添黃色。便與君、池上覓殘春,花如雪"之中,要注意的是"覓殘春,花如雪"的六字。"便與君、池上覓殘春,花如雪"是蘇軾設想再會的場面。那麽,這"覓殘春,花如雪",不是表示這《滿江紅》所作的時間的,而是表示他們要見的時間。就是説,蘇軾當時認爲他們要再會的時間是仲春或者晚春。

從以上的論證可以看出,這《滿江紅》所作的時候,他們在"別離中",但是快要再會了。作詞的時間,是熙寧十年二月他們離別以後。還有,蘇軾當時認爲他們要再會的時間是仲春或者晚春。與這些條件相合的衹有一個,就是元豐八年(1085)十月,蘇軾以禮部郎中召還的時候。元豐八年六月,下了以蘇軾知登州軍州事之告敕。七月,他離開密州往登州赴任。八月,下了以蘇轍除校書郎之告敕。當時蘇轍擔任績溪令。蘇軾知道蘇轍轉任,寄信勸他繞道錢塘去京師(根據《孔年》卷23,蘇軾給蘇轍寄信的是八月)。蘇轍《寄龍井辯才法師三絶》的"叙"云:

> 轍自績溪蒙恩召還,將自宣城沿大江以歸。家兄子瞻以書告曰:"不如道歙溪,過錢塘,一觀老兄遺跡。"轍用其言,既至吳中,迫於水涸,不能久留。十月八日,游上天竺。子瞻昔與辯才師相好,今隔南山不得見,乃作三小詩以寄之。(《欒城集》卷14)

元豐八年十月,蘇軾到了登州,不久即以禮部郎中召還。那時候,蘇軾知道蘇轍也召還京師。那麽,他們很快就要在京師再會了。這些事情,與《滿江紅》所詠的内容相合。雖説兄弟兩人再會可期,但這時畢竟還是在"別離中",所以纔有"衣上舊痕餘苦淚,眉間喜氣添黄色"之句。"眉間喜氣添黄色"的一句,正是表達蘇軾知道不久能够與蘇轍相見時候的喜悦。蘇軾特意寄信而勸他繞道錢塘去京師。因此,蘇軾知道蘇轍晚一點。所以他認爲,蘇轍到京師的可能是明年"殘春,花如雪"的時候。實際上,蘇轍繞道錢塘而到京師的是在元豐九年二月①。附帶説,蘇軾是在元豐八年十二月到開封的。

　　從以上的考證,筆者認爲,這首詞不是熙寧十年二月所作的,也不是元祐七年二月的,而是元豐八年十月,蘇軾在登州接到以禮部郎中召還之命的時候所作的②。

　　在這裏,筆者要説幾句多餘的話。《蘇軾選集》③針對"衣上舊痕餘苦淚,眉間喜氣添黄色"加注云:"這兩句是説一旦久別重聚,就會喜上眉梢。"(第 187 頁)《東坡選集》④針對"眉間喜氣添黄色"加注云:"雖然弟兄久別不勝悲苦,但自己還是盼望早日重聚而喜上眉梢。"並注"便與君、池上覓殘春,花如雪"云:"連上句言,這是説即使你現在動身來和我相會,等到你我見面,已是落花紛紛如飛雪的時候,春天早過完了。"(第 387頁)《蘇軾詞賞析集》⑤針對後闋云:"全由具體細節編織而成,卻又全是寫的夢境。"(第 289 頁)他們都從這首詞是元祐七年二月蘇軾離開潁州的時候所作的這點開始解釋,而要將後闋

---

① 關於蘇轍的事跡,本書都根據曾棗莊老師的《蘇轍年譜》(陝西人民出版社,1986 年)。
② 《校注》認爲,這首詞是元祐六年八月從京師去潁州赴任的途中所作的(中册,第 696 頁)。
③ 劉乃昌選注,齊魯書社,1981 年。
④ 西南師範大學中文系古典文學教研室選注,四川人民出版社,1987 年。
⑤ 王思宇主編,巴蜀書社,1990 年。

的内容和當時蘇軾的情況強行結合起來的,結果不能正確説明"眉間喜氣添黄色"的意思。

漁　父　四　首

漁父飲,誰家去。魚蟹一時分付。酒無多少醉爲期,彼此不論錢數。

漁父醉,蓑衣舞。醉裏卻尋歸路。輕舟短棹任斜橫,醒後不知何處。

漁父醒,春江午。夢斷落花飛絮。酒醒還醉醉還醒,一笑人間今古。

漁父笑,輕鷗舉。漠漠一江風雨。江邊騎馬是官人,借我孤舟南渡。(《朱注》卷 2 ①)

這四首《漁父》,《紀年録》、《王年》、《總案》、《孔年》都未收録。《朱注》則收録這四首《漁父》並云:

案,張志和、戴復古皆有《漁父詞》,字句各異。恭案《三希堂帖》,公書此詞前二首,題作《漁父破子》,是確爲長短句。而《詞律》未收,前人亦無之。或公自度曲也。從《詩集》編乙丑。

《薛注》仍根據《朱注》的編年。《詩集》的"乙丑"是元豐八年(1085)。在《增補足本施顧注蘇詩》中,《漁父四首》被排列在卷 22 最後。《漁父四首》的前面有《和王勝之》、《記夢》、《寄蕲簟與蒲傳正》、《寄怪石石斛與魯元翰》等詩,後面有《李憲仲哀辭》、《贈眼醫王生彦若》、《與歐育等六人飲酒》等詩。根據《孔年》卷 24,《和王勝之》詩是二月下旬所作的,《贈眼醫王生

---

① 　這四首《漁夫》,《傅注》、元本、《百家詞·東坡詞》都未收録。

彦若》詩是三月上旬之作,當時蘇軾在南都。假如《增補足本施顧注蘇詩》正確地按照寫作的時間而排列詩篇,這《漁父四首》就是二月下旬或者三月上旬所作。日本小川環樹先生、近藤光男先生都認爲是元豐八年五月在常州所作的①。

《曹注》和《石唐注》則提出另外的編年。《曹注》云:

> 據本集 167《滿庭芳》"歸去來兮"末云:"好在堂前細柳。應念我,莫剪柔柯。仍傳語。江南父老。時與灑魚蓑。"此詞作於元豐七年甲子,東坡離黃州之前夕。鑑於東坡對於漁父如此關注與多情,自以在黃州作此四詞爲長。且乙丑年自正月起,東坡僕僕風塵於泗州、南都、楚州、揚州。五月至常州貶所。六月起知登州,過潤州、真州、揚州、楚州、海州、密州,十月到登州任。同月奉召還京,過萊州、齊州、鄆州、南都,十二月抵京師。行踪如此,勢必無作此四詞之閑暇。本人以爲此四詞必作於在黃州數年之間,《詩集》雖編乙丑,亦所不取。今酌改編元豐六年癸亥。(第 278 頁)

《石唐注》詳細考證這四首《漁父》的編年云:

> 這首詞不應從朱注編在元豐八年乙丑,而應是在元豐六年癸亥以前,雖難以確定具體年月,但至少應是黃州時期作品。至於《三希堂法帖》引蘇軾墨跡,題爲"乙丑"(乙丑年蘇軾已不在黃州了)。祇能説明蘇軾在乙丑年書寫的,不能説明是乙丑年作的。書法家書寫自己過去的作品而不寫當時的創作,並不罕見。(第 257 頁)

---

① 小川環樹《蘇軾》(岩波書店,1982 年 10 月)下册第 142 頁,近藤光男《蘇東坡》(集英社《漢詩大系》17,1982 年 4 月)第 236 頁。

《石唐注》認爲這首詞"至少應是黃州時期作品"的根據大致如下：這四首詞所詠的內容與在黃州所作的《魚蠻子》相似；元豐七年三月，蘇軾已將離開黃州，元豐八年蘇軾在常州、揚州、登州一帶奔波，在宜興求田問舍。及抵京師，任禮部郎中，生活已不如黃州時期那麼平靜，更無閒心寫出像《漁父》這樣的詞章；蘇軾在黃州《答李端叔書》中，說他的生活是"扁舟草履，放浪山水間，與樵漁雜處"，又他在告別黃州時所寫的一首《滿庭芳》詞（歸去來兮，吾歸何處），最後一句是："仍傳語，江南父老，時與曬漁蓑。"可見頭戴青蒻笠，身披綠蓑衣，是蘇軾在黃州時的平日生活之常有，而不是偶一爲之。

筆者認爲，《石唐注》的考證很恰當，詳盡列舉了沒有將這四首《漁父》編年於"乙丑"的根據。筆者也認爲，這首詞不是元豐八年所作的，而是在黃州所作的。《石唐注》已經詳細考證和說明這首詞寫於黃州的理由，所以在這裏不重複說明。但是筆者認爲，還有兩個這首詞不是寫於"乙丑"而是黃州的理由。

《漁父》第三首云："漁父醒，春江午。夢斷落花飛絮。"這裏所寫的景色是春天。這《漁父》詞，也可以認爲是描寫一個形象的世界，不一定寫實際風景。但是最自然的解釋是蘇軾描寫眼前的春天景色。《漁父》所詠的世界，也祇有眼前有"春江午，夢斷落花飛絮"的風景，纔能寫出來的。所以這四首《漁父》所寫的時間是春天。

第四首云："漠漠一江風雨。江邊騎馬是官人，借我孤舟南渡。"這裏描寫的是有一個"官人"過"江"而"南渡"的樣子。"官人"往"南"方赴任的時候要渡過的"江"，祇有長江。可見蘇軾寫作這四首的時候，一定在長江的旁邊。眼前有長江，所作的時間是春天，所詠的內容是漁父。如上述的那樣，《施顧注蘇詩》將這四首編於乙丑的春天。日本小川環樹先生等認

爲,這四首寫於元豐八年五月在常州。但是元豐八年乙丑的
春天,蘇軾在泗州、宿州、南都、揚州。離開揚州到瓜州的是夏
天五月。乙丑的春天,不但他"勢必無作此四詞之閑暇",而且
泗州、宿州、南都、揚州等地都不面向長江。還有,常州也不面
向長江。蘇軾能夠在長江的旁邊,春天的正午,悠閑自定是在
黄州的時期[①]。

　　如上述的那樣,《石唐注》做了詳細的考證。但是蘇軾寫
作這四首的時候是在長江的旁邊,所作的時間是春天,這兩個
事情也是在考證這四首的編年上不可以忽視的根據。

減字木蘭花
送趙令晦之

　　春光亭下。流水如今何在也。歲月如梭。白首相看
擬奈何。　　故人重見。世事年來千萬變。官況闌珊。
慚愧青松守歲寒。(《傅注》卷 9)

　　這首詞,《王年》、《紀年錄》、《總案》都未提及。《朱注》、
《龍注》未編年。

　　《曹注》編年爲元祐七年(1092):"查本集 199《蝶戀花》
'自古漣漪佳絕地',係元豐八年乙丑十月,東坡在罷登州任入
京途中,過漣水軍時爲趙晦之作,⋯⋯細玩此詞,當係元祐七
年壬申自潁州赴揚州任所途中,三月十二日抵泗州,趙晦之從
海州來迎時所作,參見王案(卷 35 第 1 頁)。因自元豐八年至
元祐七年,爲時已近七載。且當時東坡由京而潁,復由潁而
揚,仍在服官之中。故與此詞尤其上片內'歲月如梭'句,及下
片內'世事年來千萬變,官況闌珊'等句,俱能相合。而晦之此

---

① 《校注》認爲,這首詞是元豐五年三月在黄州所作的(上冊,第 376 頁)。

時業已退休,故與此詞下片末句尤爲相合。今依王案,移編元
祐七年壬申。"(第 370 頁)

《石唐注》編年爲元豐八年(1085):"蘇軾於元豐八年乙丑
(公元 1085 年)六月起知登州軍州事,十月過海州漣水,作《蝶
戀花》(自古漣漪佳絶地)一首(本書第 189 首),這首詞有題
'送趙令晦之',又有'故人重見'、'歲月如梭,白首相看擬奈
何'句,與前首詞意相同,也與蘇軾這一期間的遭逢相似,故此
詞應作於元豐八年乙丑(公元 1085 年)。"(第 304 頁)

《薛注》編年爲元祐六年(1091):"東坡與趙昶凡三見:熙
寧八年乙卯十二月初見趙昶於密州任,有《減字木蘭花·賢哉
令尹》詞相贈。元豐八年乙丑十月過漣水二見趙昶,有《水龍
吟》(楚山修竹如雲)詞相贈。元祐六年辛未自杭還朝,四月過
高郵,爲趙昶作《四達齋銘》,其引云:'高郵使君趙晦之,作齋
東園,户牖四達,因以名之。眉山蘇軾過而爲之銘。'《文集》卷
五七《與趙晦之四首》其四云:'承被命再任,遠徵不足久留賢
者,然彼人受賜多矣。晦之風績素聞,使者交章,伫聞進擢,以
爲交遊故人寵光。'公時在黄州,所提新命,當即高郵也。《四
達齋銘》引云:'高郵使君趙晦之。'以此知趙時爲高郵令。詞
當作於是時。使君,當取奉使之官意,非太守之謂。"(第 596
頁)《孔年》卷 14 卻編年爲熙寧八年(1075)。

這首詞有詞題云:"送趙令晦之。"根據這詞題,可以看出,
當時蘇軾留在當地,趙晦之要離開當地,蘇軾就送趙晦之;趙
晦之的當時官職是"令"。

蘇軾見趙晦之,一共有三次。初見的是熙寧七年(1075)。
那時候,蘇軾擔任知密州,趙晦之擔任諸城縣令。八年冬天,
趙晦之離職,離開密州回海州去。蘇軾在離別的時候作了一
首《減字木蘭花·送東武令趙晦之失官歸海州》贈給他:

　　　　賢哉令尹。三仕已之無喜慍。我獨何人。猶把虛名
玷搢紳。　　不如歸去。二頃良田無覓處。歸去來兮。
待有良田是幾時。(《傅注》卷9)

　　第二次是元豐八年(1085)九月。那時候,蘇軾從常州赴
任到登州的途中過漣水軍。這時候也作兩首詞。

　　　　自古漣漪佳絕地。遠郭荷花,欲把吳興比。倦客塵
埃何處洗。真君堂下寒泉水。　　左海門前魚酒市。夜
半潮來,月下孤舟起。傾蓋相逢拚一醉。雙鳧飛去人千
里。(《蝶戀花‧過漣水軍贈趙晦之》,元本卷下①)

　　　　楚山修竹如雲,異材秀出千林表。龍鬚半剪,鳳膺微
漲,玉肌勻繞。木落淮南,雨晴雲夢,月明風裊。自中郎
不見,桓伊去後,知辜負、秋多少。　　聞道嶺南太守,後
堂深、綠珠嬌小。綺窗學弄,梁州初遍,霓裳未了。嚼徵
含宮,泛商流羽,一聲雲杪。爲使君洗盡,蠻風瘴雨,作霜
天曉。(《水龍吟‧詠笛材》,《傅注》卷1)

　　《薛注》,關於《蝶戀花‧過漣水軍贈趙晦之》的考證云:
"《文集》卷五七有《與趙晦之四首》,其一云:‘乃知剖符南徼,
賢者處之,固不擇遠近劇易,矧風土舊諳習。而兵興多事,適
足以發明利器,但恨愚暗,何時復得攀接爾。’其二云:‘南事方
殷,計貴郡亦非靜處,長者固有以處之矣。’其三云:‘藤既美風
土,又少訴訟,優游卒歲,又復何求。某謫居既久,安土忘懷,
一如本是黃州人,元不出仕而已。’以此,知東坡謫黃時,趙官
藤州,所謂‘剖符南徼’、‘貴郡亦非靜處’、‘藤既美風土’者是
也。藤州在宋屬廣南西路,臆趙東武失官後復出仕於藤故也。

_____

①　這首詞,《傅注》存目闕文。

其四云：'承被命再任，遠徼不足久留賢者，然彼人受賜多矣。晦之風績素聞，使者交章，佇聞進擢，以爲交游故人寵光。'準此，則知東坡離黃前趙已離藤他任，且'進擢'高升。《總案》卷三三謂公元祐六年辛未自杭入朝，四月過高郵，爲趙晦之作《四達齋銘》，《文集》卷十九《四達齋銘·引》云：'高郵使君趙晦之，作齋東園，户牖四達，因以名之。'故知辛未趙知高郵。乙丑距辛未七年之久，據宋三年磨勘轉官之常例，乙丑趙不可能爲'高郵使君'。又，趙如自藤他任，先歸家至海州或任海州，則東坡至登州必經海州，漣水與海州南北相鄰，亦不可能自海州至漣水與東坡相見。故知乙丑趙離藤至漣水，東坡經漣時，趙爲漣水守也。"（第480頁）《薛注》的這一考證很對。趙晦之"失"了"諸城縣令"而"歸海州"以後，又知藤州。然後，蘇軾離開黃州以前，趙晦之又收到了轉任到知漣水軍之命。元豐八年(1085)九月蘇軾過漣水的時候，趙晦之已經是知漣水軍了。《水龍吟·詠笛材》裏的"嶺南太守"，如考證所説的那樣，是指"知藤州"而説的，"使君"指"知漣水軍"。還有，從《水龍吟·詠笛材》後闋"爲使君洗盡，蠻風瘴雨，作霜天曉"，可以看出，當時趙晦之剛到漣水之任不久。

　　關於第三次見面的時間，《曹注》認爲是元祐七年(1092)三月，蘇軾自潁州赴揚州任所途中，過泗州，趙晦之從海州來迎的時候。《薛注》認爲是元祐六年(1091)四月，蘇軾自杭州回京師的途中過高郵的時候。《孔年》認爲是元祐四年(1089)六月，從京師赴知杭州任的途中，過高郵的時候。在這三個時間之中，《孔年》的元祐四年是對的。如《薛注》所指出的那樣，蘇軾和趙晦之第三次見面的時候，蘇軾寫了《四達齋銘》。《四達齋銘》的《引》裏有云："高郵使君趙晦之。"由此可見，蘇軾寫作《四達齋銘》的時候，換句話說，蘇軾過高郵見趙晦之的時候,趙晦之擔任知高郵軍。《孔年》卷28,元祐四年六月項下有云:"過高郵,爲趙昶(晦之)作《四達齋銘》。銘見《文集》卷十九。道光《高郵州志》卷一謂'四達齋在州治後,宋郡守趙晦之建';卷八謂元祐間知高郵者七人,昶次四,乃據《宋志》所載。"(第882頁)《宋兩淮大郡守臣易替考》①也把趙晦之知高郵軍記載於元祐三、四年(第279頁)。再者,根據《宋兩淮大郡守臣易替考》,元祐六年知高郵軍者是毛滂,七年是毛滂和安鼎,不是趙晦之。總之,蘇軾和趙晦之第三次相見是元祐四年六月。

把以上所説的事情整理一下:

第一次蘇軾和趙晦之相見是熙寧七年(1075)。那時候,蘇軾知密州,趙晦之是諸城縣令。八年冬天,趙晦之離職離開密州回海州去。蘇軾在離別的時候作了一首《減字木蘭花·送東武令趙晦之失官歸海州》送給他。

第二次是元豐八年(1085)九月,蘇軾從常州赴任到登州的中途經過漣水軍的時候。當時趙晦之擔任知漣水軍。那時候,蘇軾寫作兩首詞《蝶戀花·過漣水軍贈趙晦之》和《水龍吟·詠笛材》。

第三次是元祐四年六月蘇軾從京師赴杭州任的途中經過高郵的時候。當時趙晦之擔任知高郵軍,蘇軾作《四達齋銘》贈給他。

在這三次之中,第二次和第三次,是蘇軾在赴任的旅途上"過"趙晦之的任地的,所以云"過漣水軍贈趙晦之"、"眉山蘇軾過而爲之銘"。但是這《減字木蘭花》的詞題卻云"送趙令晦之",當時蘇軾留在當地而送趙晦之要離開,並且趙晦之當時

---

① 李之亮撰,巴蜀書社,2001年。

的官職是"令"。那，第二次和第三次會面，與這些條件並不相合。因爲第二次和第三次都是蘇軾在赴任的旅途上"過"趙晦之的任地的。那時候，没有由客人的蘇軾來"送"主人趙晦之的道理。並且，第二次和第三次，趙晦之擔任的都是"太守"的職務。《薛注》對《四達齋銘·引》中的"高郵使君趙晦之"云："使君，當取奉使之官意，非太守之謂。"《薛注》認爲《四達齋銘·引》中的"使君"不是"太守之謂"，而是"令"之謂。但是這樣解釋有些不自然。蘇軾不會在《四達齋銘·引》裏把趙晦之稱爲"高郵使君趙晦之"，在《減字木蘭花》之詞題卻云"趙令晦之"。蘇軾爲何需要對同一個人使用不同的稱呼呢？所以，第二次和第三次都與"送趙令晦之"不合。

熙寧八年(1075)冬天趙晦之離職，離開密州回海州去的時候，蘇軾寫作一首《減字木蘭花·送東武令趙晦之失官歸海州》。那時，蘇軾是知密州，趙晦之是諸城縣令。蘇軾留在密州"送"離開密州的諸城縣"令"趙晦之。這與《減字木蘭花》的詞題"送趙令晦之"正合。

最後説明一下《減字木蘭花》裏所寫的内容和詞題的關係。《曹注》、《石唐注》、《薛注》不將這首詞編年爲熙寧八年(1075)冬天的原因，可能在於"流水如今何在也。歲月如梭。白首相看擬奈何"、"故人重見。世事年來千萬變"等句。因爲這些句子，容易使人認爲這首詞是蘇軾"重見""故人"的趙晦之的時候所作的。但是這首詞最後三句云"世事年來千萬變。官况闌珊。慚愧青松守歲寒"，意思就是"最近幾年世事變化莫測。我居官的境况很糟，但是還不想離開這個職位。我慚愧自己無法像你一樣具有不肯折節的態度"。"青松守歲寒"是指趙晦之而説的。更具體地説，指趙辭官歸故里。因此，這"慚愧青松守歲寒"是蘇軾對"東武令趙晦之失官歸海州"的美化。補充一句

話，"世事年來千萬變"是蘇軾用來安慰趙晦之說的："這次你
'失官'的原因不在於你自己，而在於'世事年來千萬變'。"第二
次和第三次他們見面的時候，趙晦之身係官職，找不到他要離
開職位的情況。"慚愧青松守歲寒"一句，祇有與熙寧八年冬天
的情況相合的。還有，除了"官況闌珊。慚愧青松守歲寒"以外
的部分，也能解釋爲是蘇軾對"失官歸海州"的趙晦之所說的
話。熙寧八年冬天，趙晦之離開密州以後，要去的地方不是新
任之地，而是自己的故鄉"海州"。"春光亭"可能是在海州。這
首詞前闋"春光亭下。流水如今何在也。歲月如梭。白首相看
擬奈何"，蘇軾想說的是"你離開海州以後，過了不少時間，頭髮
變白了"。"故人重見"一句，不是蘇軾與趙晦之"重見"，而是趙
晦之"重見"故鄉"海州"的"故人"。

　　從以上的考察，筆者認爲這《減字木蘭花》應是熙寧八年
(1075)冬天蘇軾在密州送別趙晦之的時候所作的①。

<h2 style="text-align:center">滿　江　紅</h2>

寄鄂州朱使君壽昌

　　江漢西來，高樓下、蒲萄深碧。猶自帶、岷峨雪浪，錦
江春色。君是南山遺愛守，我爲劍外思歸客。對此間、風
物豈無情，慇懃説。　　　　江表傳，君休讀。狂處士，真堪
惜。空洲對鸚鵡，葦花蕭瑟。不獨笑書生爭底事，曹公黃
祖俱飄忽。願使君②、還賦謫仙詩，追黄鶴。(《傳注》卷2)

　　這首詞，《王年》、《紀年録》、《總案》、《孔年》都未提及。
《朱注》列於卷2末尾(元豐四年)云："案是詞當在黄州作，附

---

①　《校注》也把這首詞編年於熙寧八年(1075)冬天(上册，第152頁)。
②　"願使君"，《傳注》、元本缺"使"字。這裏根據《百家詞·東坡詞》卷上。

編於此。"《龍注》、《曹注》和《石唐注》都承襲《朱注》而没有特
别的考察。《薛注》編年爲元豐五年(1091)云:"總觀詞意,蓋
朱壽昌離鄂州任赴提舉崇禧觀時贈别之作,所謂'君是南山遺
愛守','空洲對鸚鵡',總不離别情。考朱壽昌離鄂州任,約在
元豐五年壬戌春夏之交。……詞云'高樓下、蒲萄深緑',正是
初夏之景;又云'君是南山遺愛守',當是朱已聞命移職之徵
兆;至如下片,則可作别前贈言讀矣。故知此詞當作於壬戌五
六月朱將移職時。"(第342頁)

　　這首詞有詞題云"寄鄂州朱使君壽昌",因知當時朱壽昌
擔任知鄂州。這首詞的開頭部分云:"江漢西來,高樓下、蒲萄
深碧。猶自帶、岷峨雪浪,錦江春色。"可知蘇軾當時面對着長
江,並且季節是春天。雖然《薛注》云"'高樓下、蒲萄深緑',正
是初夏之景",但是詞裏明言云"錦江春色"。那,蘇軾面對着
"春色"而作這首詞。不須如《薛注》那樣,特意認定爲"初夏"。
朱壽昌知鄂州,並且蘇軾面對長江,與這兩個條件相合的是蘇
軾被謫在黄州的時候。

　　元豐三年(1080)二月蘇軾來到黄州的時候,朱壽昌已任
知鄂州,不久給蘇軾寄信和酒、果。根據《宋兩湖大郡守臣易
替考》[①],朱壽昌到知鄂州之任是元豐二年夏天(第50頁),離
任是"約在元豐五年壬戌春夏之交"。蘇軾和朱壽昌交往很密
切,一直繼續到朱壽昌離鄂州任時。朱壽昌離鄂州任是元豐
五年秋天,這《滿江紅》所寫的是春天。那麽,這首詞所作的時
間是元豐三年、四年或者五年之中的一年。

　　《滿江紅》詞裏云:"猶自帶、岷峨雪浪,錦江春色。"蘇軾把
長江的流水看作故鄉的雪水。這種意境,也見於另外的作品

① 　李之亮撰,巴蜀書社,2001年。

裏。蘇軾來黃州後,先寓居定惠院,夏天再遷臨皋亭。臨皋亭離長江很近。他在《與范子豐八首》其八裏有云:"臨皋亭下不數十步,便是大江,其半是峨眉雪水,吾飲食沐浴皆取焉,何必歸鄉哉。"(《蘇軾文集》卷50)這裏所寫的感慨,與這《滿江紅》詞的"猶自帶、岷峨雪浪,錦江春色"很相似,它們彼此都將長江的流水看作故鄉的雪水。但是蘇軾遷臨皋亭是元豐三年夏天,《滿江紅》則是春天所寫的。蘇軾將長江的流水看作故鄉的雪水的是遷臨皋亭以後。所以《滿江紅》寫於元豐三年春天的可能性不大。再者,元豐五年的可能性也幾乎沒有。《滿江紅》前闋裏有云:"君是南山遺愛守。"這是對朱壽昌的褒詞:"你是終南山受到敬愛的名太守",是指朱壽昌曾經擔任通判陝州而說的。但是元豐五年朱壽昌擔任知鄂州已經過了兩年以上。如果元豐五年蘇軾在"朱將移職時"想要歌頌朱壽昌的職功,那應該是歌頌知鄂州時的善政,不會歌頌朱壽昌曾經擔任通判陝州時的善政。還有,《滿江紅》後闋云:"江表傳,君休讀。狂處士,真堪惜。空洲對鸚鵡,葦花蕭瑟。不獨笑書生爭底事,曹公黃祖俱飄忽。願使君、還賦謫仙詩,追黃鶴。"鸚鵡洲在鄂州,是禰衡所埋葬的地方。因此,蘇軾在這裏,特地使用與鄂州有關的典故,勸朱壽昌不要被捲入人世間的糾紛裏,而要處於超脫的境地。那就是經過"烏臺詩案"的蘇軾對知鄂州朱壽昌的忠告。換句話說,蘇軾是在告訴朱壽昌今後作爲知鄂州應該採取什麼態度比較好。像這樣的忠告,不應當是說給任期快屆滿的人。元豐五年"春夏之交",正是朱壽昌任期快屆滿之時。在那時候,蘇軾不會特地告訴他今後作爲知鄂州應少爭論、多學仙之類的忠告。所以這《滿江紅》詞沒有元豐五年春天所作的可能性。總之,寫作《滿江紅》的時間,一定是元豐四年春天。元豐四年春天,蘇軾在臨皋亭寫了一首

《南鄉子・黃州臨皋亭作》詞。這《南鄉子》是證明這首《滿江紅》編年之根據。

> 晚景落瓊盃。照眼雲山翠作堆。認得岷峨春雪浪，初來。滿頃蒲萄漲綠醅。　　暮雨暗陽臺。亂灑歌樓濕粉腮。一陣東風來捲地，吹回。落照江天一半開。（《傅注》卷 4）

這《南鄉子》的"認得岷峨春雪浪，初來。滿頃蒲萄漲綠醅"，與《滿江紅》開頭部分的"江漢西來，高樓下、蒲萄深碧。猶自帶、岷峨雪浪，錦江春色"酷似，也將長江的流水看作故鄉的雪水，並且，將春天的江水比做葡萄酒的深綠。因此，《南鄉子》和《滿江紅》兩首詞，可以認爲是在同一的地方、同一的時間所作。

從以上的考察，筆者認爲這《滿江紅》詞是元豐四年春天在臨皋亭所作的①。

南 歌 子

> 日薄花房綻，風和麥浪輕。夜來微雨洗郊坰。正是一年春好、近清明。　　已改煎茶火，猶調入粥餳。使君高會有餘清。此樂無聲無味、最難名。（《傅注》卷 5）

這首詞，《王年》、《紀年録》、《總案》都未提及。《朱注》、《龍注》和《石唐注》都未編年。《曹注》編年爲元豐五年（1091），云："惟細玩此詞意境，與詩集《徐使君分新火》相合。此詞内之'使君'，即徐君猷也。今從詩集移編元豐五年壬戌。"（第 233 頁）《薛注》也編於元豐五年："公壬戌春有《寒食

---

① 《校注》認爲，這首詞是元豐四年深秋在黃州所作的（上册，第 336 頁）。

雨二首》和《徐使君分新火》(見《詩集》卷 21)。詞云‘夜來微雨’、‘春好、近清明’、‘使君高會’，與二詩所詠均同，蓋爲徐君猷分新火而作。故編於是，待更考。"(第 331 頁)《孔年》則編於元祐五年(1090)晚春，云："詞云‘日薄花房綻’，又云‘夜來微雨洗郊坰’，皆屬江南景象，知作於杭。詞云‘使君’，知作於守杭時。詞云‘正是一年春好、近清明’，點明季候。詞爲巡視杭郊所作，若在明年此時，已將離任矣。"(卷 29，第 912 頁)

這首詞裏云："正是一年春好、近清明"、"已改煎茶火，猶調入粥餳"。從這些描寫可見，這首詞是清明時所作的。詞裏還有云："使君高會有餘清。此樂無聲無味、最難名。"從此可見，"使君"正在舉辦"無聲無味"的"高會"。《曹注》和《薛注》認爲，由於這首詞和元豐五年所作的《寒食雨二首》和《徐使君分新火》詩"意境相合"、"所詠均同"，所以這首詞也與那兩篇詩同時寫作。但是在筆者看來，《寒食雨二首》和《徐使君分新火》詩"意境"、"所詠"都與這首詞並不相同。

> 自我來黃州，已過三寒食。年年欲惜春，春去不容惜。今年又苦雨，兩月秋蕭瑟。臥聞海棠花，泥汙燕脂雪。暗中偷負去，夜半真有力。何殊病少年，病起頭已白。

> 春江欲入戶，雨勢來不已。小屋如漁舟，濛濛水雲裏。空庖煮寒菜，破竈燒濕葦。那知是寒食，但感烏銜紙。君門深九重，墳墓在萬里。也擬哭途窮，死灰吹不起。(《寒食雨二首》，《合注》卷 21)

> 臨皋亭中一危坐，三見清明改新火。溝中枯木應笑人，鑽研不然誰似我。黃州使君憐久病，分我五更紅一朵。從來破釜躍江魚，秖有清詩嘲飯顆。起攜蠟炬遶空室，欲事烹煎無一可。爲公分作無盡燈，照破十方昏暗鎖。(《徐使君分新火》，同前卷 21)

　　元豐五年的寒食節,與去年一樣,春雨很多,兩個月來氣候蕭瑟如秋天。春江水漲得將要浸入門內,蘇軾住的小小屋子,好像一葉漁船飄在煙水中似的。但是《南歌子》詞則云:"日薄花房綻,風和麥浪輕。夜來微雨洗郊坰。正是一年春好、近清明。"吟詠是經過一場"微雨"的和暖之春景。《南歌子》和《寒食雨二首》都寫寒食節的景色,不過詩詞所寫的景象,並不是"相合"、"均同",而卻是相反。還有,《寒食雨二首》和《徐使君分新火》詩裏所詠的蘇軾心緒,悲傷愁苦。他很惜春惜花,但春天無情過去,海棠花也落了。他家徒四壁,生活艱難,貧困潦倒。他想回朝廷而不得,想回故鄉而不能,祇好學阮籍在路盡頭放聲大哭。蘇軾的心好像死灰一般,不能復燃。《南歌子》則吟詠蘇軾欣賞和暖的春景,享受一場雖"無聲無味"但"有餘清"的"高會",並没有《寒食雨二首》和《徐使君分新火》詩那樣的絕望感。這些詩詞,並不能認爲是同時的作品。

　　這首詞描寫快到清明節的郊外的和暖春景、"使君高會"。當天的"高會",用新火"煎茶",把錫加入粥,烹調寒食粥,没有使人聽出神的音樂,也没有瞠目結舌的盛饌,但是"有餘清",蘇軾享受"此樂"。"高會",高朋滿座的聚會,一般來説是褒美盛大的宴席時所用的。但是這裏的"高會",既可以是自指,也可以是他指。詳味這詞,當指蘇軾自己。如果自己舉行的宴席裏,有使人聆聽出神的音樂,也有令人瞠目結舌的盛饌,然後自誇説是"高會",那麼,即便是詼諧的幽默,也祇不過流於自大自負。但是當天的聚會跟一般的"高會"不同,是"無聲無味",祇有茶和粥,很淡雅安静。蘇軾特意着眼於這一點,把自己舉行的聚會叫爲"高會",這樣解釋似乎更符合詞意。還有,從寫作這首詞的時候,蘇軾不是在京師而是地方上。以下,把這兩個可能性放在心上，驗證蘇軾清明節的事跡。

　　筆者查證了嘉祐六年(1061)十二月蘇軾到鳳翔府簽判任以後在地方上過寒食清明節的事跡。結果有以下四個蘇軾在寒食清明節聚會的事跡：

　　1. 熙寧五年(1072)通判杭州

　　清明日觀賞吉祥寺的牡丹。熙寧八年所作的《惜花》詩的自注裏有云：“錢塘吉祥寺花爲第一，壬子(熙寧五年)清明，賞會最盛，金盤綵籃以獻於座者五十三人。”(《合注》卷 13)

　　2. 熙寧六年(1073)通判杭州

　　寒食日與杭州太守陳襄、錢塘令周邠和仁和令徐疇會於西湖上。那時候，蘇軾寫一首《寒食未明至湖上，太守未來，兩縣令先在》詩云：“城頭月落尚啼烏，烏榜紅舷早滿湖。鼓吹未容迎五馬，水雲先已颺雙鳧。映山黃帽螭頭舫，夾道青煙鵲尾爐。老病逢春衹思睡，獨求僧榻寄須臾。”(《合注》卷 9)

　　3. 熙寧九年(1076)知密州

　　清明日登上超然臺，眺望風景。那時候他寫作一首《望江南‧超然臺作》詞云：“春未老，風細柳斜斜。試上超然臺上看，半壕春水一城花。煙雨暗千家。　　寒食後，酒醒卻咨嗟。休對故人思故國，且將新火試新茶。詩酒趁年華。”(《傅注》卷 12)

　　4. 元祐五年(1090)知杭州

　　清明日訪問參寥，汲泉水煎茶。《書參寥詩》云：“僕在黃州，參寥自吳中來訪，館之東坡。一日，夢見參寥所作詩，覺而記其兩句云：‘寒食清明都過了，石泉槐火一時新。’後七年，僕出守錢塘，而參寥始卜居西湖智果院。院有泉出石縫間，甘冷宜茶。寒食之明日，僕與客泛湖，自孤山來謁參寥，汲泉鑽火，烹黃蘗茶，忽悟所夢詩，兆於七年之前。衆客皆驚嘆，知傳記所載,非虛語也。元祐五年二月二十七日,眉山蘇軾書并題。"
(《蘇軾文集》卷 68)

　　這四個事跡之中,1、2、3 與《南歌子》詞所詠的意境不合。
1 的熙寧五年,蘇軾觀賞吉祥寺的牡丹,當天"賞會最盛,金盤
綵籃以獻於座者五十三人"。這可以説是一般的"高會",與
"有餘清"、"無聲無味"的"高會"不同。2 的熙寧六年,蘇軾與
陳襄、周邠和徐疇會於西湖上。蘇軾到了西湖的時候,周邠和
徐疇先來,陳襄還没到。在那裏,雖然還没演奏,但是有"鼓
吹",而且兩個縣令也在座。可見當天的會可能是盛大的宴
會,也就是説一般的"高會"。還有,那時候所作的《寒食未明
至湖上,太守未來,兩縣令先在》詩,没寫到改火後的事情。這
也與《南歌子》的内容不同。3 的熙寧九年,蘇軾想要眺望密
州的清明景色,"試上超然臺上"。但是産生了望鄉之念,"卻
咨嗟"。蘇軾當時懷有的心情與《南歌子》所詠的意境不相合,
因爲在《南歌子》裏,蘇軾欣賞的是寒食節時的風景。

　　4 的元祐五年"寒食之明日"(就是清明節),蘇軾跟友人
一起去"智果院"訪問參寥。"智果院""有泉出石縫間,甘冷宜
茶"。他們"汲泉鑽火,烹黄蘗茶"。當時舉行的是"茶會",地
方是"智果院"。可能没有使人聽出神的音樂,也没有瞠目結
舌的盛饌。但是泉水"甘冷宜茶",很可口,也是一種盛饌。當
天的會雖然與一般的"高會"不同,不過可以説是個"有餘清"、
"無聲無味"的"高會"。蘇軾把"茶會"視爲"高會"了。但是這
個"高會"與一般的"高會"不同,所以在《南歌子》末尾,他説
"最難名"。

　　這《南歌子》,如上述的那樣,前闋描寫寒食的風景:"日薄
花房綻,風和麥浪輕。夜來微雨洗郊坰。正是一年春好、近清
明。"從這前闋的寫法,我們可以看出蘇軾欣賞那個和暖春色

的快樂心情。元祐五年寒食,蘇軾和劉景文、周次元去西湖玩。然後他又跟王忠玉、張全翁等人一起去西湖玩,訪問清順、道潛、參寥、陳伯修。那時候,他寫《次韻劉景文、周次元寒食同游西湖》、《連日與王忠玉、張金翁游西湖,訪北山清順、道潛二詩僧,登垂雲亭,飲參寥泉,最後過唐州陳使君夜飲,忠玉有詩,次韻答之》等詩(《合注》卷32)。蘇軾"正是"在享受元祐五年的"近清明""一年春好"的時間的。

　　總之,這《南歌子》詞,不是與《寒食雨二首》、《徐使君分新火》同時寫作的作品。從"有餘清"、"無聲無味"這些詞語看來,是元祐五年(1090)清明節在參寥的智果院汲泉煎茶的時候所作的①。

一　斛　珠

　　洛城春晚。垂楊亂掩紅樓半。小池輕浪紋如篆。燭下花前、曾醉離歌宴。　　自惜風流雲雨散。關山有限情無限。待君重見尋芳伴。爲説相思、目斷西樓燕。(《百家詞·東坡詞》拾遺②)

　　關於這首詞的寫作時期,《朱注》、《龍注》、《曹注》和《石唐注》都未編年,並沒有考證。《薛注》認爲這首詞是在熙寧三年(1070)三月在洛陽所作的,《校注》則認爲是熙寧二年春天在洛陽所作的。《薛注》的考證大約如下(第18頁):

　　　　詞云"洛陽春晚",必作於三月游洛陽時。公行跡雖無至洛陽之明文,但數經洛陽,乃情理之必然。……《文

---

①　《校注》云:"今暫依曹説,以待詳考。"(中册,第387頁)
②　這首詞,《傅注》、元本未收録。

集》卷六八《題別子由詩後》：“‘先君昔愛洛城居，我今亦過嵩山麓。水南卜筑吾豈敢，試向伊川買修竹。又聞縹山好泉眼，傍市穿林瀉水玉。想見茅檐照水開，兩翁相對清如鵠。’元豐七年，余自黃遷汝，往別子由於筠，作數詩留別，此其一也。其後雖不過洛，……元祐元年三月十六日，軾書。”既云“其後雖不過洛”，而曾經過洛之意已明。且此詩言“過嵩山麓”，《詩集》卷四九《題盧鴻一〈學士堂圖〉》首句亦云：“昔爲太室游。”前詩已稱其父爲“先君”，足證此次至洛必在洵卒之後即治平三年丙午之後，元豐七年甲子之前。又，治平三年丙午四月蘇洵卒，六月公與子由扶喪還川，至神宗熙寧二年己酉二月還朝，其間無由至洛。熙寧四年辛亥七月公即赴杭州通判任，其後即守密、知徐、移湖、赴臺獄、貶黃州，更無由至洛，故知此次游洛，非熙寧三年庚戌，即熙寧四年辛亥。……然熙寧四年辛亥，公在朝與王安石以政事不合反覆爭論於朝，屢上書乞郡，似無由至洛，故暫編熙寧三年庚戌，以俟詳考。

《校注》的編年則大約如下（上册第6頁）：

據首句“洛城春晚”，此詞當作於洛陽，時在暮春。考蘇軾曾先後五次途經洛陽：一爲嘉祐元年（1056），……此次經過洛陽時當在五月下旬。二是嘉祐二年（1057），……此次途經過洛陽時亦當在五月。三是嘉祐六年（1061），……途經洛陽，當在是年十一月下旬。四是……途經洛陽時，當在（治平）二年正月上旬。五是……途經洛陽時，亦當在（熙寧）二年正月末或二月初。以上五次，均屬蘇軾早年行跡。從本詞風格看，亦當屬蘇軾早期作品。故可斷定此詞當作於熙寧二年二月之前。暫編熙寧二年春。

　　以上簡短地介紹了《薛注》和《校注》的見解。但是兩者説
"暫時"而避開斷定,都沒有明確結論。可是細細解讀,還是可
以在內容裏找到一點蛛絲馬跡。

　　下面一邊檢視《薛注》和《校注》的考證,一邊論述筆者的
意見。首先對《薛注》和《校注》兩者都認爲是指出場所和季節
的首句"洛城春晚"作檢討。"洛城"是指洛陽的市街,"春晚"
則是春天的晚期。所以這首詞所寫的的確是洛陽的晚春並沒
有錯。而《薛注》和《校注》根據這一句認爲這首詞是晚春在洛
陽所作,並且依此做編年。的確依照這一句,這首詞理應是在
晚春所寫的,但是所寫的地點,能不能夠斷定是洛陽? 筆者認
爲,這首詞並不是在洛陽寫的,寫的時候蘇軾並不在洛陽,他
離開洛陽以後,非常懷念洛陽,所以寫作這首詞。接下來通過
這詞裏所寫内容的分析,論述筆者的見解。

　　順序變動一下,首先看看後闋。"自惜風流雲雨散。關山
有限情無限。待君重見尋芳伴"三句的意思,簡單地説是"真
可惜和'您'離別。'我'和'您'的距離雖遠但是有限的。不過
'我'的離恨卻是無窮無盡。等到'您'重新見到當年一起尋花
的伴侶時……"從這三句可以知道,"我"和"您"(這兩個人,因
爲詞裏所説的"風流雲雨散"暗示男女的離別,所以一個是指
女性,還有一個是指蘇軾)分開後相隔兩地;"我"惱悔着期待
能够再度相逢,但是現在沒有辦法再度相逢;所以託人帶信傳
達相思之情,並期待着"您"再度來訪。

　　在作這首詞的時候他們已經"分開後相隔兩地"這件事,
在前闋的"燭下花前、曾醉離歌宴"裏頭也可以看得出來。這
裏使用了"曾"字。既然有"曾"這個字,他們的"燭下花前"、
"醉離歌宴",就不是正在寫詞的當時,而是已成爲過去的往
事。就是説,寫這首詞的時候,他們當然是已經分開了。因

此,這首詞可以解釋爲一個留在洛陽,而一個遠去他方後,期待能够再與對方相見的心情。

那麽,"在洛陽,期待能够再與對方相見"的"我"是誰？是蘇軾？是女性？那當然就是女性。因爲蘇軾没有在洛陽作過官、長期呆在洛陽,並且很難認爲蘇軾留在洛陽懷念一個離開洛陽的女性。這件事,從前闋的第二、三句"垂楊亂掩紅樓半。小池輕浪紋如篆"也可以知道。這兩句描寫的是"紅樓"和其附近的景色。"紅樓"一般意味着女性住的屋子。那裏就是以前舉行"離歌宴"的地方。這首詞,先描寫洛陽的"紅樓",再有詠"期待能够再與對方相見"的心情。那麽,最自然的解釋是住在"紅樓"的歌女("我")"期待能够再與"蘇軾("您")"相見"。那就意味着蘇軾當時不在洛陽。那麽,他在什麽地方寫的這首詞？筆者認爲,其線索在末句"目斷西樓燕"。

關於"西樓燕",《石唐注》云:"喻在西方的舊友;古樂府有《東飛伯勞西飛燕》,後世以'勞燕分飛'喻親知的人各往一方。"(523頁)《薛注》云:"《開元天寶遺事》載:長安郭紹蘭適巨商任宗,任至湘中,數年不歸。郭託雙燕捎書,任歸。"《校注》則云:"喻指眉州老家的親友。《玉臺新詠》卷九《歌詞二首》之一:'東飛伯勞西飛燕,黄姑織女時相見。'後以'勞燕分飛'喻親人別離。"筆者認爲這三個注解都不恰當。那因爲是這三者都認爲寫作這首詞的時候蘇軾在洛陽懷念在遠方的朋友。這樣的理解,如上述的那樣不恰當。《薛注》則以《開元天寶遺事》爲注解。但是這《開元天寶遺事》的記載是在長安的"紹蘭"懷念在"南東"的"任宗"之典故,到底不清楚蘇軾懷念哪一人。那麽,怎麽解釋"西樓燕"纔好呢？筆者認爲,"西樓"不是指着在洛陽西邊的樓閣而説的,"燕"也不是鳥的名字。這三字卻根據《雍録》卷四《閣本興慶宫圖·興慶宫説》裏的

"帝於宮隅爲二樓,西則花萼相輝,南則勤政務本,西樓以燕兄弟,而南樓以修政事也"①。《雍録》裏所説的"西樓燕"是指"兄弟"在京師一起開"燕"的地方。如果用這《雍録》的"西樓燕"來解釋這首詞的"目斷西樓燕"一句的意思,就跟這首詞所詠的内容正相合:蘇軾離開洛陽,女性留在洛陽,她在洛陽懷念蘇軾,眺望一座在京師(開封)他們兄弟一起喝酒的高樓。

　　那麽,蘇軾有没有離開洛陽後,不久跟蘇轍一起在京師的機會? 女性爲何知道蘇軾離開洛陽後,在開封跟蘇轍一起喝酒呢? 看看蘇軾一生的行跡,衹有一個機會跟此相合的。那就是熙寧二年(1068)晚春三月。那一年初春,蘇軾和蘇轍一起經過洛陽,然後也一起去開封。他們到了開封後,一起寄寓"南園"。他們一起經過洛陽,也一起離開洛陽到開封,所以女性當然知道他們當時一起在開封。這樣解釋,這首詞的意思就成爲首尾一貫。

　　總之,這首詞不是在洛陽寫的,而是熙寧二年(1068)晚春三月,蘇軾在開封和蘇轍一起喝酒的時候爲懷念洛陽的歌女而作的。

如　夢　令
題淮山樓

　　城上層樓疊巘。城下清淮古汴。舉手揖吴雲,人與暮天俱遠。魂斷。魂斷。後夜松江月滿。(《百家詞·東坡詞》拾遺②)

　　這首詞有詞題云:"題淮山樓。""淮山樓"在泗州,所以所作

---

① 《雍録》(中華書局,2002年)第79頁。
② 這首詞,《傅注》、元本未收録。

的地方的確是泗州。但是關於製作的時間，眾說紛紜。《曹注》、《石唐注》、《薛注》和《校注》的編年都不一樣，四書四樣（《朱注》、《龍注》未編年）。《曹注》認爲是元豐二年(1079)，從徐州調往湖州的旅途上，《石唐注》則認爲是熙寧七年(1074)十月十三日從杭州轉任到密州的途中。《薛注》認爲是熙寧四年(1071)十月從開封調往杭州的旅途上，《校注》則認爲是元豐七年(1084)十二月中旬，從黃州遷往汝州的道中。再者，《孔年》也有這首詞的編年，與《校注》一樣，編爲元豐七年十二月下旬。本來先要考察這四書的編年，再論述筆者的見解。但是如果詳細檢查這四個編年，就會成爲長篇文章。在這裏因篇幅關係，先研讀詞裏所寫的內容來考證製作的時間，再考察這四本書的編年。

這首詞的開頭兩句寫"淮山樓"及其周圍的景色。下四句有云："舉手揖吳雲，人與暮天俱遠。魂斷。魂斷。"蘇軾向"吳雲""舉手"問候。"吳"，從泗州看來，在南方。就是說，他向南方問候。爲何蘇軾會"魂斷"呢？那因爲是離別的"人"已在很遠的地方。那麼，"人"現在在哪裏？從"與暮天俱遠"這個表現說來是在西方。因爲日落在西方。蘇軾向南方問候，轉頭向西方悲傷離別。從這些動作，可以看出如下的可能性：他來往泗州之前，在西方；經過泗州之後要去南方。這個可能性，與最後一句"後夜松江月滿"也相合。"松江"在蘇州。蘇州屬於"吳"地。就是說，蘇軾從西方來到泗州；經過泗州後，要去南方渡過"松江"。並且，那時候"月滿"。

在蘇軾一生的行跡中，從西方來到泗州，然後去南方，渡過"松江"的旅程，祇有一次。那就是《薛注》所說的熙寧四年十月從開封調往杭州的旅途上。開封在泗州的西方，杭州在南方，也在渡過松江的前方；並且"公發泗州當在十月十三或十四日"(24頁)，這正與這首詞所寫的情況相合。

　　最後看一下《曹注》、《石唐注》和《校注》的編年。《曹注》編於元豐二年。但是蘇軾當時的旅程是從"北方"的徐州來，到"南方"的湖州去。《石唐注》編於熙寧七年十月。但是那時候的旅程是從"南方"的杭州來，到"北方"的密州去。《校注》編於元豐七年十二月。可是當時的旅程是從"西南"的黃州來，到"西北"的汝州去。可見，這三個編年都不恰當。

漁　家　傲

　　臨水縱橫回晚鞚。歸來轉覺情懷動。梅笛煙中聞幾弄。秋陰重。西山雪淡雲凝凍。　　美酒一盃誰與共。尊前舞雪狂歌送。腰跨金魚旂旆擁。將何用。祇堪妝點浮生夢。（《朱注》卷3①）

　　關於這首詞的製作時期，《朱注》、《龍注》、《曹注》和《石唐注》都未編年，並沒有考證。《薛注》認爲這首詞是在元祐六年（1091）九月到十月之間，從開封赴任到潁州的時候所作的。《校注》則認爲是元豐五年（1082）秋天到冬天，在黃州所作的。

　　《薛注》的考證大約如下（第601頁）：

　　　　"腰跨金魚"，必作於入翰林後。……元祐六年辛未六月還朝赴闕，再賜對衣金帶馬，《文集》卷二三《謝賜對衣金帶馬狀二首》其一云："以臣入院，特賜衣一對，金腰帶一條，並魚帶金鍍銀鞍轡馬一匹者。"此爲第一賜魚。元祐七年十二月自揚州還朝到端明殿學士兼侍讀學士守禮部尚書任，再賜魚。……此詞即出守潁（州）或出守定（州）時也。然出守潁前，朝中黨爭甚熾。……按詞意，似

────────────

①　這首詞，《傅注》、元本未收錄。

應作於出守潁州時,故編辛未九十月間,以俟更考。

《校注》的編年則大約如下(中册,第 411 頁):

> 元豐五年壬戌(1082 年)秋冬之際,作於黄州。……
> 惟考蘇軾因烏臺詩案貶官黄州,初居定惠院,不久遷城南
> 臨皋亭,其地瀕臨大江,……與本詞首句"臨水縱横"相
> 合。……西山、寒溪,山高溪深,……蘇軾甚至想到"買田
> 吾已決,乳水況宜酒"(《游武昌寒溪西山寺》),欲置田築
> 廬,終老西山,地理形勢與思想與本詞"歸來轉覺情懷
> 動"、"西山雪淡雲凝凍"十分吻合。此時的蘇軾經歷宦海
> 風波,初出囹圄,深諳富貴無常,人生如夢。"千古風流人
> 物",不過是歷史的過客,"而今安在哉"! "跨金魚"、"旌
> 旆擁"也"祇堪妝點浮生夢"而已。這和他《念奴嬌·赤壁
> 懷古》《前赤壁賦》所表現心境意緒極爲合拍。援朱本時
> 同、地同、事同類編之例,特將此詞移編元豐五年壬戌。

筆者認爲,這兩者的編年不恰當。《薛注》云:"'腰跨金
魚',必作於入翰林後。"但是這首詞云:"腰跨金魚旌旆擁。將
何用。祇堪妝點浮生夢。"蘇軾在這三句想説的是"高的職位
没有多大價值"。這很難理解是他在高位時所説的,最自然的
解釋是他不得意時所説的。因此,這首詞不一定是"必作於入
翰林後"的。再者,《校注》的"特將此詞移編元豐五年壬戌"也
有問題。這首詞的確是在武昌的西山所作的,"元豐五年壬
戌"蘇軾去過西山。但是當年他去的時間是初秋七月六日。
那時候,他作了一首《定風波·元豐五年七月六日王文甫家飲
釀白酒大醉,集古句作墨竹詞》詞而描寫初秋的景色:

> 雨洗娟娟嫩葉光,風吹細細綠筠香。秀色亂侵書帙
> 晚,簾捲,清陰微過酒樽涼。　　人畫竹身肥擁腫,何用。

先生落筆勝蕭郎。記得小軒岑寂夜,廊下,月和疏影上東墙。(《傅注》卷 4)

這《定風波》前闋:"雨洗娟娟嫩葉光,風吹細細綠筠香。秀色亂侵書帙晚,簾捲,清陰微過酒樽涼"和《漁家傲》詞的"秋陰重。西山雪淡雲凝凍",一看就知道彼此的季節並不一樣。《定風波》是初秋,《漁家傲》卻是晚秋。"元豐五年壬戌"蘇軾去西山的記録,除了這一次以外没有。因此,《漁家傲》詞不是"元豐五年壬戌"所作的。

《漁家傲》詞是在西山所作的,從"秋陰重。西山雪淡雲凝凍"的描寫,還可以看出季節是晚秋。那麼,我們找到了蘇軾晚秋去西山的記録,這首詞寫作的時間也就自然知道。檢查他的行跡,祇有一個晚秋去西山的記録。那就是元豐六年(1083)九月。當時他是受張舜民的邀請而訪問西山。這首詞裏的"秋陰重。西山雪淡雲凝凍"的描寫和晚秋九月的季節正相合。但是這裏還有一個問題。那就是"美酒一盃誰與共"的意思。元豐六年九月,蘇軾應張舜民邀而訪問的西山,當然一起喝酒的對方是"張舜民"。那爲何要説"美酒一盃誰與共"呢?但是這也可以説明,這一句不是對張舜民説的,而是對朱壽昌説的。蘇軾和朱壽昌的交際比較長。特別是蘇軾被貶黄州時,知鄂州的朱壽昌支援他。但是朱壽昌去年離開鄂州後,不久即逝去了。對蘇軾説來,這個體諒者的死,一定是受不了的事情。"去年我來武昌,有朱壽昌對我伸出援助之手。但是現在他已經不在了"。這樣的悲痛就在"美酒一盃誰與共"裏。

故筆者認爲,這《漁家傲》詞是元豐六年晚秋九月在武昌的西山所作的。

木蘭花令

　　元宵似是歡游好。何況公庭民訟少。萬家游賞上春臺，十里神仙迷海島。　　平原不似高陽傲。促席雍容陪語笑。坐中有客最多情，不惜玉山拚醉倒。(《朱注》卷3①)

　　關於這首詞的製作時期，《朱注》、《龍注》、《石唐注》都未編年。《曹注》認爲是元祐九年(紹聖元年，1094)蘇軾知定州的時候所作的。《薛注》認爲是元祐六年(1091)他知杭州時所作的。《校注》支持《薛注》的考證，將這首詞編於元祐六年。但仔細地研讀這首詞的内容，就會認爲這首詞不可能是元祐九年或者元祐六年所作的。接下來，解釋這首詞内容而推定其製作時期，同時指出編爲元祐九年和元祐六年的矛盾。

　　這首詞，如開頭一句説"元宵似是歡游好"的那樣，的確是作於一月十五日晚上"元宵節"。第二句"何況公庭民訟少"説明了本地訴訟案件很少、和平安定。那麽，爲何訴訟案件很少、和平安定呢？那因爲當地的長官很有才幹。就是説，這一句是蘇軾對當地長官的褒詞。這首詞後闋也云："平原不似高陽傲。促席雍容陪語笑。"這兩句也頌稱那位長官的品德：當地的長官像平原君趙勝一樣，敬待賓客，不像高陽那般傲慢無禮。他的座席靠近客人，溫文大方陪伴客人談笑。因此，蘇軾被當地長官邀請參加宴會，所以爲了表示謝意他寫了這首詞。換句話説，當時蘇軾不是當地的長官，而是一個客人。因之，最後兩句"坐中有客最多情，不惜玉山拚醉倒"，是描寫出當天作"客"的蘇軾本身的樣子。如果不將這個"客"視爲蘇軾，那

_____

① 　這首詞，《傅注》、元本未收録。

麼,把這兩句特意置於一首詞的結尾就沒有意義了。

根據以上的理解,我們就知道元祐九年和元祐六年的編年不對。因爲元祐九年蘇軾擔任知定州,元祐六年也擔任知杭州,都與這首詞裏所詠的内容並不合。

在這裏,整理一下從内容明白的事情:

1. 這首詞是作於一月十五日元宵節的酒席上的。

2. 那個酒席是當地的長官舉辦的。蘇軾當時不是當地長官,而是客人。

3. 蘇軾寫作這首詞時,懷有很深的苦惱。

總而言之,我們找到了與這三個條件相合的時間,就能够弄清這首詞是什麼時候寫作的。看看蘇軾一生的行跡,祇有兩個與這些條件相合的情況。第一是元豐八年(1085),第二是紹聖二年(1095)。把順序變動一下,首先看看紹聖二年。

當年一月十五日,他在惠州。那時候他寫了《上元夜》詩(《合注》卷 39)。那首詩裏有云:

> 今年江海上,雲房寄山僧。亦復舉膏火,松間見層層。散策桄榔林,林疏月鬖髿。使君置酒罷,簫鼓轉松陵。

紹聖二年一月十五日,如"使君置酒"的那樣,蘇軾的確參加了知惠州詹范舉辦的酒會。並且蘇軾當時是個被流放的人,一定懷有苦悶。但是這《上元夜》詩所寫的惠州的樣子,與這《木蘭花令》詞所寫的"萬家游賞上春臺,十里神仙迷海島"比起來,彼此並不一樣,很難認爲是同時同地的作品。

第二的是元豐八年一月十五日,蘇軾則在宿州。當天他寫了《南鄉子·宿州上元》詞:

> 千騎試春游。小雨如酥落便收。能使江東歸老客,

遲留。白酒無聲滑瀉油。　　飛火亂星毬。淺黛橫波翠欲流。不似白雪鄉外冷，溫柔。此去淮南第一州。（元本卷上①）

蘇軾元豐七年三月，在黃州收到了遷到汝州之命，四月離開黃州。就蘇軾説來，元豐八年一月十五日的晚上，是離開黃州以後第一次過元宵。雖然宿州不是規模大的城市，但是他四年多的貶謫以後第一次看元宵，如"飛火亂星毬。淺黛橫波翠欲流"的那樣，很華麗、很熱鬧。他就覺得宿州"溫柔"，没有"白雪鄉外"的黃州那麼"冷"。從這《南鄉子・宿州上元》詞可以看出，蘇軾十分欣賞宿州的元宵節。

這件事，也很適合《木蘭花令》詞。他稱讚元宵節的景色説："萬家游賞上春臺，十里神仙迷海島。"如果這《木蘭花令》詞認爲是元豐八年一月十五日的晚上所作，那麼，就蘇軾説，當天是四年多的貶謫之後第一次看的元宵節，他就很自然誇張描寫了元宵節的熱鬧："萬家游賞上春臺，十里神仙迷海島。"再者，他雖然免了黃州流謫，但是身份依然是罪人。所以他依然懷有苦惱。這與"最多情，不惜玉山拚醉倒"的表現相合。附帶説，蘇軾前一年的元豐七年七月喪了幼子蘇遯。他僅兩歲而已。"最多情，不惜玉山拚醉倒"那裏，或許含有喪了遯的哀嘆。

元宵節的酒席，一般是當地的長官主辦。雖然《南鄉子・宿州上元》没寫哪位舉行的，可是元豐八年一月十五日蘇軾參加的酒席，可以認爲是宿州太守舉辦的。那麼，當時當着宿州太守的是誰？如下述的那樣，是"杜某"。這裏有一個資料可以説明蘇軾和"杜某"是在元豐八年的元宵節認識的可能性。

---

① 這首詞，《傅注》未收録。

那是元豐八年寫的《罷登州謝杜宿州啓》(《蘇軾文集》卷 46)：

> 桑榆晚景，忽蒙收錄之恩。山海名邦，得竊須臾之
> 樂。自非明哲，少借餘光。内自顧其空疏，必難逃於曠
> 敗。此蓋某官高風肅物，雅望應時。既愷悌以宜民，亦儒
> 雅而飾吏。每假齒牙之論，曲成羽翼之私。感佩良深，敷
> 述奚既。

這封信是蘇軾從登州調回開封時寫的。那麽，蘇軾什麽
時候認識"杜某"？根據《宋兩淮大郡守臣易替考》①，"杜某"
當上知宿州的元豐七年(第 78 頁)。蘇軾元豐七年四月離開
黄州，然後一直在旅途。所以"杜某"到了宿州以後、元豐八年
一月十五日以前，他們没有機會互相認識。再者，元豐八年一
月十五日以後，離開登州之前，他也没有機會經過宿州。也就
是説，他們的相識，除了元豐八年一月以外是不可能的。那
麽，蘇軾離開登州回開封去的時候，爲何特地給"杜宿州"寫了
感謝信呢？那一定因爲是元豐八年一月十五日他受了"杜宿
州"的熱情接待。當天，對他説是離開黄州後第一次的元宵
節，給他留下了深刻的印象。而且"杜宿州"款待他。所以蘇
軾兼帶着回開封的報告而給"杜宿州"寫了感謝信。

從以上的考證，筆者認爲，這《木蘭花令》詞是元豐八年一
月十五日在宿州所作的。

---

① 李之亮撰，巴蜀書社，2001 年。

蘇軾與楊繪有關之詞

一、前　　言

　　蘇軾熙寧四年(1071)十二月到了杭州。他通判杭州之時，作了不少詞。其中，與知杭州的楊繪有關的作品最多。現在，認爲蘇軾的與楊繪有關之詞，一共有 13 首。這裏根據《薛注》的排列，編上號碼（筆者暫時編的）列於下面：

1.《菩薩蠻》(玉童西迓浮丘伯)

2.《訴衷情》(錢塘風景古今奇)

3.《南鄉子》(涼簟碧紗廚)

4.《南鄉子》(寒雀滿疏籬)

5.《勸金船》(無情流水多情客)

6.《南鄉子》(東武望餘杭)

7.《浣溪沙》(縹緲危樓紫翠間)

8.《浣溪沙》(白雪清詞出坐間)

9.《南鄉子》(旌旆滿江湖)

10.《定風波》(千古風流阮步兵)

11.《南鄉子》(裙帶石榴紅)

12.《菩薩蠻》(玉笙不受朱唇暖)

13.《醉落魄》(分攜如昨)①

　　楊繪來杭州的是熙寧七年(1074)八月,離開杭州的是同年九月。那時候,蘇軾也要離開杭州調到密州去。所以他們同行到潤州去。雖然蘇軾與楊繪有關的詞比較多,但是因爲他們在一起的時間很短,所以從來認爲那時候所作的詞之編年好像很簡單的。但是筆者認爲,這 13 首詞所作的時間、地點,還有不够明確的地方,需要詳細考察。所以本文再考證蘇軾與楊繪有關的詞之所作時間、地點。

　　根據上面《薛注》而排列的 13 首,其中,1《菩薩蠻》有詞題云:"杭妓往蘇,迓楊元素,寄蘇守王規甫。"2《訴衷情》有詞題云:"送述古,迓元素。"1《菩薩蠻》和 2《訴衷情》都是送陳襄迎楊繪的詞。根據《咸淳臨安志》,熙寧"六月己巳,陳襄除知應天府,楊繪代"。蘇軾先讓杭州的歌女去蘇州迎接楊繪,然後在杭州送陳迎楊。所以 1《菩薩蠻》和 2《訴衷情》的製作順序,没什麽問題。另外,11《南鄉子》有《公舊序》云:"沈强輔雯上出文犀麗玉,作胡琴送元素還朝。同子野各賦一首。"是從杭州赴密州任途經湖州時所作的。12《菩薩蠻》有詞題云"潤州和元素",並且吟詠惜別的心情,是蘇軾在潤州離別楊繪之時所作。這兩首詞寫作時間、地點也都没有問題。筆者認爲,其他的 9 首詞之中,5《勸金船》的順序,9《南鄉子》、10《定風波》和 13《醉落魄》的寫作時間、地點、順序還有點問題。以下參考《王年》、《紀年録》、《總案》、《孔年》、《朱注》、《曹注》、《石唐注》和《薛注》來考證這四首詞的寫作地點、時間及前後順序。

----

① 每首詞的第一句文字,基本上都根據《傅注》。

二、5《勸　金　船》

　　無情流水多情客。勸我如曾識。盃行到手休辭卻。
這公道難得。曲水池上,小字更書年月。如對茂林修竹,
永和時節。　　　纖纖素手如霜雪。笑把秋花插。樽前莫
怪歌聲咽。又還是輕別。此去翱翔,遍賞玉堂金闕。欲
問再來何歲,應有華髮。(《勸金船‧和元素自撰腔命
名》,《傅注》卷 11)

　　蘇軾熙寧七年(1074)九月,要離開杭州調到密州去。楊
繪來杭州擔任知杭州以後,不久也要離開杭州去京師。《續資
治通鑑長編》卷 255 云:“(熙寧七年八月)癸未,翰林侍讀學士
楊繪、陳繹並爲翰林學士。”蘇軾與楊繪幾乎同時要離開杭州,
所以他們一路來到潤州,再各自去赴任。

　　考察 5《勸金船》詞之前,先要確認 3、4 兩首《南鄉子》的
寫作時間。

　　涼簟碧紗廚。一枕清風晝睡餘。臥聽晚衙無一事,
徐徐。讀盡牀頭幾卷書。　　　搔頭賦歸與。自覺功名懶
更疏。若問使君才與術,何如。占得人間一味愚。(3《南
鄉子‧和元素》,《傅注》卷 4)

　　寒雀滿疏籬。爭抱寒柯看玉蕤。忽見客來花下坐,
驚飛。踏散芳英落酒卮。　　　痛飲又能詩。坐客無氈醉
不知。花謝酒闌春到也,離離。一點微酸已著枝。(4《南
鄉子‧梅花詞和楊元素》,《傅注》卷 4)

　　關於這 3 和 4 兩首《南鄉子》詞,《王年》、《紀年錄》、《總
案》都未收錄。《朱注》云:“案,二詞題調皆同前首(《南鄉子‧

東武望餘杭》），似是一時唱和之作。"（卷1）《曹注》和《石唐注》都認爲是熙寧七年在杭州所作的。《薛注》也認爲這兩首詞是熙寧七年在杭州所作的。但是《薛注》又提出了一個意見："然原此二題，略無別情，似東坡是時尚不知移密之命。又，楊元素於七月來杭，陳述古於七月末去杭，東坡於九月得移密之命，詞不及送迎別情，似應作於甲寅八月。"（第89頁）筆者同意《薛注》的意見。這兩首《南鄉子》"不及送迎別情"，並且3《南鄉子》詞吟詠日常的公務而歌頌楊繪的善政。前闋的"涼簟碧紗廚，一枕清風晝睡餘。臥聽晚衙無一事，徐徐。讀盡牀頭幾卷書"，表明由於楊繪施善政，因而杭州沒有特別公務。因此，這兩首詞《南鄉子》是蘇軾"尚不知移密之命"的時候，楊繪也尚未知改任之命的時候所作。《孔年》則對3《南鄉子》詞云："《佚文彙編》與百嘉第一簡又云：'外郡雖齷俗，然每日惟早衙一時辰許紛紛，餘蕭然皆我有也。'……《東坡樂府》卷上《南鄉子》：'涼簟碧紗廚……''睡聽'云云，與范百嘉簡中'外郡'云云，爲同一景象。此《南鄉子》當作於徐州。"（卷17）但是這首《南鄉子》詞，《傅注》有詞序明言"和元素"（《元本》作"和楊元素"）。所以最穩妥的解釋是這兩首《南鄉子》是蘇軾"和元素"而作的①。

　　5《勸金船》，《王年》未收錄，《紀年錄》云："和元素《泛金船》。"《總案》云："楊繪餞別於中和堂，和韻作《勸金船》詞。"（卷12）《朱注》云："案，張子野有'流盃堂唱和翰林主人元素自撰腔'《勸金船》詞。當是同作。中和堂在杭州，亭或近其地，非東武之流盃亭也。"（卷1）《曹注》、《石唐注》都根據《總

①　《校注》也支持《孔年》的見解云："元豐元年秋作於徐州。"（上冊，第243頁）

案》的編年。《孔年》云："將行,與楊繪、張先飲流盃堂。繪自撰腔《泛金船》,蘇軾有和。先亦作《勸金船》,並作《更漏子》。"(卷 13)《薛注》云："案,張先有《勸金船》詞,題作'流盃堂和翰林主人元素自撰腔'。已明稱元素爲'翰林主人',且東坡詞中又有'遍賞玉堂金闕'句,故知此詞寫於元素入爲翰林告下尚未離任時,應爲東坡餞別元素或新守沈起餞東坡與元素,而非如王案謂元素餞別東坡也。"(第 96 頁)

　　5《勸金船》詞,前闋寫蘇軾自己離開杭州之時的心情,後闋則吟詠楊繪還朝的事情。"此去翱翔,遍賞玉堂金闕"的兩句,意味着楊繪進京爲翰林學士。這首詞所作的時候,張先也在座。當時他也寫了《勸金船》詞。張詞《勸金船》有云："翰閣遲歸來,傳騎恨、留住難久。異日鳳凰池上,爲誰思舊。"(《全宋詞》1 冊第 82 頁)從蘇詞《勸金船》和張詞《勸金船》,可以看出當時蘇軾與楊繪都已知改任之命。

　　這 5《勸金船》詞是在蘇軾與楊繪都已知改任之命以後,餞行的酒席上所作。在這裏,筆者想提出兩個問題。第一,當天的酒會是"楊繪餞別"蘇軾,還是"東坡餞別元素或新守沈起餞東坡與元素"？ 第二,先得知改任之命的,是蘇軾還是楊繪？

　　作《勸金船》的時候,有如上述,張先也在座,和楊繪而作了《勸金船》,還寫了《更漏子》。夏承燾《唐宋詞人年譜·張子野年譜》[1]云："(熙寧七年)九月,與杭守楊繪,餞蘇軾於中和堂。作《勸金船》及《更漏子》'流盃堂席上作'。"(第 190 頁)這《張子野年譜》所說的張先《更漏子》就是"相君家,賓宴集。秋葉曉霜紅濕"一首(《全宋詞》1 冊第 66 頁),有詞題明言爲"流盃堂席上作"。但是《孔年》則云："(張)先亦作《勸金船》,並作

---

[1]　上海古籍出版社,1979 年。

《更漏子》。……(《全宋詞》)第 81 頁《更漏子》:'杜陵春,秦樹晚。……休苦意,説相思,多情人不知。'"因此,《孔年》認爲張先在"流盃堂席上作"的《更漏子》是"杜陵春,秦樹晚"的《更漏子》。但是這"杜陵春,秦樹晚"的《更漏子》沒有詞題,也沒有被認爲是"流盃堂席上作"。雖然不清楚《孔年》根據什麼資料而將這沒有詞題的"杜陵春,秦樹晚"之《更漏子》詞視爲"流盃堂席上作",但是既然另外有一首附有"流盃堂席上作"之題的《更漏子》,也不用特別將另外沒題的《更漏子》也視爲流盃堂席上之作。《唐宋詞人年譜・張子野年譜》指出的"流盃堂席上作"之《更漏子》,不是《孔年》所云的"杜陵春,秦樹晚",而是"相君家,賓宴集"的《更漏子》。

這張先在流盃堂(亭)所作的《更漏子》,開頭兩句云:"相君家,賓宴集。"意思是"宰相家,賓客宴飲集會"。"相君"一定是指楊繪。因爲那時除了將要還朝入翰林的楊繪以外,席上沒有能够相當於"相君"的人。"相君家"是指楊繪的住處,是賓客飲宴集會的地方。"賓"就是指張先、蘇軾等人而言。因此,那一天舉行酒筵的地方是楊繪住處"流盃堂(亭)",張先、蘇軾等人飲宴集會於那裏。由此可見,這次"酒筵"的"主人"是楊繪,"酒筵"是爲蘇軾餞行而舉行的。但是如蘇詞《勸金船》"此去翱翔,遍賞玉堂金闕"、張詞《勸金船》"翰閣遲歸來,傳騎恨、留住難久。異日鳳凰池上,爲誰思舊"所表明的那樣,那時不但蘇軾,楊繪也已得了改任之命。

從以上的考證,可以看出這 5《勸金船》詞是在楊繪餞別蘇軾的酒筵上所作的,不是"寫於元素入爲翰林告下尚未離任時,應爲東坡餞別元素或新守沈起餞東坡與元素"的。

5《勸金船》,是蘇軾和楊繪都已知改任之命的時候所作的。所以所作的時間、順序,在 3、4 兩首《南鄉子》的後面。但是考證 6《南鄉子》、7《浣溪沙》、8《浣溪沙》三首詞的内容,筆者認爲,這《勸金船》詞不應該在於 6《南鄉子》、7《浣溪沙》、8《浣溪沙》三首詞的前面,而應該在於那三首詞的後面。以下考證 6《南鄉子》、7《浣溪沙》、8《浣溪沙》三首詞所作的時間。

　　東武望餘杭。雲海天涯兩杳茫。何日功成名遂了,還鄉。醉笑陪公三萬場。　　不用許離觴,痛飲從來別有腸。今夜送歸燈火冷,河塘。墮淚羊公卻姓楊。(6《南鄉子‧和楊元素,時移守密州》,《傅注》卷 4)

　　縹緲危樓紫翠間,良辰樂事古難全。感時懷舊獨淒然。　　璧月瓊枝空夜夜,菊花人貌自年年。不知來歲與誰看。(7《浣溪沙‧自杭移密守,席上別楊元素,時重九前一日①》,《傅注》卷 10)

　　白雪清詞出坐間,愛君才器兩俱全。異鄉風景卻依然。　　可恨相逢能幾日,不知重會是何年。茱萸子細更重看。(8《浣溪沙》,元本卷下②)

在這裏再確認一下,5《勸金船》詞是蘇軾和楊繪都已知改任之命的時候所作的。但是看看這 6《南鄉子》和 7、8《浣溪沙》的内容,都衹寫蘇軾離開杭州的事情、心情。特別是 6《南鄉子》,表達蘇軾將要離開杭州到密州去的事情和楊繪留在杭州送蘇軾的悲哀。這首詞的詞題云:"和楊元素,時移守密州。"從這詞題,可以看出蘇軾已得知奉調到密州去。詞的開頭兩句"東武望餘杭。雲海天涯兩杳茫",是他設想到密州以後回頭看杭州。但是詞裏沒提到楊繪進京爲翰林學士之事。

---

① 《傅注》沒有詞題。這裏根據元本。
② 這首詞,《傅注》存目闕文。

在最後三句"今夜送歸燈火冷,河塘。墮淚羊公卻姓楊",卻描寫楊繪送蘇軾回家的情形。這三句用游戲的手法,來吟詠留在杭州的楊繪因與蘇軾離別而流淚的樣子。從這裏,看不出蘇軾已知楊繪改任之命、他們要一起離開杭州的情景,祇可見蘇軾離開杭州、楊繪還在杭州爲蘇軾餞行的情況。假如他們都已知道楊繪改任之命,那麽,蘇軾一定不會使用"今夜送歸燈火冷,河塘。墮淚羊公卻姓楊"之句。就是説,他們一起離開杭州之前,還有一段蘇軾已知調到密州之命,楊繪尚未知改任的時間。換而言之,蘇軾調職之命,比楊繪早一點。更進一步地説,楊繪舉行餞別蘇軾的酒筵之後,他的還朝之命纔下來。假如是這樣,那麽,我們就很容易理解 6《南鄉子》爲何祇寫蘇軾離開杭州、楊繪在杭州餞,而沒有提到楊繪要離開杭州進京的事情。

　　從 7《浣溪沙》詞,也可以看出與 6《南鄉子》同樣的事情。這首詞,元本有序云:"自杭移密守,席上別楊元素,時重九前一日。"這首詞序祇寫蘇軾"自杭移密守"和"席上別楊元素"之事。並且,從詞的内容也可以看出當時蘇軾一個人離開杭州。"感時懷舊獨凄然",意思是"感念時事,懷念舊友,我一個人獨自悲傷"。在當時的酒席上,蘇軾與其他人情況不同,他是"一個人獨自悲傷"。也就是説,蘇軾一個人離杭,其他人留在杭州。下一首 8《浣溪沙》,與 7《浣溪沙》同韻,而且後閼云:"可恨相逢能幾日,不知重會是何年。茱萸子細更重看。"可以看出是"重九前一日"在"別楊元素"之時作的。這首詞前閼云:"愛君才器兩俱全。異鄉風景卻依然。"蘇軾喜歡楊繪具有卓越的才能和器識,但是可惜的是楊繪依舊漂泊異鄉。"異鄉風景卻依然"一句,顯示當時楊繪還要在杭州,尚未接到還朝之命。假如楊繪已知還朝之命,那麽,蘇軾哪會對將要進京爲翰林學士的人説"可惜的是你依舊漂泊異鄉"呢？

從上述的考察可知，蘇軾離開杭州以前有三段時間。第一是蘇軾與楊繪都尚未知改任之命的時候。那時所作的是3、4《南鄉子》。第二是蘇軾已知調到密州去之命，但尚未知楊繪改任的時候。那時所作的是6《南鄉子》和7、8《浣溪沙》。第三是他們都奉了改任之命，但尚未離開杭州的時候。那時所作的是5《勸金船》。因此，5《勸金船》詞是應該在6《南鄉子》和7、8《浣溪沙》的後面。

以下，筆者先要考察13《醉落魄》的編年，再考論10《定風波》，最後考證9《南鄉子》。

三、13《醉落魄》

分攜如昨，人生到處萍飄泊。偶然相聚還離索，多病多愁，須信從來錯。　　樽前一笑休辭卻，天涯同是傷淪落。故山猶負平生約，西望峨嵋，長羨歸飛鶴。(《醉落魄·席上呈元素》，《傅注》卷9)

關於這13《醉落魄》，《王年》未收録，《紀年録》云："離京口，呈元素，作《醉落魄》。"《總案》云："爲李行中作《醉眠亭》詩，留別楊繪作《醉落魄》詞。"(卷12)《朱注》、《曹注》、《石唐注》都根據《紀年録》認爲是在京口(潤州)跟楊繪分手之時所作的。《薛注》云："蓋元素還朝，公赴密，同行至京口而別，作此詞。"(第128頁)但是《孔年》則云："楊繪(元素)到知杭州任。十七日，天竺山送桂花，分贈繪，作詩。作《醉落魄》贈繪。"而認爲這《醉落魄》詞不是送別楊繪時所作的(卷13)。

筆者認爲，這《醉落魄》詞並不是在蘇軾赴密州任的路上送別楊繪之時所作的，而一定是楊繪到了杭州不久、蘇軾與楊繪都尚未知改任之命的時候所作的。

　　這首詞開頭一句云"分攜如昨",意思是"我們以前離別的事情,彷彿是昨天的事似的"。這一句,老老實實地解釋的話,是吟詠他們在再會之時所想起的感慨:"我們現在能再會了,想起以前離別之事,彷彿就是昨天的事似的。"並且,後闋第二句云"天涯同是傷淪落",可見蘇軾與楊繪當時都是在"天涯""淪落"的。換而言之,他們當時都不在京師,也都還沒有能够還朝之可能性。就是説,寫這13《醉落魄》的時候,楊繪和蘇軾都還不知道改任之命而在杭州做官。假如這首詞是蘇軾已知楊繪將要還朝之時所作的話,哪會説"天涯同是傷淪落"呢?蘇軾在"京口(潤州)"送楊繪時,寫了12《菩薩蠻》(有詞題云:"潤州和元素。")。卻明確提到楊繪進京的事:"他年京國酒,泫淚攀枯柳。莫唱短因緣。長安遠似天。"(《傅注》卷7)"天涯同是傷淪落"一句,進一步地説,祇有表達他們都離開了中央政界,在地方上做官。可見這首《醉落魄》詞寫作的時間,一定是楊繪來杭州不久,未知還朝之命的時候。

　　總之,筆者完全同意《孔年》的編年,這《醉落魄》詞應該在2《訴衷情》之後、3《南鄉子》之前。

四、10《定 風 波》

　　　千古風流阮步兵,平生游宦愛東平。千里遠來還不住,歸去,空留風韻照人清。　　紅粉樽前深懊惱,休道①,怎生留得許多情。記取明年花絮亂,看泛,西湖總是斷腸聲。(《定風波·送元素》,《傅注》卷4)

────────────

① "休道",《傅注》缺"休"字。這裏根據元本。

　　關於 10《定風波》,《王年》、《紀年録》、《總案》都未提及。《朱注》云:"案,張子野送元素、送子瞻,皆同此韻,當在二公過湖州時作。元素守杭未久,即内召,子野詞有'詔卷促歸'語,與此詞'千里遠來還不住',情事正合。'明年花絮'與子野之'黄鶯相識晚',又惧謂元素去之速也。"(卷 1)《曹注》、《石唐注》都根據《朱注》而認爲在湖州所作。但是《薛注》云:"作於熙寧七年甲寅九月公將離杭赴密時。"(第 102 頁)就是説,《薛注》把這首詞看做蘇軾將要離開杭州時所作的。《孔年》則另有編年。《孔年》卷 12 熙寧六年云:"楊繪(元素)自鄆州來杭,旋别去,賦《定風波》送行。張先次韻贈繪及蘇軾。……詞云:'今古風流阮步兵,平生游宦愛東平。千里遠來還不住,歸去,空留風韻照人清。'東平乃鄆州應天府。《咸淳臨安志》卷四十六謂熙寧七年六月已巳繪自應天府知杭。繪此來非爲知杭,故'不住'而歸。《定風波》又云:'記取明年花絮亂,看泛,西湖總是斷腸聲。'以明年將滿替離杭也。據此,繪來乃本年之事。"但是筆者認爲《薛注》和《孔年》的編年都有問題,這首詞就是蘇軾在調到密州去的路上經過湖州時所作的。以下,筆者論述這首詞在湖州所作的根據。

　　關於蘇軾與楊繪離開杭州的經過,上面已經考察了。在這裏,再説明一次:他們離開杭州以前,蘇軾調到密州去之命令先來,之後楊繪進京爲翰林學士之命纔來。所以有 6《南鄉子》吟詠將要動身的蘇軾、留在杭州送蘇軾的楊繪之情事。楊繪爲蘇軾餞行之後,也得到還朝之命。之後,楊繪也須立刻離開杭州,結果他們一起動身。那麽,蘇軾並不會寫"送元素"之詞。所以這首《定風波》詞不是"作於熙寧七年甲寅九月公將離杭赴密時"。

　　10《定風波》不是在杭州所作的這一點,從張先的次韻詞也可以看出。張先退休以後住在杭州。蘇軾和楊繪離開杭州的時候，張先也同行了。在途經湖州時，他們三人受邀出席了沈氏的酒筵。11《南鄉子》是那時候所作的。其後他們在松江的垂虹亭又舉行酒會。張先那時也寫了一首詞。那就是很有名的所謂"六客詞"《定風波令》。張先與前知杭州陳襄、蘇軾和楊繪等人互相作贈詞，張先有贈陳襄的詞《熙州慢》（武林鄉）和送陳襄之詞《虞美人》（恩如明月家家到），還有和楊繪的《勸金船》（蘇軾和楊繪的是 5《勸金船》）。張先對這 10《定風波》也有和韻詞。那就是《朱注》所説的兩首《定風波令》（浴殿詞臣亦議兵、談辨縈疏堂上兵）。張先的這兩首《定風波令》詞，各有詞題云："次子瞻韻，送元素內翰"、"再次韻，送子瞻"。張先"送元素內翰"的《定風波令》詞云：

> 浴殿詞臣亦議兵。禁中頗牧黨羌平。詔卷促歸難自緩。溪館。綵花千數酒泉清。　　春草未青秋葉暮。□去。一家行色萬家情。可恨黃鶯相識晚。望斷。湖邊亭上不聞聲。（《全宋詞》1 冊，第 74 頁）

這首詞前闋最後兩句"溪館。綵花千數酒泉清"，表明當天舉行酒筵。他們在"溪館"宴飲，那裏有像"綵花"一般的"千數"歌女，也有如"泉"一般的"清""酒"。那麽，"溪館"在哪裏？最後三句云："可恨黃鶯相識晚。望斷。湖邊亭上不聞聲。"這"湖邊亭"一定是指西湖邊的亭子而言。這三句根據"黃鶯別主"的故事。《本事詩·情感第一》云：

> 韓晉公鎮浙西，戎昱爲部內刺史。郡有酒妓，善歌，色亦媚妙。昱情屬甚厚。浙西樂將聞其能，白晉公召置籍中。昱不敢留，餞於湖上，爲歌詞以贈之，且曰："至彼令歌，必首唱是詞。"既至，韓爲開筵，自持盃命歌送之，遂

唱戎詞。曲既終,韓問曰:"戎使君於汝寄情邪?"悚然起
立曰:"然。"言隨淚下。……命與妓百縑,即時歸之。其
詞曰:"好去春風湖上亭,柳條藤曼繫離情。黃鶯久住渾
相識,欲別頻啼四五聲。"

　　楊繪來杭州,不久又進京去。他在杭州過的時間很短,故
張先用"黃鶯別主"的故事來戲詠楊繪。他想要説的是"真可
惜,你在杭州的日子很短,所以没有親密的歌女吧。從西湖邊
的亭子那裏,没聽到歌女悲嘆與你離别的聲音"。那麽,前闋
所云的"溪館"和後闋的"湖邊亭"是什麽關係?

　　蘇軾與楊繪同行的路上,離杭州不太遠,並且與"溪館"的
詞語最適合的地方,那就是吳興(湖州)。湖州有苕溪、霅溪、
餘不溪等溪水,正合於"溪館"的名字。根據蘇軾11《南鄉子》
詞的《公舊序》,他們過湖州的時候,沈强輔舉行酒筵。11《南
鄉子》的"公舊序"云:"沈强輔雯上出文犀麗玉,作胡琴送元素
還朝。同子野各賦一首。"從這"公舊序",可見當天沈氏爲了
楊繪而舉行酒筵。"公舊序"所云的"同子野各賦一首"之張詞
是《南鄉子》(相並細腰身)。當時蘇軾、楊繪、張先都在一起,
參加送楊繪的酒會,地點是湖州。這與10《定風波》所寫的情
況正相合。蘇軾與楊繪雖然到潤州纔離别,但是假如蘇軾出
席湖州沈氏舉行餞行楊繪的酒筵寫作"送元素"之詞,那也頗
自然的。並且,張先可能在湖州跟蘇軾和楊繪離别。因爲蘇
軾與張先在杭州到湖州之間互相作了好些詞,但是潤州以後,
他們的詞裏没有唱和的跡象。就是説,張先在湖州跟蘇軾和
楊繪兩人告辭。所以他作了"送元素内翰"和"送子瞻"兩首
《定風波令》。因此,最自然的理解是:蘇軾在沈氏爲楊繪舉行
餞行的酒筵上,作了10《定風波》而"送元素",張先也和蘇詞
而作了"次子瞻韻,送元素内翰"的《定風波令》;那時候,張先

在湖州要跟蘇軾離別，所以另外又作了"再次韻，送子瞻"的
《定風波令》，這是張先在湖州送別蘇軾的作品。

　　由此可見，張先"送元素內翰"的《定風波令》前闋是寫湖
州的餞別宴會，其"溪館"當在湖州；後闋是寫杭州對楊繪的懷
念，"湖邊亭"當在杭州。"一家行色"指楊繪離杭，"萬家情"指
杭州人士對楊的懷念之情。就是説，詞中所詠的"溪館"與"湖
邊亭"不在一個地方。

　　《孔年》認爲這首詞是熙寧六年"楊繪（元素）自鄆州來杭，
旋別去"之時所作。10《定風波》前闋云："千古風流阮步兵，平
生遊宦愛東平。千里遠來還不住，歸去，空留風韻照人清。"這
裏將楊繪比做阮籍。《晉書》卷49《阮籍傳》云：

　　　及文帝輔政，籍嘗從容言於帝曰："籍平生曾游東平，
　　樂其風土。"帝大悦，即拜東平相。籍乘驢到郡，壞府舍屏
　　障，使內外相望，法令清簡，旬日而還。帝引爲大將軍從
　　事中郎。

阮籍被任命爲"東平相"，施善政，"旬日而"還朝。然後就
任"大將軍從事中郎"的要職。阮籍雖然"平生曾游東平，樂其
風土"，但是"拜東平相""到郡"，"旬日而還"。就是説，阮籍不
是回到"東平"，而是從"東平"還朝。就當時的楊繪來講，阮籍
"拜東平相。籍乘驢到郡，壞府舍屏障，使內外相望，法令清
簡，旬日而還"，相當於楊繪知杭州而亦不久還朝。阮籍"爲大
將軍從事中郎"，相當於楊繪還朝而爲翰林學士。阮籍的典
故，與當時楊繪情況正相合。就10《定風波》詞説來，"東平"
不是指"應天府"，而是指杭州。"千里遠來還不住"是説楊繪
從"應天府"來杭州而不久就離開了，"歸去"指還朝。雖然"東
平"與應天府都在山東省，但是蘇軾使用阮籍的本意在這裏。

所以《孔年》的"東平乃鄆州應天府"這個解釋不是恰當的。並且,那時候,張先也作次韻詞《定風波令》。其第二首的詞題云:"再次韻,送子瞻。"但是熙寧六年,蘇軾没有要改任的跡象,張先不會作"再次韻,送子瞻"詞。這也是筆者認爲這首詞不是熙寧六年所作的理由。還有,《孔年》云:"'記取明年花絮亂,看泛,西湖總是斷腸聲'。以明年將滿替離杭也。"這種解釋,筆者也不同意。還未發生的事,蘇軾怎麽會這麽肯定地吟詠自己的"將滿替離杭"之事?

　　從以上的考察,可以看出這 10《定風波》是熙寧七年調到知密州去的路上,在湖州沈氏爲楊繪舉行的餞行酒筵上所作,而不是"作於熙寧七年甲寅九月公將離杭赴密時",也不是在熙寧六年"楊繪(元素)自鄆州來杭,旋別去"之時所作。所以這 10《定風波》詞的寫作順序,應該在於 11《南鄉子》的後面。

五、9《南 鄉 子》

　　　　旄旆滿江湖,詔發樓船滿舳艫。投筆將軍應笑我,迂儒,帕首腰刀是丈夫。　　　　粉淚怨離居,喜子垂窗報捷書。試問伏波三萬語,何如,一斛明珠換緑珠。(《南鄉子》,《傳注》卷 4)

　　關於這首詞的編年,《王年》、《紀年録》、《總案》、《孔年》都未提及,《朱注》云:"案,二詞一賦胡琴,一送元素,所謂'各賦一首'也。元素典兵,史無明文。張子野送元素云:'浴殿詞臣亦議兵,禁中頗牧黨羌平。'或當時有是命,寢而未行。"(卷 1)《朱注》所云的"一賦胡琴"是 11《南鄉子》(裙帶石榴紅)。11《南鄉子》是在吳興所作的,《朱注》認爲 9《南鄉子》也是與 11《南鄉子》一樣在湖州同時所作。《曹注》根據《朱注》的編年而將這 9《南鄉子》列於 11《南鄉子》(裙帶石榴紅)的後面。《薛注》云："張子野有三首《定風波令》,其一題曰'次子瞻韻,送元素內翰',其二題曰'再次韻,送子瞻'。所謂'次韻'者,即次下闋《定風波・送元素》韻。子野詞其一與其二及公此詞及下闋《定風波》(千古風流阮步兵)皆言及典兵事,以此,知此詞作於熙寧七年甲寅九月公將離杭赴密時。楊典兵事正如朱於《南鄉子・裙帶石榴紅》闋所注,蓋有命而未行也。"(第 102 頁)《石唐注》則云："根據詞意,是送武將出征。上首《浣溪沙》有'詔書催發羽書忙',這首詞有'詔發樓船萬舳艫',應爲同時所作,今編於此。"(第 135 頁)《石唐注》所云的《浣溪沙》是元豐元年在徐州送梁交之時所作的《浣溪沙》(怪見眉間一點黃)。總之,這 9《南鄉子》的編年,除了《石唐注》以外,都認爲是送楊繪時所作的。

　　這 9《南鄉子》詞,筆者認爲,與楊繪無關。這首詞前闋云："旌旆滿江湖,詔發樓船滿舳艫。投筆將軍應笑我,迂儒,帕首腰刀是丈夫。"這正是《石唐注》所説的"送武將出征"之場面。"旌旆滿江湖,詔發樓船滿舳艫"兩句,意思是"旗幟滿佈江湖,詔勅發佈,命你統帥許多軍船齊發"。"投筆將軍應笑我,迂儒,帕首腰刀是丈夫"的三句,就是説"你像班超那樣棄筆就武,一定嘲笑我是迂執而不達世情的儒生,祇有頭戴巾幘而要插利劍的纔是大丈夫"。楊繪當時還朝而入翰林院,不出征。那時,對他所發的"詔",並不是命他統帥"樓船滿舳艫"。而且,他並不是"投筆將軍",而是"詞臣",不會"帕首",也不會帶"腰刀"。這首詞所詠的事情,與楊繪要離開杭州之時的經過並不符合。

　　最早將這首詞和楊繪連起來的是《朱注》。但是《朱注》本身也説:"元素典兵,史無明文。"《朱注》根據張先的詞裏所云的"浴殿詞臣亦議兵,禁中頗牧黨羌平"的兩句,而認爲"或當時有是命,寢而未行"。可見,《朱注》的編年,祇是推測之詞,沒有確實的根據。《薛注》云:"子野詞其一與其二及公此詞及下闋《定風波》,皆言及典兵事。"但是,筆者認爲,"子野詞其一與其二"及"下闋《定風波》",皆未言及楊繪典兵事。

《薛注》所說的"下闋《定風波》",就是 10《定風波》。這首詞,如上述的那樣,不是"言及典兵事",而是吟詠楊繪來杭州而不久就要離開的事情。"子野詞其一"是上面所引的《定風波令》"次子瞻韻,送元素內翰"。這首詞,開頭三句有云:"浴殿詞臣亦議兵。禁中頗牧黨羌平,詔卷促歸難自緩。"這三句,一看好像吟詠楊繪典兵事,其實那裏所說的是禁中屢次討論平定西夏的問題,現在朝廷文官也參加兵事的議論,催促楊繪立即還朝。楊繪不是武將,而是"詞臣"。但是宋代"詞臣"也"議兵",所以召他回到京師。因此,"子野詞其一"不是言及楊繪典兵事,而祇是吟詠當時朝廷正討論平定西夏,要楊繪回朝參與兵事的議論。"子野詞其二"是"再次韻,送子瞻"的《定風波令》。全文如下:

> 談辨纔疏堂上兵。畫船齊岸暗潮平。萬乘靴袍曾好問。須信。文章傳口齒牙清。　　三百寺應遊未遍。□算。湖山風物豈無情。不獨渠丘歌叔度。行路。吳謠終日有餘聲。(《全宋詞》1 册,第 74 頁)

這首詞,如詞題所云的那樣,是送別蘇軾的作品。前闋寫蘇軾由京城出倅杭州,後闋吟詠蘇軾離開杭州的事。"談辨纔疏堂上兵","堂上兵"指殿堂上的"論戰"。蘇軾倅杭前,曾上疏全面批評王安石變法,如《議學校貢舉狀》、《諫買浙燈狀》、《擬進士對御試策》,特別是《上神宗皇帝書》尤爲系統,正是因爲這些奏議,蘇軾纔遭新黨攻擊,被迫離開朝廷。"畫船齊岸暗潮平"即比喻他出任杭州通判,所寫爲杭州西湖景色。"萬乘靴袍曾好問",是寫皇帝勤於聽取臣下的意見。神宗曾召問蘇軾"方今政令得失",並説:"雖朕過失,指陳可也。"蘇軾也不客氣,批評神宗"求治太急,聽言太廣,進人太鋭"。神宗當即表示:"卿三言,朕當熟思之。"並鼓勵蘇軾説,凡在館閣任職的人,都"當爲朕深思治亂,無有所隱"(《宋史·蘇軾傳》)。這幾乎可作"萬乘靴袍曾好問"的注脚。"須信。文章傳口齒牙清"是寫蘇軾這些文章的廣泛影響。後闋更與楊繪典兵事無關,而是吟詠蘇軾在杭州遍遊佛寺與湖山及離開杭州時仍"吴謡終日有餘聲"。

總之,"子野詞其一與其二"及"下闋《定風波》"皆不言及楊繪典兵事。所以"子野詞其一與其二"及"下闋《定風波》"不能成爲 9《南鄉子》詞是"作於熙寧七年甲寅九月公將離杭赴密時"的根據。

9《南鄉子》不是送別楊繪之時所作,那麽就需要再考這首詞的編年。但是本文祇限於論述蘇軾與楊繪有關之詞,故對此將另文考察。

六、小　　結

本文開頭部分,蘇軾與楊繪有關之詞,曾根據《薛注》編上號碼排序。現在根據本文的考察,重新排列如下,( )中的數字是本文開頭部分所採用的序碼。

1.（1）《菩薩蠻》(玉童西迓浮丘伯)

2.（2）《訴衷情》(錢塘風景古今奇)

3.（13）《醉落魄》(分攜如昨)

4. (3)《南鄉子》(涼簟碧紗廚)

5. (4)《南鄉子》(寒雀滿疏籬)

6. (6)《南鄉子》(東武望餘杭)

7. (7)《浣溪沙》(縹緲危樓紫翠間)

8. (8)《浣溪沙》(白雪清詞出坐間)

9. (5)《勸金船》(無情流水多情客)

10. (11)《南鄉子》(裙帶石榴紅)

11. (10)《定風波》(千古風流阮步兵)

12. (12)《菩薩蠻》(玉笙不受朱唇暖)

歷代蘇軾年譜、詞集
蘇詞一覽表(修訂版)

凡　例

1. 本《一覽表》是《蘇詞研究》(線裝書局,2001 年)上發表的《歷代蘇軾年譜、詞集蘇詞一覽表》之修訂版。

2. 本《一覽表》中的作品號碼,是《一覽表》作者暫時標的。

3. 本《一覽表》中的作品排列次序,根據詞牌第一字的繁體字筆畫順序。同一筆畫數,根據《漢語大詞典》的漢字順序排列。每首詞開頭一句的文字,基本上根據繁體字版《全宋詞》。

4. 本《一覽表》,關於詞牌如下:

《江城子》→ 參看《江神子》

《采桑子》→ 參看《採桑子》

《何滿子》→ 參看《河滿子》

《泛金船》→ 參看《勸金船》

《小秦王》→ 參看《陽關曲》

《木蘭花令》與《玉樓春》,互相參看。

5. 本《一覽表》使用的年譜、詞集以及其省稱:

A. 南宋・王宗稷《東坡先生年譜》/《王年》

"○"→ 收録。"△"→ 雖然《王年》裏没明言連作,但是使用同韻,認爲是同時之作。"—"→ 未收録。

B. 南宋・傅藻《東坡紀年録》/《紀年》

"○"→ 收録。"△"→ 雖然《紀年》裏没明言連作,但是使用同韻,認爲是同時之作。"—"→ 未收録。

C. 清・王文誥《蘇文忠公詩編注集成總案》/《總案》

45 卷。"○1"→ 收在 1 卷,"○2"→ 收在 2 卷,"○45"→收在 45 卷。"—"→ 未收録。

D. 孔凡禮《蘇軾年譜》/《孔年》

40 卷。"○1"→ 收在 1 卷,"○2"→ 收在 2 卷,"○40"→收在 40 卷。"—"→ 未收録。

E. 南宋・曾慥《東坡先生長短句》(本《一覽表》使用明・吳訥《百家詞》本〔天津市古籍書店,1992 年〕)/**《百家》**

上下卷、拾遺。"○上"→ 收在上卷,"○下"→ 收在下卷,"○拾"→ 收在拾遺。"—"→ 未收録。

F. 南宋・傅幹《宋傅幹注坡詞》(本《一覽表》使用北京圖書館出版社影印本《宋傅幹注坡詞》〔2001 年〕)/**《傅注》**

12 卷。"○1"→ 收在 1 卷,"○2"→ 收在 2 卷,"○12"→收在 12 卷。"□"→ 存目部分闕文,"△"→ 存目闕文,"△1"→ 雖在 1 卷但存目闕詞。"—"→ 未收録。

G. 元・延祐本《東坡樂府》(雲間本)(本《一覽表》使用臺灣世界書局影印本《東坡樂府》〔1969 年〕)/**元本**

上下卷。"○上"→ 收在上卷,"○下"→ 收在下卷。"—"→ 未收録。

(＊還有一本清王鵬運《四印齋所刻詞》所收《東坡樂府》。但此《四印齋》本所收《東坡樂府》,本來是根據元本,收録作品與元本完全同。所以本《一覽表》省略。)

H. 明・茅維《蘇東坡全集》所收《東坡詞》(本《一覽表》使用日本國立公文書館所藏本《東坡先生全集》)/**茅本**

75 卷。詞收在第 74、75 卷。"○4"→ 收在 74 卷，"○5"→ 收在 75 卷。"─"→ 未收録。

I. 明・焦竑《蘇長公二妙集》所收《東坡詩餘》(本《一覽表》使用北京圖書館所藏本《蘇長公二妙集》)/**焦本**

2 卷。"○1"→ 收在 1 卷，"○2"→ 收在 2 卷。"─"→ 未收録。

J. 明・毛晉《宋六十名家詞》所收《東坡詞》(汲古閣本)(本《一覽表》使用臺灣中華書局《四部備要》本《宋六十名家詞》所收《東坡詞》)/**毛本**

"○"→ 收録，"─"→ 未收録。

K. 朱祖謀《彊村叢書》所收《東坡樂府》(本《一覽表》使用上海古籍出版社影印本《彊村叢書》〔1989 年〕)/**《朱注》**

3 卷。第 1、2 卷編年，第 3 卷未編年。"○1"→ 收在 1 卷，"○2"→ 收在 2 卷，"○3"→ 收在 3 卷。"─"→ 未收録。

L. 龍榆生《東坡樂府箋》(臺灣商務印書館，1995 年)/**《龍注》**

3 卷。第 1、2 卷編年，第 3 卷未編年。"○1"→ 收在 1 卷，"○2"→ 收在 2 卷，"○3"→ 收在 3 卷。"─"→ 未收録。

M. 曹樹銘《蘇東坡詞》(臺灣商務印書館，1996 年)/**《曹注》**

3 卷。第 1、2 卷編年，第 3 卷未編年、互見詞、誤入詞。"○1"→ 收在 1 卷，"○2"→ 收在 2 卷，"○未"→ 收在 3 卷的未編年詞，"○互"→ 收在 3 卷的互見詞，"○誤"→ 收在 3 卷的誤入詞。"─"→ 未收録。

N. 石聲淮・唐玲玲《東坡樂府編年箋注》(華中師範大學

出版社,1990 年)/《石唐注》

　　3 卷。第 1、2 卷編年,第 3 卷未編年。"○1"→ 收在 1 卷,"○2"→ 收在 2 卷,"○3"→ 收在 3 卷。"—"→ 未收録。

　　O. 薛瑞生《東坡詞編年箋證》(三秦出版社,1998 年)/《薛注》

　　4 卷。第 1、2、3 卷編年,第 4 卷未編年。"○1"→ 收在 1 卷,"○2"→ 收在 2 卷,"○3"→ 收在 3 卷,"○4"→ 收在 4 卷。"—"→ 未收録。

　　P. 唐圭璋《全宋詞》所收《東坡詞》(繁體字版、簡體字版)以及《全宋詞補輯》/《全宋》

　　"○"→ 繁、簡體字版都收録,"○存"→ 繁、簡體字版都收在存目,"△存"→ 祇收在簡體字版存目,繁體字版未收録。"○補"→《全宋詞補輯》收録。"○補存"→《全宋詞補輯》收在存。"—"→ 繁、簡體字版以及《全宋詞補輯》都未收録。

　　Q. 鄒同慶・王宗堂《蘇軾詞編年校注》(中華書局,2002 年)/《校注》

　　"○"→ 收録,"○未"→ 未編年詞,"○互"→ 互見詞,"○疑"→ 存疑詞。"—"→ 未收録。

歷代蘇軾年譜、詞集蘇詞一覽表(修訂版)

	王年	紀年	總案	孔年	百家	傅家	元本	茅本	焦本	毛本	朱注	龍注	曹注	石唐注	薛注	全宋	校注
001 一斛珠(洛城春晚)	—	—	—	—	○拾	—	—	○5	○2	○	○3	○3	○未	○3	○1	○	○
002 一叢花(今年春淺臘侵年)	—	—	—	—	○上	○11	○11	○4	○1	○	○3	○3	○1	○1	○1	○	○
003 卜算子(蜀客到江南)	—	○	—	○13	○上	○12	○上	○4	○1	○	○1	○1	○1	○1	○1	○	○
004 卜算子(缺月掛疏桐)	—	—	○21	○19	○上	○12	○上	○4	○1	○	○2	○2	○2	○2	○2	○	○
005 卜算子(眼是水波橫)	—	—	—	—	—	—	—	—	—	—	—	—	—	—	—	○存	○誤
006 八聲甘州(有情風)	—	—	○41	○30	○下	○5	○上	○5	○2	○	○2	○2	○2	○2	○3	○	○
007 十拍子(白酒新開九醞)	—	—	○22	○22	○上	○12	○上	○4	○1	○	○2	○2	○2	○2	○2	○	○
008 三部樂(美人如月)	—	—	—	○34	○下	○5	○上	○5	○2	○	○3	○3	○誤	○3	○1	○	○
009 千秋歲(淺霜侵綠)	—	○	—	○17	○下	○12	○上	○5	○2	○	○1	○1	○1	○1	○1	○	○
010 千秋歲(島邊天外)	—	—	—	○38	—	—	—	—	—	—	○3	—	○2	○3	○3	○	○
011 天仙子(走馬探花花發未)	—	—	—	—	—	○12	○下	—	—	—	○3	○3	○未	○3	○1	○	○未

續　表

	王年	紀年	總案	孔年	百家	傳注	元本	茅本	焦本	毛本	朱注	龍注	曹注	石唐注	薛注	全宋	校注
012 少年游（銀塘朱檻麹塵波）	—	○	○21	○20	○上①	①○11	○上	○4	○1	○	○1	○1	○1	○1	○2	○	○
013 少年游（去年相送）	—	○	○11	○13	○上	○11	○上	○4	○1	○	○1	○1	○1	○1	○1	○	○
014 少年游（玉肌鉛粉傲秋霜）	—	—	—	○20	○拾	—	—	○4	○1	○	○1	○1	○1	○1	○2	○	○
015 木蘭花（檀槽碎響金絲撥）	—	—	—	—	—	—	—	—	—	—	—	—	—	—	—	○存	○誤
016 木蘭花（箇人風韻真堪羨）	—	—	—	—	—	—	—	—	—	—	—	—	—	—	—	○存	○誤
017 木蘭花令（霜餘已失長淮闊）	—	—	○34	○30	○上	○11	○上	○4	○1	○②	○2	○2	○2	○2	○3	○	○
018 木蘭花令（知君仙骨無寒暑）	—	—	○33	○30	○上	○11	○上	○4	○1	○	○2	○2	○2	○2	○3	○	○
019 木蘭花令（梧桐葉上三更雨）	—	—	—	○33	○上	○11	○上	○4	—	○	○2	○2	○2	○2	○3	○	○
020 木蘭花令（元宵似是歡游好）	—	—	—	—	—	—	—	—	○1	○	○3	○3	○2	○3	○3	○	○
021 木蘭花令（經旬未識東君信）	—	—	—	—	—	—	—	—	○1	○未	○3	○3	○未	○3	○1	○	○未

① 《百家》，除了 012《少年游》以外，還有一首內容同一的《畫堂春》詞，重出。

② 毛本，017—022《木蘭花令》的詞牌都作《玉樓春》。

續表

詞	王年	紀年	總案	孔年	百家	傅家	元本	茅本	焦本	毛本	朱注	龍注	曹注	石唐注	薛注	全宋	校注
022 木蘭花令（高平四面開雄壘）	—	—	—	—	—	—	—	—	○1	○	○3	○3	○2	○2	○1	○	○
023 木蘭花令（春雲陰陰雪欲落）	—	—	—	—	—	—	—	—	—	—	—	—	○1	—	○①	—	—
024 木蘭花令（重柳陰陰日初永）	—	—	—	—	—	—	—	—	—	—	○1	—	○1	—	○2	—	—
025 木蘭花令（新愁舊恨眉生綠）	—	—	—	—	—	—	—	—	—	—	○1	—	○1	—	○2	—	—
026 木蘭花（霜葉蕭蕭鳴屋角）	—	—	—	—	—	—	—	—	—	—	○1	—	○1	—	○2	—	—
027 木蘭花令（烏啼鵲噪昏喬木）②	—	—	○22	—	—	—	—	—	—	—	—	—	○2	○2	○2	—	○
028 水調歌頭（落日繡簾捲）	—	○	○22	○22	○上	○1	○上	○4	○1	○	○2	○2	○2	○2	○2	○	○
029 水調歌頭（安石在東海）	○	—	—	○16	○上	○1	○上	○4	○1	○	○2	○2	○1	○1	○1	○	○
030 水調歌頭（明月幾時有）	○	○	○14	○15	○上	○1	○上	○4	○1	○	○2	○2	○1	○1	○1	○	○
031 水調歌頭（昵昵兒女語）	—	—	○28	○20	○上	○1	○上	○4	○1	○	○2	○2	○2	○1	○2	○	○

① 《薛注》,023—026《木蘭花令》的詞牌都作《玉樓春》。

② 這首詞,《總案》雖然記載正文,但是沒寫詞牌。《石唐注》,詞牌作《瑞鷓鴣》,《薛注》作《玉樓春》。

續表

	王年	紀年	總案	孔年	百家	傅注	元本	茅本	焦本	毛本	朱注	龍注	曹注	石唐注	薛注	全宋	校注
032 水調歌頭·斷句(我歌月徘徊)	—	—	—	—	—	—	—	—	—	—	—	—	—	—	○4	○	未
033 水調歌頭(離別一何久)	—	—	○15	—	○上	○1	○上	○4	○1	○	—	—	—	—	—	○存	誤
034 水調歌頭(已過一番雨)	—	—	—	—	○上	○1	○上	—	—	—	—	—	—	—	—	○存	誤
035 水龍吟(古來雲海茫茫)	○	○	—	—	○上	○1	○上	○4	○1	○	○2	○2	○2	○2	○2	○	○
036 水龍吟(楚山修竹如雲)	—	○	○11	○19	○上	○1	○上	○4	○1	○	○1	○1	○1	○1	○2	○	○
037 水龍吟(似花還似非花)	—	—	—	○20	○上	○1	○上	○4	○1	○	○2	○2	○2	○1	○2	○	○
038 水龍吟(小舟橫截春江)	○①	○	○21	○21	○上	—	○上	○4	○1	○	○2	○2	○2	○2	○2	○	○
039 水龍吟(小溝東接長江)	—	—	—	○20	—	—	—	—	○1	○	○3	○3	○2	○2	○2	○	○
040 水龍吟(露寒煙冷兼葭老)	—	—	—	—	—	—	—	—	○1	○	○3	○3	○	○3	○2	○	○
041 占春芳(紅杏了)	—	—	—	—	—	—	—	○5	○2	○	○3	○3	○	○3	○4	○	○
042 永遇樂(長憶別時)	—	○	○13	○13	○下	○7	○上	○5	○2	○	○1	○1	○1	○1	○1	○	○

① 《王年》,這首詞的詞牌作《鼓笛慢》。

續　表

	王年	紀年	總案	孔年	百家	傅注	元本	茅本	焦本	毛本	朱注	龍注	曹注	石唐注	薛注	全宋	校注
043 永遇樂（明月如霜）	—	—	○17	—	○下	○7	○上		○2		○1	○1	○1	○1	○1	○	○
044 永遇樂（天末山橫）	—	—	—	—	—	—	—	○5	—		○3	○3	○互	○3	—	○存	誤
045 玉樓春（東風撚就腰兒細）	—	—	—	—	—	—	—	—	—		—	—	—	—	—	○存	○誤
046 生查子（三度別君來）	—	—	—	○31	○下	○12	○上	○5	○2		○2	○2	○2	○2	○3	○	○
047 如夢令（水垢何曾相受）	○	○	○24	○23	○下	○9	○下	○5	○2		○2	○2	○2	○2	○2	○	○
048 如夢令（自淨方能淨彼）	○	○	○24	○23	○下	○9	○下	○5	○2		○2	○2	○2	○2	○2	○	○
049 如夢令（為向東坡傳語）	—	—		○25	○下	○9	○下	○5	○2		○3	○3	○2	○2	○3	○	○
050 如夢令（手種堂前桃李）	—	—		○25	○下	○9	○下	○5	○2		○3	○3	○2	○2	○3	○	○
051 如夢令（坡上層層疊疊巘）	—	—		○23	○拾	—	—	—	—		○3	○3	○1	○1	○1		○
052 如夢令（曾宴桃源深洞）	—	—	—	—	—	—	—	○5	—		—	—	—	—	—	○存	誤
053 如夢令（嘗記溪亭日暮）	—	—	—	—	—	—	—	—	—		—	—	—	—	—	○存	○誤
054 好事近（紅粉莫悲啼）	○	○	○22	○22	○上	○5	○下	○4	○1		○2	○2	○2	○2	○2	○	○
055 好事近（湖上雨晴時）	—	—	○32	—	○上	○5	○下	○4	○1		○2	○2	○2	○2	○3	○	○

續表

	王年	紀年	總案	孔年	百家	傅注	元本	茅本	焦本	毛本	朱注	龍注	曹注	石唐注	薛注	全末	校注
056 好事近（煙外倚危樓）	—	—	—	—	—	—	—	—	○1	○	○3	○3	○末	○3	○2	○	○未
057 江神子（夢中了了醉中醒）	○	—	○21	○21	○下	○6	○下	○5	○2	○	○2	○2	○2	○2	○2	○	○
058 江神子（翠蛾羞黛怯人看）	—	○	○12	○13	○下	○6	○下	○5	○2	○	○1	○1	○1	○1	○1	○	○
059 江神子（鳳凰山下雨初晴）	—	—	—	○12	○下	○6	○下	○5	○2	○	○1	○1	○1	○1	○1	○	○
060 江神子（老夫聊發少年狂）	—	○	○13	○14	○下	□6	○下	○5	○2	○	○1	○1	○1	○1	○1	○	○
061 江神子（天涯流落思無窮）	—	○	○18	○18	○下	△6	○下	○5	○2	○	○1	○1	○1	○1	○1	○	○
062 江神子（相逢不覺又初寒）	—	○	—	○15	○下	△6	○下	○5	○2	○	○1	○1	○1	○1	○1	○	○
063 江神子（黃昏猶是雨纖纖）	—	—	○21	○20	○下	△6	○下	○5	○2	○	○1	○1	○1	○1	○2	○	○
064 江神子（玉人家在鳳凰山）	—	—	—	○29	○下	△6	○下	○5	○2	○	○1	○1	○1	○1	○1	○	○
065 江神子（十年生死兩茫茫）	—	—	○13	○14	○下	△6	○下	○5	○2	○	○1	○1	○1	○1	○1	○	○
066 江神子（前瞻馬耳九仙山）	—	○	○14	○15	○拾	—	—	○5	○2	○	○1	○1	○1	○1	○1	○	○
067 江神子（墨雲拖雨過西樓）	—	—	—	—	○拾	—	—	—	○2	○	○3	○3	○誤	○3	○3	○	○
068 江神子（膩紅勻臉襯檀脣）	—	—	—	—	—	—	—	—	○2	○	○3	○3	○誤	○3	○4	○	○疑

續　表

	校注	全宋	薛注	石唐注	曹注	龍注	朱注	毛本	焦本	茅本	元本	傅注	百家	孔年	總案	王年	紀年
069 江神子（銀濤無際捲蓬瀛）	○互	○存	—	○2	○互	○3	○3	○	○2	○5	—	—	○拾	—	—	—	—
070 江神子（南來飛燕北歸鴻）	○誤	○存	—	—	—	—	—	○	○2	○5	—	—	○拾	—	—	—	—
071 行香子（綺席纔終）	○	○	○3	○2	○2	○3	○3	○	○2	○5	○下	○7	○下	○26	—	—	—
072 行香子（三入承明）	○	○	○3	○3	○誤	○3	○3	○	○2	○5	○下	○7	○下	—	—	—	—
073 行香子（清夜無塵）	○	○	○3	○3	○未	○3	○3	○	○2	○5	○下	○7	○下	—	—	—	—
074 行香子（昨夜霜風）	○未	○	○3	○未	○未	○3	○3	○	○2	○5	○下	○7	○下	—	—	—	—
075 行香子（攜手江村）	○	○	○1	○1	○1	○1	○1	○	○2	○5	○下	○7	○下	○13	—	○	—
076 行香子（一葉舟輕）	○	○	○2	○2	○2	○2	○2	○	○2	○5	○下	○7	○下	○12	○9	—	—
077 行香子（北望平川）	○	○	○2	○3	○2	○2	○2	○	○2	○5	○下	○7	—	○23	○24	○	—
078 西江月（公子眼花亂發）	○	○	○3	○2	○2	○2	○2	○	○1	○4	○上	○2	○上	—	○33	—	—
079 西江月（小院朱闌幾曲）	○	○	○3	○3	○2	○2	○2	○	○1	○4	○上	—	○上	—	—	—	—
080 西江月（怪此花枝怨泣）	○	○	○3	○3	○2	○3	○3	○	○1	○4	○上	○2	○上	○33	—	—	—
081 西江月（聞道雙衡鳳帶）	○未	○	○4	○3	○未	○3	○3	○	○1	○4	○上	○2	○上	—	—	—	—

續　表

篇目	校注	全宋	薛注	石唐注	曹注	龍注	朱注	毛本	焦本	茅本	元本	傅注	百家	孔年	總案	王年	紀年
082 西江月(點點樓頭細雨)	○	○	○3	○2	○2	○2	○3	○	○1	○4	○上	○2	○上	—	—	—	—
083 西江月(龍焙今年絕品)	○	○	○2	○2	○2	○2	○2	○	○1	○4	○上	○2	○上	○20	—	—	—
084 西江月(別夢已隨流水)	○	○	○2	○2	○2	○2	○2	○	○1	○4	○上	○2	○上	○24	—	—	—
085 西江月(世事一場大夢)	○	○	○2	○1	○1	○1	○1	○	○1	○4	○上	○2	○上	—	○20	—	—
086 西江月(莫莫平原落落)	○	○	○3	○2	○2	○2	○2	○	○1	○4	○上	○2	○上	○33	—	—	—
087 西江月(玉骨那愁瘴霧)	○	○	○3	○2	○2	○2	○2	○	○1	○4	○上	○2	○上	○35	○40	—	—
088 西江月(照野瀰瀰淺浪)	○	○	○2	○2	○2	○2	○2	○	○1	○4	○上	○2	○上	○21	○21	○	—
089 西江月(三過平山堂下)	○	○	○3	○2	○2	○2	○2	○	○1	○4	○上	○2	—	○23	○18	—	—
090 西江月(昨夜扁舟京口)	○	○	○4	—	○未	—	—	○	○1	○4	○上	○2	—	○33	—	—	—
091 西江月(馬趁香微路遠)	○	○	—	—	—	—	—	—	—	—	—	—	—	—	—	—	—
092 西江月(碧霧輕籠兩鳳)	○疑	○	○4	—	—	—	—	—	—	—	—	—	—	—	—	—	—
093 西江月(過兩輕鷗嫩柳)	○誤	○存	—	—	—	—	—	—	—	—	—	—	○拾	—	—	—	—
094 西江月(舊譽關聞京口)	—	—	—	—	—	—	—	—	—	—	—	—	○上	—	—	—	—

續　表

	王年	紀年	總案	孔年	百家	傅注	元本	茅本	焦本	毛本	朱注	龍注	曹注	石傅注	薛注	全宋	校注
095 西江月（古渡水搖明月）	─	─	─	─	─	─	─	─	─	─	─	─	─	─	─	─	誤
096 阮郎歸（綠槐高柳咽新蟬）	─	─	─	○23	○下	○6	○下	○5	○2	○	○3	○3	○未	○3	○2	○	○
097 阮郎歸（暗香浮動月黃昏）	─	○	─	─	○下	○6	○下	○①	○2	○	○3	○3	○未	○3	○3	○	○未
098 阮郎歸（一年三度過蘇臺）	─	○	○12	○13	○下	○6	○下	○5	○2	○	○1	○1	○1	○1	○1	○	○
099 阮郎歸（歌停檀板舞停鸞）	─	─	─	─	─	─	─	─	─	─	─	─	─	─	○4	○	誤
100 阮郎歸（夕陽樓樹亂鳴蟬）	─	○	○12	○13	○下	○12	○上	○5	─	○	○1	○1	○1	○1	○1	○	誤
101 更漏子（水涵空）	─	─	─	─	─	─	─	─	○2	○	○1	○1	○1	○1	○1	○	○
102 更漏子（柳絲長）	─	─	─	─	─	─	─	─	─	─	─	─	─	─	─	○存	誤
103 更漏子（春夜闌）	─	─	─	─	─	─	─	─	─	─	─	─	─	─	─	○存	誤
104 沁園春（孤館燈青）	─	○	○12	○13	○上	□11	○上	○4	○1	○	○1	○1	─	○1	○1	○	○
105 沁園春（小閣深沉）	─	─	─	─	○给	─	─	○4	─	─	─	─	─	─	─	○存	誤

① 茅本，除了 097《阮郎歸》以外，還有一首内容同一的《醉桃源》詞，重出。

續　表

	王年	紀年	總案	孔年	百家	傅注	元本	茅本	焦本	毛本	朱注	龍注	曹注	石唐注	薛注	全宋	校注
106 沁園春(情若連環)	—	—	—	—	—	—	—	—	—	—	—	—	—	○3	○4	○補	○未
107 卓羅特髻(探菱拾翠)	—	○	—	—	○下	□12	○下	○5	○2	○	○3	○3	○未	○3	○4	○	○
108 定風波(兩兩輕紅半暈顋)	—	—	○21	○19	○上	○4	○上	○4	○1	○	○1	○1	○1	○1	○2	○	○
109 定風波(莫聽穿林打葉聲)	—	○	○21	○21	○上	○4	○上	○4	○1	○	○2	○2	○2	○2	○2	○	○
110 定風波(與客攜壺上翠微)	—	—	—	—	○上	○4	○上	○4	○1	○	○3	○3	○3	○3	○2	○	○
111 定風波(莫怪鴛鴦繡帶長)	—	—	—	—	○上	○4	○上	○4	○1	○	○3	○3	○誤	○3	○4	○	○未
112 定風波(千古風流阮步兵)	—	—	—	○12	○上	○4	○上	○4	○1	○	○1	○1	○1	○3	○1	○	○
113 定風波(雨洗娟娟嫩葉光)	○	○	○22	○22	○上	○4	○上	○4	○1	○	○3	○3	○2	○2	○2	○	○
114 定風波(好睡慵開莫厭遲)	—	—	—	—	○上	○4	○上	○4	○1	○	○3	○3	○1	○3	○2	○	○
115 定風波(月滿苕溪照夜堂)	○	○	○31	○30	○上	○4	○上	○4	○1	○	○3	○3	○2	○2	○3	○	○
116 定風波(常羨人間琢玉郎)	—	—	—	○25	○上	○4	○上	○4	○1	○	○2	○2	○2	○2	○3	○	○
117 定風波·斷句(閒臥藤床觀社柳)	—	—	—	—	—	—	—	—	—	—	—	—	—	—	○4	○	○未
118 定風波·斷句(子瞻書因點新茶)	—	—	—	—	—	—	—	—	—	—	—	—	—	—	○4	○	○未

續　表

	王年	紀年	總案	孔年	百家	傅注	元本	茅本	焦本	毛本	朱注	龍注	曹注	石唐注	薛注	全宋	校注
119 定風波（痛飲形骸騎騎甕鹽）①	—	—	—	—	—	—	—	—	—	—	—	—	—	—	—	○補存	○誤
120 河滿子（見說岷峨悽愴）①	—	—	—	○15	○下	○8	○下	○5	○2	○	○1	○1	○1	○1	○1	○	○
121 念奴嬌（大江東去）	○	—	○21	○21	○上	○2	○上	○4	○1	○	○2	○2	○2	○2	○2	○	○
122 念奴嬌（憑高眺遠）	—	○21	—	—	—	—	—	○4	○1	○	○2	○2	○2	○2	○2	○	○
123 青玉案（三年枕上吳中路）	—	—	—	—	○下	○12	○上	○5	○2	○	○2	○2	○2	○2	○3	○	○
124 雨中花慢（今歲花時深院）②	○	—	○13	○14	○上	△11	○上	○4	○1	○	○1	○1	○1	○1	○1	○	○
125 雨中花慢（邃院重簾何處）	—	—	—	—	—	—	—	—	○1	○	○3	○3	○誤	—	—	○	○疑
126 雨中花慢（嫩臉羞蛾）	—	—	—	○35	—	—	—	—	○1	○	○3	○3	○誤	○3	○1	○	○
127 金菊對芙蓉（花則一種）	—	—	—	—	—	—	—	—	—	—	—	—	—	—	—	○存	○誤
128 南鄉子（晚景落瓊盃）	—	—	—	○20	○上	○4	○上	○4	○1	○	○1	○1	○1	○1	○1	○	○
129 南鄉子（寒雀滿疏籬）	—	—	—	—	○上	○4	○上	○4	○1	○	○1	○1	○1	○1	○1	○	○

① 這首詞的詞牌，茅本、焦本、毛本作《阿滿子》。

② 《全宋》這首詞的詞牌作《雨中花》。

續表

	王年	紀年	總案	孔年	百家	傅注	元本	茅本	焦本	毛本	朱注	龍注	曹注	石唐注	薛注	全未	校注
130 南鄉子（不到謝公臺）	—	○	○21	○13	○上	○4	○上	○4	○1	○	○1	○1	○1	○1	○1	○	○
131 南鄉子（霜降水痕收）	—	○	○20	○20	○上	○4	○上	○4	○1	○	○2	○2	○2	○2	○2	○	○
132 南鄉子（回首亂山橫）	—	○	○12	○13	○上	○4	○上	○4	○1	○	○1	○1	○1	○1	○1	○	○
133 南鄉子（冰雪透香肌）	—	—	—	—	○上	○4	○上	○4	○	○	○3	○3	○未	○3	○3	○	○未
134 南鄉子（東武望餘杭）	—	○	○12	○13	○上	○4	○上	○4	○1	○	○1	○1	○1	○1	○1	○	○
135 南鄉子（涼簟碧紗幬）	—	—	—	○17	○上	○4	○上	○4	○	○	○	○	○	○	○	○	○
136 南鄉子（裙帶石榴紅）	—	○	—	○13	○上	○4	○上	○4	○	○	○	○	○	○	○	○	○
137 南鄉子（旌旆滿江湖）	—	○	—	—	○上	○4	○上	○4	○1	○	○3	○3	○未	○3	○3	○	○
138 南鄉子（天與化工知）	—	—	—	—	○上	○4	○上	○4	○1	○	○3	○3	○未	○3	○3	○	○未
139 南鄉子（寒玉細凝膚）	—	—	—	—	○上	○4	○上	○4	○1	○	○3	○3	○未	○3	○4	○	○未
140 南鄉子（悵望送春盃）	—	—	—	—	○上	○4	○上	○4	○1	○	○3	○3	○未	○3	○4	○	○未
141 南鄉子（何處倚闌干）	—	—	—	—	○上	○4	○上	○4	○1	○	○3	○3	○未	○3	○4	○	○未
142 南鄉子（未卷長卿遊）	—	—	—	○18	○拾	—	—	○4	○1	○	○2	○2	○2	○2	○2	○	○

續　表

	王年	紀年	總案	孔年	百家	傅注	元本	茅本	焦本	毛本	朱注	龍注	曹注	石唐注	薛注	全宋	校注
143 南鄉子（繡轙玉鑲游）	—	—	○25	○18	○拾	—	—	—	○1	○	○2	○2	○2	○2	○2	○	○
144 南鄉子（千騎試春游）	—	—	—	○24	—	—	○上	—	—	—	○2	○2	○2	○2	○2	○	○
145 南歌子（山與歌眉斂）	—	—	—	○29	○上	○5	○下	○4	○1	○	○2	○2	○2	○2	○3	○	○
146 南歌子（古岸開青莙）	—	—	—	○29	○上	○5	○下	○4	○1	—	○2	○2	○2	○2	○3	○	○
147 南歌子（雨暗初疑夜）	—	—	—	○18	○上	○5	○下	○4	○1	○	○2	○1	○1	○1	○1	○	○
148 南歌子（日出西山雨）	—	—	—	○18	○上	○5	○下	○4	○1	○	○1	○1	○1	○1	○1	○	○
149 南歌子（帶酒衝山雨）	—	—	—	○18	○上	○5	○下	○4	○1	○	○1	○1	○1	○1	○1	○	○
150 南歌子（日薄花房綻）	—	—	—	○29	○上	○5	○下	○4	○1	○	○3	○3	○2	○3	○2	○	○
151 南歌子（海上乘槎侶）	—	—	○8	○29	○上	○5	○下	○4	○1	○	○1	○1	○1	○1	○3	○	○
152 南歌子（苒苒中秋過）	—	—	○12	○29	○上	○5	○下	○4	○1	○	○3	○3	○1	○3	○3	○	○
153 南歌子（卹唱誰家曲）	—	—	—	○29	○上	○5	○下	○4	○1	○	○1	○1	○1	○2	○3	○	○
154 南歌子（欲執河梁手）	—	—	—	○23	○上	○5	○下	○4	○1	○	○1	○1	○1	○1	○1	○	○
155 南歌子（山雨瀟瀟過）	—	—	○18	○18	○上	○5	○下	○4	○1	○	○1	○1	○1	○1	○1	○	○

續表

	王年	紀年	總案	孔年	百家	傅注	元本	茅本	焦本	毛本	朱注	龍注	曹注	石唐注	薛注	全宋	校注
156 南歌子(紫陌尋春去)	—	—	—	—	○上	○5	○下	○4	○1	○	○3	○3	○未	○3	○3	○	○未
157 南歌子(南霍元勳後)	—	—	○22	○22	○上	○5	○下	○4	○1	○	○2	○2	○2	○2	○2	○	○
158 南歌子(笑怕薔薇胃)	—	—	—	—	○上	○5	○下	○4	○1	○	○3	○3	○誤	○3	○1	○	○未
159 南歌子(寸恨誰云短)	—	—	—	—	○上	○5	○下	○4	○	○	○3	○3	○3	○3	○2	○	○
160 南歌子(甜鎗雙蟬鬢)	—	—	—	○31	○上	○5	○下	○4	○1	○	○3	○3	○1	○2	○1	○	○
161 南歌子(琥珀裝腰佩)	—	—	—	○31	○上	○5	○下	○4	○1	○	○3	○3	○1	○2	○1	○	○
162 南歌子(見說東園好)	—	—	—	—	○拾	—	—	○4	○1	○	○3	○3	○2	○3	○1	○	○
163 南歌子(雲鬢裁新綠)	—	—	—	○30	○上	○12	—	○5	○1	○	○3	○3	○	○2	○3	○	○
164 昭君怨(誰作桓伊三弄)	—	○	○11	○13	○上	○5	○上	○4	○	○	○1	○1	○1	○1	○1	○	○
165 洞仙歌(江南臘盡)	—	—	—	○16	○下	○5	○上	○5	○2	○	○1	○1	○1	○2	○1	○	○
166 洞仙歌(冰肌玉骨)	—	—	—	○21	○下	○5	○上	○5	○2	○	○1	○2	○2	○2	○2	○	○
167 洞仙歌(飛梁壓水)	—	—	—	—	—	—	—	—	—	—	—	—	—	—	—	○存	○誤
168 洞仙歌(殿角涼生)	—	—	—	—	—	—	—	—	—	—	—	—	—	—	—	—	○誤

續表

	王年	紀年	總案	孔年	百家	傅注	元本	茅本	焦本	毛本	朱注	龍注	曹注	石唐注	薛注	全本	校注
169 祝英臺近(掛輕帆)	—	—	—	—	—	—	—	○5	○2	○	○1	○1	○1	○1	○1	○	○
170 祝英臺近(蒓鱸辮)	—	○	○21	—	—	—	—	—	—	—	—	—	—	—	—	○存	○誤
171 哨遍(爲米折腰)	○	—	○21	○21	○下	○8	○上	○5	○2	○	○2	○2	○2	○2	○2	○	○
172 哨遍(睡起畫堂)	—	—	—	—	○下	○8	○上	○5	○2	○	○3	○3	○2	○3	○4	○	○
173 桃源憶故人(華胥夢斷人何處)	—	—	—	—	○下	○12	○下	○5	○2	○①	○3	○3	○	○3	○4	○	○未
174 浣溪沙(風捲珠簾自上鉤)	—	—	—	—	○下	○10	○下	○5	○	○	○3	○3	○	○	○4	○	○未
175 浣溪沙(山下蘭芽短浸溪)	—	—	○21	○21	○下	○10	○下	○5	○2	○	○2	○2	○2	○2	○2	○	○
176 浣溪沙(西塞山邊白鷺飛)	○	—	—	—	○下	○10	○下	○5	○2	○	○3	○3	○2	○3	○3	○	○
177 浣溪沙(覆塊青青麥未蘇)	—	○	○21	○20	○下	○10	○下	○5	○2	○	○1	○1	○1	○1	○1	○	○
178 浣溪沙(醉夢醺醺曉未蘇)	—	○	○21	○20	○下	○10	○下	○5	○2	○	○1	○1	○1	○1	○2	○	○
179 浣溪沙(雪裏餐氊例姓蘇)	—	○	○21	○20	○下	○10	○下	○5	○2	○	○1	○1	○1	○1	○2	○	○

① 毛本,這首詞的詞牌作《虞美人影》。

續表

	王年紀年	總案	孔年	百家	傅注	元本	茅本	焦本	毛本	朱注	龍注	曹注	石唐注	薛注	全末	校注
180 浣溪沙(半夜銀山上積蘇)	—	○21	○20	○下	○10	○下	○5	○2	○	○1	○1	○1	○1	○2	○	○
181 浣溪沙(萬頃風濤不記蘇)	—	○21	○20	○下	○10	○下	○5	○2	○	○1	○1	○1	○1	○2	○	○
182 浣溪沙(珠檜絲杉冷欲霜)	—	—	○28	○下	○10	○下	○5	○2	○	○1	○3	○1	○1	○3	○	○
183 浣溪沙(霜鬢真堪插拒霜)	—	—	○28	○下	○10	○下	○5	○2	○	○3	○3	○2	○	○3	○	○
184 浣溪沙(傅粉郎君又粉奴)	—	—	—	○下	○10	○下	○5	○	○	○3	又1	○未	○未	○1	○	○
185 浣溪沙(菊暗荷枯一夜霜)	—	—	—	○下	○10	○下	○5	○2	○	○3	○3	○2	○3	○2	○	○
186 浣溪沙(雪頷霜鬐不自驚)	○	○33	○30	○下	○10	○下	○5	○	○	○3	○2	○2	○2	○3	○	○
187 浣溪沙(料峭東風翠幕驚)	△	—	○30	○下	○10	○下	○5	○2	○	○2	○2	○2	○2	○3	○	○
188 浣溪沙(照日深深紅暖見魚)	—	○16	○17	○下	○10	○下	○5	○2	○	○1	○1	○1	○1	○1	○	○
189 浣溪沙(旋抹紅妝看使君)	—	○16	○17	○下	○10	○下	○5	○2	○	○1	○1	○1	○1	○1	○	○
190 浣溪沙(麻葉層層檾葉光)	—	○16	○17	○下	○10	○下	○5	○2	○	○1	○1	○1	○1	○1	○	○
191 浣溪沙(籛簌衣巾落棗花)	—	○16	○17	○下	○10	○下	○5	○2	○	○1	○1	○1	○1	○1	○	○
192 浣溪沙(軟草平莎過雨新)	—	○16	○17	○下	○10	○下	○5	○2	○	○1	○1	○1	○1	○1	○	○

續　表

	王年	紀年	總案	孔年	百家	傅注	元本	茅本	焦本	毛本	朱注	龍注	曹注	石唐注	薛注	全末	校注
193 浣溪沙（道字嬌訛苦未成）	—	—	—	—	○下	○10	○下	○5	○2	○	○3	○3	○未	○3	○3	○	○
194 浣溪沙（縹渺危樓紫翠間）	—	○	—	○13	○下	○10	○下	○5	○2	○	○1	○3	○未	○1	○2	○	○
195 浣溪沙（桃李溪邊駐畫輪）	—	—	—	—	○下	○下	○下	○5	○2	○	○3	○1	○1	○3	○3	○	○
196 浣溪沙（四面垂楊十里荷）	—	—	—	—	○下	○10	○下	○5	○2	○	○3	○3	○未	○3	○3	○	○
197 浣溪沙（一別姑蘇已四年）	—	○	○15	○17	○下	○10	○下	○5	○2	○	○3	○3	○1	○2	○1	○	○
198 浣溪沙（惟見眉間一點黃）	—	—	—	○17	○下	○10	○下	○5	○2	○	○3	○3	○1	○1	○1	○	○
199 浣溪沙（長記鳴琴子賤堂）	—	—	—	○13	○下	○10	○下	○5	○2	○	○1	○3	○1	○1	○1	○	○
200 浣溪沙（風壓輕雲貼水飛）	○	○	○38	—	○下	○10	○下	○5	○2	—	—	○3	○誤	○3	○4	○	○未
201 浣溪沙（羅襪空飛洛浦塵）	○	—	—	○33	○下	□11	○下	○5	○2	○	○3	○3	○2	○2	○1	○	○
202 浣溪沙（白雪清詞出坐間）	—	○	○24	○13	○下	△11	○下	○5	○2	○	○1	○2	○1	○2	○1	○	○
203 浣溪沙（細雨斜風作曉寒）	—	○	—	○23	○下	△11	○下	○5	○2	○	○2	○2	○2	○2	○2	○	○
204 浣溪沙（門外東風雪灑裾）	—	—	—	—	○下	△11	○下	○5	○2	○	○1	○2	○2	○3	○2	○	○
205 浣溪沙（慚愧今年二麥豐）	—	○	○18	○17	○下	△11	○下	○5	○2	○	○1	○3	○1	○1	○1	○	○

续　表

	校注	全末	薛注	石唐注	曹注	龍注	朱注	毛本	焦本	茅本	元本	傅注	百家	孔年	總案	紀年	王年
206 浣溪沙（芍藥櫻桃兩鬭新）	○	○	○3	○2	○2	○2	○2	○	○2	○5	○下	△11	○下	○31①	○35	—	—
207 浣溪沙（學畫鴉兒正妙年）	○	○	○2	○2	○2	○2	○2	○	○2	○5	○下	△11	○下	○23	○24	○	—
208 浣溪沙（一夢江湖費五年）	○	○	○2	○3	○2	○2	○2	○	○2	○5	○下	△11	○下	○23	—	△	—
209 浣溪沙（髣髴汗微微透碧紈）	○	○	○3		○2	○2	○3	○	○2	○5	○下	□11	○下	○34	—	—	—
210 浣溪沙（徐邈能中酒聖賢）	○	○	○2	○3	○未	○3	○3	○	○2	○5	○下	○11	○下	—	—	—	—
211 浣溪沙（傾蓋相逢勝白頭）	○	○	○1	○3	○2	○3	○3	○	○2	○5	○下	○11	○下	—	—	—	—
212 浣溪沙（炙手無人傍屋頭）	○	○	○1	○3	○	○3	○3	○	○2	○5	○下	○11	○下	—	—	—	—
213 浣溪沙（畫隼橫江曾再游）	○未	○	○1	○3	○2	○3	○3	○	○2	○5	○下	○11	○下	—	—	—	—
214 浣溪沙（入袂輕風不破塵）	○	○	○2	○3	○2	○3	○3	○	○2	○5	○下	○11	○拾	—	—	—	—
215 浣溪沙（幾共查梨到雪霜）	○	○	○2	○3	○	○3	○3	○		○5	—	—	○拾	—	—	—	—
216 浣溪沙（山色橫侵蘸暈霞）	○疑	○	○1	○3	誤	○3	○3	○	○2	○5	—	—	○拾	—	—	—	—

① 《孔年》云："殆他人詞誤入。"（下冊，第 1040 頁）

續表

序		王年	紀年	總案	孔年	百家	傅注	元本	茅本	焦本	毛本	朱注	龍注	曹注	石唐注	薛注	全本	校注
217	浣溪沙(縹緲紅妝照淺溪)	—	—	—	—	—	—	—	—	—	—	○1	○1	○1	○1	○1	○	○
218	浣溪沙(陽羨姑蘇已買田)	—	—	—	○30	—	—	○下	—	—	—	○2	○2	○2	○2	○3	○	○
219	浣溪沙(花滿銀塘水漫流)	—	—	—	—	—	—	○下	○5	○2	○	○3	○3	○未	○3	○4	○	○未
220	浣溪沙(樓荷江邊百尺高)	—	—	—	—	—	—	—	—	—	—	—	—	—	—	—	○存	○誤
221	浣溪沙(玉腕冰寒滴露華)	—	—	—	—	—	—	—	—	○2	—	—	—	—	—	—	○存	○誤
222	浣溪沙(晚菊花前斂翠蛾)	—	—	—	—	—	—	—	—	—	—	○3	○3	○誤	○3	—	○存	○誤
223	浪淘沙(昨日出東城)	—	—	○7	○11	—	—	—	○5	○2	—	○3	○3	○1	—	○1	○	○
224	浪淘沙・斷句(回首夕陽紅盡處)	—	—	—	—	—	—	—	—	—	—	—	—	—	—	—	○存	○誤
225	烏夜啼(莫怪歸心甚速)	—	—	—	—	○下	○12	○上	○5	○2	○	○3	○3	○誤	○3	○3	○	○未
226	華清引(平時十月幸華清湯)	—	—	—	—	○下	○12	○上	○5	○2	○	○3	○3	○未	○1	○1	○	○
227	荷華媚(霞苞電荷碧)	—	—	—	○11	○下	△12	○下	○5	○2	○	○3	○3	○未	○2	○4	○	○
228	戚氏(玉龜山)	—	—	○37	○32	○下	△3	○上	○5	○2	○	○1	○2	○2	○1	○3	○	○
229	清平樂(清淮濁汴)	—	○	—	○13	○上	○12	○上	○4	○1	○	○1	○1	○1	○1	○1	○	○

續　表

	王年	紀年	總案	孔年	百家	傅注	元本	茅本	焦本	毛本	朱注	龍注	曹注	石唐注	薛注	全宋	校注
230 清平調引（陌上花開蝴蝶飛）	—	—	—	—	—	—	—	—	—	○	○	—	—	—	○1	○存	○誤
231 清平調引（陌上山花無數開）	—	—	—	—	—	—	—	—	—	○	○	—	—	—	○1	○存	○誤
232 清平調引（生前富貴草頭露）	—	—	—	—	—	—	—	—	—	○	○	—	—	—	○1	○存	○誤
233 採桑子（多情多感仍多病）①	—	○	○12	○13	○下	○12	○上	○5	○2	—	○1	—	—	○1	○1	○存	○
234 採桑子（玉窗蠟字記春寒）	—	—	—	—	—	—	—	—	—	—	—	—	—	—	○1	○存	○誤
235 望江南（春未老）	—	○	—	○15	○上	○12	○上	○4	○1	○	○1	○1	○1	○1	○1	○	○
236 望江南（春已老）	—	△	—	—	○上	○12	○上	○4	○1	—	—	—	—	—	—	○	○
237 菩薩蠻（繡簾高捲傾城出）	—	○	—	—	○下	○7	○下	○5	○2	○	○1	○1	○1	○1	○1	○	○
238 菩薩蠻（碧紗微露纖纖玉）	—	○	—	—	○下	○7	○下	○5	○2	○	○3	○3	○1	○3	○4	○	○
239 菩薩蠻（秋風湖上蕭蕭雨）	—	○	○12	○13	○下	○7	○下	○5	○2	○	○2	○2	○2	○2	○2	○	○
240 菩薩蠻（玉童西迓浮丘伯）	—	○	—	○13	○下	○7	○下	○5	○2	○	○1	○1	○1	○1	○1	○	○

① 這首詞的詞牌，《孔年》、《朱注》、《龍注》、《曹注》、《石唐注》、《薛注》、《全宋》作《采桑子》。

續表

	王年	紀年	總案	孔年	百家	傅注	元本	茅本	焦本	毛本	朱注	龍注	曾注	石唐注	薛注	全未	校注
241 菩薩蠻(天憐豪俊腰金晚)	—	—	—	○13	○下	○7	○下	○5	○2	○	○1	○1	○1	○1	○1	○	○
242 菩薩蠻(娟娟缺月西南落)	—	—	—	○13	○下	○7	○下	○5	○2	○	○1	○1	○1	○1	○1	○	○
243 菩薩蠻(玉笙不受朱脣暖)	—	○	—	○13	○下	○7	○下	○5	○2	○	○1	○1	○1	○1	○1	○	○
244 菩薩蠻(畫檐初掛彎彎月)	—	—	—	○19	○下	○7	○下	○5	○2	○	○3	○3	○1	○1	○1	○	○
245 菩薩蠻(風迴仙馭雲開扇)	—	—	—	○19	○下	○7	○下	○5	○2	○	○3	○3	○1	○1	○2	○	○
246 菩薩蠻(城隅靜女何人見)	—	—	—	—	○下	○7	○下	○5	○2	○	○3	○3	○未	○1	○2	○	○
247 菩薩蠻(買田陽羨吾將老)	—	—	○25	○23	○下	○7	○下	○5	○2	○	○1	○2	○2	○2	○2	○	○
248 菩薩蠻(落花閑院春衫薄)	—	—	—	—	○下	○7	○下	○5	○2	○	○3	○3	○誤	○3	○2	○	○未
249 菩薩蠻(火雲凝汗揮珠顆)	—	—	—	—	○下	○7	○下	○5	○2	○	○3	○2	○誤	○3	○2	○	○未
250 菩薩蠻(嶠南江淺紅梅小)	—	—	—	—	○下	○7	○下	○5	○2	○未	○3	○3	○誤	○3	○2	○	○未
251 菩薩蠻(翠鬟斜幔雲垂耳)	—	—	—	○20	○下	○7	○下	○5	○2	○	○3	○3	○誤	○1	○2	○	○
252 菩薩蠻(柳庭風靜人眠晝)	—	—	—	○20	○下	○7	○下	○5	○2	○	○3	○3	○誤	○1	○2	○	○
253 菩薩蠻(井桐雙照新妝冷)	—	—	—	○20	○下	○7	○下	○5	○2	○	○3	○3	○誤	○1	○2	○	○

續　表

詞調	王年	紀年	總案	孔本	百家	傅注	元本	茅本	焦本	毛本	朱注	龍注	曹注	石唐注	薛注	全宋	校注
254 菩薩蠻（雪花飛暖融香頰）	—	—	—	○20	○下	○7	○下	○5	○2	○	○3	○3	誤	○1	○2	○	○
255 菩薩蠻（娟娟侵鬢妝痕淺）	—	—	—	—	○拾	—	—	○5	○2	○	○3	○3	誤	○3	○2	○	○
256 菩薩蠻（塗香莫惜蓮承步）	—	—	—	—	○拾	—	—	○5	○2	○	○3	○3	誤	○3	○4	○	互
257 菩薩蠻（玉鑑墜耳黃金飾）	—	—	—	—	○拾	—	—	○5	○2	○	○3	○3	誤	○3	○4	○	未
258 菩薩蠻（濕雲不動溪橋冷）	—	—	—	—	—	—	—	—	—	—	○3	○3	誤	○3	○4	○	未
259 菩薩蠻（城頭尚有三鼉鼓）	—	—	—	—	○下	○9	○下	—	—	—	○3	○3	誤	○3	○4	○	誤
260 陽關曲（暮雲收盡溢清寒）	—	—	—	○16	○下	○9	○下	○5	○2	○	—	—	—	—	—	—	誤
261 陽關曲（受降城下紫髯郎）	○	—	—	—	○下	○9	○下	○5	○2	○	—	—	—	—	—	—	○
262 陽關曲（濟南春好雪初晴）	—	—	—	—	○下	○9	○下	○5①	○2	○	—	—	—	—	—	—	○
263 減字木蘭花（鄭莊好客）	—	○	—	○23	○下	○9	○下	○5	○2	○	○1	○1	○1	○1	○1	○	○
264 減字木蘭花（雲鬟傾倒）	—	—	—	—	○下	○9	○下	○5	○2	○	○3	○3	○1	○3	○1	○	○

① 茅本，除了 262《陽關曲》以外，還有一首內容同一的《小秦王》詞，重出。

續表

	王年	紀年	總案	孔年	百家	傅注	元本	茅本	焦本	毛本	朱注	龍注	曹注	石唐注	薛注	全宋	校注
265 減字木蘭花（陶溪珍獻）	—	—	—	—	○下	○9	○下	○5	○2	○	○3	○3	○2	○3	○3	○	○
266 減字木蘭花（賢哉令尹）	—	○	○13	○14	○下	○9	○下	○5	○2	○	○1	○1	○1	○1	○1	○	○
267 減字木蘭花（玉觴無味）	—	—	—	○18	○下	○9	○下	○5	○2	○	○1	○1	○1	○1	○1	○	○
268 減字木蘭花（春光亭下）	—	—	—	○14	○下	○9	○下	○5	○2	○	○3	○3	○2	○2	○3	○	○
269 減字木蘭花（惟熊佳夢）	—	○	○12	○13	○下	○9	○下	○5	○2	○	○1	○1	○1	○1	○1	○	○
270 減字木蘭花（曉來風細）	—	—	—	—	○下	○9	○下	○5	○2	○	○1	○3	○未	○3	○1	○	○
271 減字木蘭花（天台舊路）	—	—	—	—	○下	○9	○下	○5	○2	○	○	○	○	○3	○4	○	○
272 減字木蘭花（雙龍對起）	—	○	○32	○12	○下	○9	○下	○5	○2	○	○2	○2	○2	○2	○3	○	○
273 減字木蘭花（琵琶絕藝）	—	—	—	○36	○下	○9	○下	○5	○2	○	○3	○3	○未	○3	○1	○	○
274 減字木蘭花（春牛春杖）	—	○	○42	○38	○下	○9	○下	○5	○2	○	○3	○3	○2	○3	○3	○	○
275 減字木蘭花（雲容皓白）	—	—	—	—	○下	○9	○下	○5	○2	○	○3	○3	○未	○3	○2	○	○
276 減字木蘭花（玉房金蕊）	○	○	○34	—	○下	○9	○下	○5	○2	○	○3	○3	○未	○3	○4	○	○未
277 減字木蘭花（春庭月午）	○	○	—	○31	○下	○9	○下	○5	○2	○	○2	○3	○2	○2	○3	○	○

續　表

	王年	紀年	總案	孔年	百家	傅注	元本	茅本	焦本	毛本	朱注	龍注	曹注	石唐注	薛注	全宋	校注
278 減字木蘭花（天然宅院）	—	—	—	○20	○下	○9	○下	○5	○2	○	○2	○2	○2	○2	○2	○	○
279 減字木蘭花（神閑意定）	—	—	—	—	○拾	—	—	○5	○2	○	○3	○3	○2	○3	○2	○	○
280 減字木蘭花（銀箏旋品）	—	—	—	—	○拾	—	—	○5	○5	○	○3	○3	○1	○3	○2	○	○
281 減字木蘭花（柔和性氣）	—	—	—	○20	○拾	—	—	○5	○2	○	○2	○2	○2	○2	○2	○	○
282 減字木蘭花（鶯初解語）	—	—	—	—	○拾	—	—	○5	○2	○	○3	○3	○未	○3	○4	○	○未
283 減字木蘭花（江南游女）	—	—	—	—	○拾	—	—	○5	○2	○	○	○3	○2	○3	○2	○	○
284 減字木蘭花（嬌多媚睋）	—	—	○21	○20	○拾	—	—	○5	○2	○	○2	○2	○2	○3	○2	○	○
285 減字木蘭花（雙鬟綠墜）	—	—	—	○20	○拾	—	—	○5	○2	○	○2	○2	○2	○2	○2	○	○
286 減字木蘭花（天真雅麗）	—	—	—	○20	○拾	—	—	○5	○2	○	○2	○2	○2	○2	○2	○	○
287 減字木蘭花（空牀響琢）	—	—	—	—	—	—	○下	—	—	—	○1	○1	○2	○1	○1	○	○
288 減字木蘭花（回風落景）	○	—	—	○31	—	—	○下	—	—	—	○2	○2	○2	○2	○3	○	○
289 減字木蘭花（海南奇寶）	—	—	—	○39	—	—	○下	—	—	—	○3	○3	○2	○3	○3	○	○
290 減字木蘭花（憑誰妙筆）	—	—	—	—	—	—	—	—	—	—	—	○2	○2	—	○4	○	○互

續表

	王年	紀年	總案	孔年	百家	傅注	元本	茅本	焦本	毛本	朱注	龍注	曹注	石唐注	薛注	全宋	校注
291 無愁可解(光景百年)	—	—	—	—	○下	△6	○6	○5	○2	○	○3	○3	○2	○3	—	○	○
292 畫堂春(柳花飛處麥搖波)	—	—	—	○13	—	—	○下	—	—	—	○1	○1	○1	○1	○1	○	○
293 賀新郎(乳燕飛華屋)	—	—	—	○29	○下	○3	○上	○5	○2	—	○3	○3	○1	○3	○3	○	○
294 賀新郎·斷句(允文事業從容了)	—	—	—	—	—	—	—	—	—	—	—	—	—	—	—	○存	○誤
295 訴衷情(錢塘風景古來奇)	○	—	○12	○13	○下	○8	○下	○5	○2	○	○1	○1	○1	○1	○1	○	○
296 訴衷情(海棠珠綴一重重)	—	—	—	—	○下	○8	○下	○5	○2	—	○3	○3	互	○3	○4	互	互
297 訴衷情(小蓮初上琵琶弦)	—	—	—	—	○下	○8	○下	○5	—	—	○3	○3	誤	○3	○	○	○
298 瑞鷓鴣(碧山影裏小紅旗)	—	—	○10	○12	○上	○12	○上	○4	○1	—	○1	○1	○1	○1	○	○	○
299 瑞鷓鴣(城頭月落尚啼烏)	—	—	○9	○12	○拾	—	—	○5	—	—	○3	○3	互	○3	○4	○	互
300 意難忘(花擁鴛房)	—	—	—	—	—	—	—	○5	—	—	誤	誤	誤	—	—	○存	○誤
301 虞美人(定場賀老今何在)	—	—	—	—	○下	○8	○下	○5	○2	—	○3	○3	○2	○3	○2	○	○
302 虞美人(歸心正似三春草)	—	—	—	—	○下	○8	○下	○5	○2	—	○2	○2	○2	○2	○3	○	○
303 虞美人(湖山信是東南美)	—	○	○12	○13	○下	○8	○下	○5	○2	—	○1	○1	○1	○1	○1	○	○

續　表

篇名	王年	紀年	總案	孔年	百家	傅注	元本	茅本	焦本	毛本	朱注	龍注	曹注	石唐注	薛注	全宋	校注
304 虞美人(波聲拍枕長淮曉)	—	—	○24	○23	—	○8	○下	○5	○2	○	○2	○2	○2	○2	○2	○	○
305 虞美人(持盃遙勸天邊月)	—	—	—	—	○拾	—	—	○5	○2	○	○3	○3	○未	○3	○4	○	○未
306 虞美人(冰肌自是生來瘦)	—	—	—	—	—	—	—	○5	○2	○	○3	○3	○誤	○3	○4	○	○疑
307 虞美人(深深庭院清明過)	—	—	—	—	—	—	—	○5	○2	○	○3	○3	○誤	○3	○4	○	○疑
308 虞美人(落花已作風前舞)	—	—	—	—	—	—	—	○5	○2	○	○3	○3	○互	○3	—	○存	○誤
309 瑤池燕(飛花成陣)	—	—	—	—	—	—	—	○5	○2	○	—	○2	○1	○3	○2	○	○互
310 滿江紅(憂喜相尋)	—	—	○21	○21	○上	○2	○上	○4	○1	○	○2	○2	○2	○2	○2	○	○
311 滿江紅(江漢西來)	—	—	—	—	○上	○2	○上	○4	○1	○	○1	○1	○1	○1	○2	○	○
312 滿江紅(東武南城)	○	○	○14	○15	○上	○2	○上	○4	○1	—	○1	○1	○1	○1	○1	○	○
313 滿江紅(清潁東流)	—	—	○34	○16	○上	○2	○上	○4	○1	—	○1	○1	○2	○2	○3	○	○
314 滿江紅(天豈無情)	—	—	—	○15	○上	○2	○上	○4	○1	○	○1	○1	○1	○1	○1	○	○
315 滿江紅(不作三公)	—	—	—	—	—	—	—	○4	—	—	—	—	—	—	—	○存	○誤
316 滿庭芳(歸去來兮,吾歸何處)	○	○	—	○23	○上	○1	○1	○4	○1	○	○2	○1	○2	○2	○2	○	○

續 表

曲目	王年	紀年	總案	孔年	百家	傅注	元本	茅本	焦本	毛本	朱注	龍注	曹注	石唐注	薛注	全宋	校注
317 滿庭芳(歸去來兮,清溪無底)	—	○	○25	○24	—	—	○上	○4	○1	○	○2	○2	○2	○2	○2	○	○
318 滿庭芳(香靉雕盤)	—	—	—	○16	○上	○1	○上	○4	○1	○	○2	○2	○2	○2	○2	○	○
319 滿庭芳(蝸角虛名)	—	—	—	—	○上	○1	○上	○4	○1	○	○3	○3	○2	○2	○3	○	○
320 滿庭芳(三十三年,今誰存者)	—	—	○22	—	○上	○1	○上	○4	○1	○	○2	○2	○2	○2	○2	○	○
321 滿庭芳(三十三年,飄流江海)	○	○	○24	○23	○上	○1	○上	○4	○1	○	○2	○2	○2	○2	○2	○	○
322 滿庭芳(北苑龍團)	—	—	—	—	—	—	—	—	○1	—	—	—	—	—	—	△存	○誤
323 漁父(漁父飲)	—	—	—	—	—	—	—	—	—	—	○2	○2	○2	○2	○2	○	○
324 漁父(漁父醉)	—	—	—	—	—	—	—	—	—	—	○2	○2	○2	○2	○2	○	○
325 漁父(漁父醒)	—	—	—	—	—	—	—	—	—	—	○2	○2	○2	○2	○2	○	○
326 漁父(漁父笑)	—	—	—	—	—	—	—	—	—	—	○2	○2	○2	○2	○2	○	○
327 漁家傲(千古龍蟠並虎踞)	○	○	○24	○23	○上	○3	○上	○4	○1	○	○2	○2	○2	○2	○2	○	○
328 漁家傲(送客歸來燈火盡)	—	—	○32	○30	○上	○上	○上	○4	○1	○	○2	○2	○2	○1	○2	○	○
329 漁家傲(皎皎牽牛河漢女)	—	—	—	—	○上	○3	○上	○4	○1	○	○1	○1	○1	○1	○1	○	○

續　表

	王年	紀年	總案	孔年	百家	傳注	元本	茅本	焦本	毛本	朱注	龍注	曹注	石唐注	薛注	全宋	校注
330 漁家傲（一曲陽關情幾許）	—	—	—	—	○上	○3	○上	○4	○1	○	○3	○3	○未	○3	○4	○	○未
331 漁家傲（些小白鬚何用染）	—	—	○21	○21	○拾	—	—	○4	○1	○	○2	○2	○2	○2	○2	○	○
332 漁家傲（臨水縱橫回晚鞚）	—	—	—	—	—	—	—	—	○1	○	○3	○3	○未	○3	○3	○	○
333 導引歌詞（帝城父老）	—	—	—	—	—	—	—	—	—	—	—	—	—	—	○3	○	○誤
334 導引歌詞（經文緯武）	—	—	—	—	—	—	—	—	—	—	—	—	—	—	○3	○	○誤
335 履霜操（桓山之上）	—	—	○18	—	—	—	—	—	—	—	—	—	○1	—	—	—	○誤
336 嬌人嬌（滿院桃花）	—	—	○15	○16①	○下	○8	○下	○5	○2	—	○1	○1	○1	○1	○1	○	○
337 嬌人嬌（白髮蒼顏）	—	—	○39	○34	○下	○8	○下	○5	○2	—	○2	○2	○2	○2	○3	○	○
338 嬌人嬌（別駕來時）	—	—	—	—	○下	○8	○下	○5	○2	○1	○1	○1	○1	—	○1	○	○
339 嬌人嬌（解了驂紹）	—	—	—	—	—	—	—	—	—	—	—	—	—	—	—	○補存	○誤
340 蝶戀花（花褪殘紅青杏小）	—	—	—	—	○下	△6	○下	○5	○2	—	○3	○3	○1	○3	○3	○	○

① 《孔年》，把這首詞視爲《烏臺詩案》中的《營長春》。（上冊，第353頁）

續表

	紀年	王年	總案	孔年	百家	傅注	元本	茅本	焦本	毛本	朱注	龍注	曾注	石唐注	薛注	全宋	校注
341 蝶戀花(一顆櫻桃樊素口)	—	—	—	—	○下	△6	○下	○5	○2	○	○3	○3	○1	○3	○3	○	○未
342 蝶戀花(雨後春容清更麗)	—	○	—	○13	○下	△6	○下	○5	○2	○	○1	○1	○1	○1	○1	○	○
343 蝶戀花(蝶懶鶯慵無風嚲)	—	—	—	○17	○下	△6	○下	○5	○2	○	○1	○1	○1	○1	○1	○	○
344 蝶戀花(燈火錢塘三五夜)	—	○	○13	○14	○下	△6	○下	○5	○2	○	○1	○1	○1	○1	○1	○	○
345 蝶戀花(簾外東風交雨霰)	—	—	○14	○15	○下	△6	○下	○5	○2	○	○1	○1	○1	○1	○1	○	○
346 蝶戀花(自古漣漪佳絕地)	—	○	○26	○24	○下	△6	○下	○5	○2	○	○2	○2	○2	○2	○2	○	○
347 蝶戀花(雲水縈回溪上路)	—	—	○25	○24	○下	△6	○下	○5	○2	○	○2	○2	○2	○2	○2	○	○
348 蝶戀花(別酒勸君君一醉)	—	—	—	○20	○拾	—	—	○5	—	○	○3	○3	○誤	○1	○2	○	○
349 蝶戀花(泛泛東風初破五)	—	—	—	—	○拾	—	—	—	—	○	○3	○3	○2	○2	○2	○	○
350 蝶戀花(春事闌珊芳草歇)	—	—	—	—	—	—	—	○5	○2	○	○3	○3	○2	○3	○1	○	○
351 蝶戀花(記得畫屏初會遇)	—	—	—	—	—	—	—	—	○2	○	○3	○3	○誤	○3	○4	○	○疑
352 蝶戀花(昨夜秋風來萬里)	—	—	—	—	—	—	—	—	—	○	○3	○3	○誤	○3	○2	○	○
353 蝶戀花(雨霰疏疏經潑火)	—	—	—	—	—	—	—	—	○2	○	○3	○3	○誤	○3	○4	○	○疑

續表

曲	王年	紀年	總案	孔年	百家	傅注	元本	茅本	焦本	毛本	朱注	龍注	曹注	石唐注	薛注	全宋	校宋
354 蝶戀花(蝶懶鶯慵春過半)	—	—	—	—	—	—	—	—	○2	○	○3	○3	○誤	○3	○4	○	○疑
355 蝶戀花(玉椀冰寒銷暑氣)	—	—	—	—	—	—	—	○5	○2	○	○3	○3	○誤	○3	—	○存	○誤
356 蝶戀花(簾幙風輕雙語燕)	—	—	—	—	—	—	—	—	○2	—	—	—	—	—	—	○存	○誤
357 蝶戀花(梨葉初紅蟬韻歇)	—	—	—	—	—	—	—	—	○2	—	—	—	—	—	—	△存	○誤
358 蝶戀花(花褪殘紅青杏小)	—	—	—	—	○下	○9	○下	—	—	○	—	—	—	—	—	—	○誤
359 醉落魄(醉醒醒醉)	—	—	—	—	○下	○9	○下	○5	○2	—	—	—	—	—	○4	○	○互
360 醉落魄(分攜如昨)	—	○	○12	○13	○下	○9	○下	○5	○2	○	—	—	—	○1	○1	○	○
361 醉落魄(蒼頭華髮)	—	—	—	—	○下	○9	○下	○5	○2	○	○1	○1	○1	○1	○1	○	○
362 醉落魄(輕雲微月)	—	—	—	—	○下	○9	○下	○5	○2	○	○1	○1	○1	○1	○1	○	○
363 醉蓬萊(笑勞生一夢)	○	—	○21	○21	○下	○3	○上	○5	○2	○	○2	○2	○2	○2	○2	○	○
364 醉翁操(琅然)	○	○	○21	○21	—	—	—	—	—	○	○2	○2	○2	○2	○2	○	○
365 踏青遊(□火初晴)	—	—	—	—	—	—	—	—	—	—	—	—	—	—	○4	○	○
366 踏青遊(識箇人人)	—	—	—	—	—	—	—	—	—	—	—	—	—	—	—	○存	○誤

續　表

	王年	紀年	總案	孔年	百家	傅注	元本	茅本	焦本	毛本	朱注	龍注	曹注	石唐注	薛注	全本	校注
367 踏莎行(山秀芙蓉)	—	—	—	—	—	—	—	—	—	—	—	—	○2	○2	○2	○	○誤
368 踏莎行(這個禿奴)	—	—	—	—	—	—	—	—	—	—	—	—	○2	—	○3	○	○疑
369 調笑令(漁父)	—	—	—	—	○下	△12	○下	○5	○2	○	○3	○3	○2	○2	○2	○	○
370 調笑令(歸雁)①	—	—	—	—	○下	△12	○下	○5	○2	○	○3	○3	○2	○2	○2	○	○
371 憶江南(楚水別來十載)	—	—	—	—	—	—	—	—	—	—	—	—	○2	—	—	—	—
372 憶江南(湖目也堪供眼)	—	—	—	—	—	—	—	—	—	—	—	—	○2	—	—	—	—
373 憶江南(人在畫屏中住)	—	—	—	—	—	—	—	—	—	—	—	—	○2	—	—	—	—
374 憶江南(生計曾無累黍沫)	—	—	—	—	—	—	—	—	—	—	—	—	○2	—	—	—	—
375 憶江南(弱累已償俗盡)	—	—	—	—	—	—	—	—	—	—	—	—	○2	—	—	—	—
376 憶秦娥(香馥馥)	—	—	—	—	—	—	—	—	—	—	—	—	—	—	—	○存	—
377 謁金門(秋帷裏)	—	—	—	—	○下	○9	○下	○5	○2	○	○3	○3	○未	○3	○3	○	○未

① 369,370《調笑令》,《百家》,《傅注》元本、茅本、焦本、毛本,合爲1首。

續表

	王年	紀年	總案	孔本	百家	傅注	元本	茅本	焦本	毛本	朱注	龍注	曹注	石唐注	薛注	全宋	校注
378 謁金門(秋池閣)	—	—	—	—	○下	○9	○下	○5	○2	○	○3	○3	○未	○3	○3	○	○未
379 謁金門(今夜雨)	—	—	—	—	○下	○9	○下	○5	○2	○	○3	○3	○未	○3	○3	○	○未
380 臨江仙(細馬遠馱雙侍女)	—	—	○20	○19	○上	○3	○上	○4	○1	○	○3	○1	○1	○3	○3	○	○
381 臨江仙(詩句端來磨我鈍)	—	—	—	○22	○上	○3	○上	○4	○1	○	○3	○1	○2	○2	○2	○	○
382 臨江仙(我勸髯張歸去好)	○	—	○33	○30	○上	○3	○上	○4	○1	○	○2	○2	○2	○2	○3	○	○
383 臨江仙(自古相從休務日)	—	—	—	○17	○上	○3	○上	○4	○1	○	○2	○2	○1	○2	○1	○	○
384 臨江仙(忘卻成都來十載)	—	—	—	○16	○上	○3	○上	○4	○1	○	○3	○3	○1	○1	○1	○	○
385 臨江仙(尊酒何人懷李白)	—	—	—	○30	○上	○3	○上	○4	○1	○	○3	○3	○2	○2	○1	○	○
386 臨江仙(四大從來都遍滿)	—	○	○10	○12	○上	○3	○上	○4	○1	○	○2	○1	○1	○1	○1	○	○
387 臨江仙(九十日春都過了……)闡苑先生須自貴	—	—	—	○15	○上	○3	—	○4	○1	○	—	—	—	—	○1	○	○
388 臨江仙(九十日春都過了……)我與使君皆白首	—	—	○34	○34	—	—	○上	—	—	—	○2	○2	○2	○2	○3	—	○
389 臨江仙(一別都門三改火)	—	—	—	○30	○上	○3	○上	○4	○1	○	○2	○2	○2	○2	○3	○	○

續表

	王年	紀年	總案	孔年	百家	傅注	元本	茅本	焦本	毛本	朱注	龍注	曹注	石唐注	薛注	全末	校注
390 臨江仙(多病休文都瘦損)	—	—	○32	—	○上	○3	○上	○4	○1	○	○2	○2	○2	○2	○3	○	○
391 臨江仙(夜飲東坡醒復醉)	—	—	○21	○22	○上	○3	○上	○4	○1	○	○2	○2	○2	○2	○2	○	○
392 臨江仙(冬夜夜寒冰合井)	—	—	—	—	○上	○3	○上	○4	○1	○	○3	○3	未	○3	○1	○	○未
393 臨江仙(誰道東陽都瘦損)	—	—	—	—	○拾	—	—	○4	○1	○	○3	○3	未	○3	○3	○	未
394 臨江仙(昨夜渡江何處宿)	—	—	—	—	—	—	—	—	—	—	○3	○3	○誤	○3	○2	○	未
395 點絳脣(我輩情鍾)	○	○	○31	○28	○下	○8	○下	○5	○2	○	○3	○2	○2	○2	○3	○	○
396 點絳脣(不用悲秋)	○	○	○32	○29	○下	○8	○下	○5	○2	○	○2	○2	○2	○2	○3	○	○
397 點絳脣(莫唱陽關)	△	△	—	○29	○下	○8	○下	○5	○2	○	○2	○2	○2	○2	○3	○	○
398 點絳脣(醉漾輕舟)	—	—	—	—	○下	○8	○下	○5	○2	○	○3	○3	○誤	○3	○4	○	○互
399 點絳脣(月轉烏啼)	—	—	—	—	○下	○8	○下	○5	○2	○	○3	○3	○誤	○3	○4	○	○互
400 點絳脣(閒倚胡牀)	—	—	—	○29	○拾	—	—	○5	○2	○	○3	○3	○2	○2	○3	○	○
401 點絳脣(紅杏飄香)	—	—	—	—	○拾	—	—	○5	○2	○	○3	○3	○誤	○3	○4	○	○未
402 點絳脣(春雨濛濛)	—	—	—	—	—	—	—	—	—	—	—	—	—	—	—	○存	○誤

續　表

	校注	全末	薛注	石唐注	曹注	龍注	朱注	毛本	焦本	茅本	元本	傅注	百家	孔年	總案	紀年	王年
403 點絳脣（鶯踏花翻）	○誤	○存	—	—	—	—	—	○	—	—	—	—	—	—	—	—	—
404 點絳脣（高柳蟬嘶）	○誤	○存	—	—	—	—	—	○	—	—	—	—	—	—	—	—	—
405 點絳脣（微罷秋千）	○誤	○存	—	—	—	—	—	○	—	—	—	—	—	—	—	—	—
406 歸朝歡（我夢扁舟浮震澤）①	○	○	○3	○2	○2	○2	○2	○	○1	○4	○上	○2	○上	○33	○38	—	—
407 翻香令（金爐猶暖麝煤殘）	○末	○	○4	○3	○末	○3	○3	○	○2	○5	○下	○12	○下	—	—	○	—
408 雙荷葉（雙溪月）	○	○	○1	○3	○1	○3	○3	○	—	○5	○下	△12	○下	○11	—	○	—
409 勸金船（無情流水多情客）②	○	○	○1	○1	○1	○1	○1	○	○1	○4	○上	○11	○上	○13	○12	○	—
410 蘇幕遮（暑籠晴）	○	○	○4	○3	○末	○3	○3	○	○2	○5	○下	○12	○下	—	—	—	—
411 鵲踏枝（一霎秋風驚畫扇）	○誤	○存	—	—	—	—	—	○	—	—	—	—	—	—	—	—	—
412 鵲踏枝（紫菊初生朱槿墜）③	○誤③	○存	—	—	—	—	—	○	—	—	—	—	—	—	—	—	—

① 這首詞的詞牌，《總案》、茅本作《婦朝歌》。

② 這首詞的詞牌，《紀年》、元本、《朱注》、《龍注》、《曹注》、《石唐注》作《汎金船》。

③ 《校注》，這首詞的詞牌作《蝶戀花》。

續 表

	王年	紀年	總案	孔年	百家	傅注	元本	茅本	焦本	毛本	朱注	龍注	曹注	石唐注	薛注	全末	校注
413 鵲橋仙(緱山仙子)	—	—	—	○13	○上	○6	○下	○4	○1	○	○1	○1	○1	○1	○1	○	○
414 鵲橋仙(乘槎歸去)	—	—	○32	○29	○上	○6	○下	○4	○1	○	○2	○2	○2	○2	○3	○	○
415 鷓鴣天(林斷山明竹隱牆)	—	—	—	○21	○上	○11	○上	○4	○1	○	○2	○2	○2	○2	○2	○	○
416 鷓鴣天(笑撚紅梅嚲翠翹)	—	—	○44	○39	○上	○11	○上	○4	○1	○	○2	○2	○2	○2	○3	○	○
417 鷓鴣天(羅帶雙垂畫不成)	—	—	—	—	—	—	—	—	—	○	—	—	—	—	○4	○	○疑
418 鷓鴣天(西塞山邊白鷺飛)	—	—	—	—	○上	○11	○上	○4	○1	○	—	—	—	—	—	○存	○誤
419 斷句(高安更過幾重山)	—	—	—	○23	—	—	—	—	—	○	—	—	—	—	○4	○	○
420 斷句(過湖滿手慶沾襟)	—	—	—	○23	—	—	—	—	—	○	—	—	—	—	○4	○	○
421 斷句(誰教幽夢裏)	—	—	—	—	—	—	—	—	—	○	—	—	—	—	○4	○	○
422 斷句(拚沉醉)	—	—	—	—	—	—	—	—	—	○	—	—	—	—	○4	○	○
423 斷句(寂寂珠簾綢滿)	—	—	—	—	—	—	—	—	—	○	—	—	—	—	○4	○	○
424 斷句(喚起離情)	—	—	—	—	—	—	—	—	—	○	—	—	—	—	○4	○	○
425 斷句(山頭望)	—	—	—	—	—	—	—	—	—	○	—	—	—	—	○4	○	○

續表

	王年	紀年	總案	孔年	百家	傅注	元本	茅本	焦本	毛本	朱注	龍注	曹注	石唐注	薛注	全宋	校注
426 斷句（揭起裙兒）	一	一	一	一	一	一	一	一	一	一	一	一	一	一	○4	○	○
427 斷句（十五年前）	一	一	一	一	一	一	一	一	一	一	一	一	一	一	○4	一	一
428 斷句（喜鵲橋成催鳳駕）	一	一	一	一	一	一	一	一	一	一	一	一	一	一	一	○存	○誤
429 斷句（寶香薰被成孤宿）	一	一	一	一	一	一	一	一	一	一	一	一	一	一	一	○存	○誤
430 斷句（杏花疏影裹）	一	一	一	一	一	一	一	一	一	一	一	一	一	一	一	○存	○誤
431 斷句（麴生禪）	一	一	一	一	一	一	一	一	一	一	一	一	一	一	一	○存	○誤
432 斷句（寸腸千恨堆積）	一	一	一	一	一	一	一	一	一	一	一	一	一	一	一	△存	○誤
433 斷句（江天雪意雲繚亂）	一	一	一	一	一	一	一	一	一	一	一	一	一	一	一	△存	○誤
434 斷句（燕子來時新社）	一	一	一	一	一	一	一	一	一	一	一	一	一	一	一	△存	一
435 斷句（世事短如春夢）	一	一	一	一	一	一	一	一	一	一	一	一	一	一	一	△存	○誤

論文的原名和最初發表的刊物

○《東坡にとっての詞の意味
　——特に詩と比較して》

《漢學研究》第 25 號　1987 年 3 月

○《蘇軾の超然臺の詩詞
　——熙寧九年に起こった詩禍事件》

《日本中國學會報》第 51 集　1999 年 10 月

○　蘇軾與蘇轍有關之詞
　——再談蘇軾的詞和詩之比較

　　　　　　　　　＊　這篇文章，這次新寫的

○　蘇軾和蘇過父子與"游斜川"

《蘇詞研究》　2001 年 10 月

○《蘇東坡の詞に見られる「狂」について》

《漢學研究》第 27 號　1989 年 3 月

○《蘇東坡の詞に見られる「夢」の語について
　——特に彼のこの世に對する認識を中心にして》

《漢學研究》第 29 號　1991 年 3 月

○《蘇東坡の詞に見られる「雨」について

——特に雨上がりの風景描寫を中心にして》

　　　　　　　　　　《漢學研究》第 28 號　1990 年 3 月

○《蘇東坡の詞に見られる「多情」の語について》

　　　　　《商學集志》(人文科學編)第 25 卷第 1 號　1993 年 9 月

○ 蘇軾詞編年考

(1)《南歌子》三首(日出西山雨、帶酒衝山雨、雨暗初疑夜)

(2)《永遇樂》(長憶別時)

　　＊(1)和(2)的編年考,都收在下記的文章

　　(原名)《蘇東坡詞編年考——薛注蘇詞編年商榷之一》

　　(刊物)《宋代文化研究》第 9 輯　2000 年 8 月

(3)《浣溪沙》二首(傾蓋相看勝白頭、炙手無人傍屋頭)

(4)《臨江仙》(樽酒何人懷李白)

(5)《雙荷葉》(雙溪月)

(6)《浣溪沙》(縹緲紅粧照淺溪)

(7)《減字木蘭花》(江南游女)

　　＊(3)—(7)的編年考,都收在下記的文章

　　(原名)《幾首蘇東坡詞編年考》

　　(刊物)《四川大學學報》(哲學社會科學版)第 2001 年第 4

　　期　2001 年 7 月

(8)《踏莎行》(山秀芙蓉)

(9)《臨江仙》(夜飲東坡醒復醉)

(10)《滿庭芳》(蝸角虛名)

(11)《減字木蘭花》(銀箏旋品)

(12)《臨江仙》(詩句端來磨我鈍)

　　＊(8)—(12)的編年考,都收在下記的文章

　　(原名)《蘇東坡詞編年考——薛注蘇詞編年商榷之二》

(刊物)《蘇詞研究》2001 年 10 月

(13)《滿江紅》(清穎東流)

(14)《漁父》四首(漁父飲、漁父醉、漁父醒、漁父笑)

　　＊(13)—(14)的編年考,都收在下記的文章

　　(原名)《蘇東坡詞編年考──薛注蘇詞編年商榷之三》

　　(刊物)《蘇詞研究》　2001 年 10 月

(15)《減字木蘭花》(春光亭下)

(16)《滿江紅》(江漢西來)

(17)《南歌子》(日薄花房綻)

　　＊(15)—(17)的編年考,都收在下記的文章

　　(原名)《蘇詞編年三則》

　　(刊物)《宋代文化研究》第 11 輯　2002 年 8 月

(18)《一斛珠》(洛陽春晚)

(19)《如夢令》(城上層樓疊巘)

(20)《漁家傲》(臨水縱橫回晚鞚)

　　＊(18)—(20)的編年考,都收在下記的文章

　　(原名)《蘇軾の「一斛珠」,「漁家傲」,「如夢令」の詞について》

　　(刊物)《總合文化研究》第 10 卷第 2・3 號合併號
　　2004 年 10 月

(21)《木蘭花令》(元宵似是歡游好)

　　＊這篇文章,這次新寫的

(22)蘇軾與楊繪有關之詞

　　(原名)同

　　(刊物)《蘇詞研究》　2001 年 10 月

○ 歷代蘇軾年譜、詞集蘇詞一覽表(修訂版)

　　(刊物)《宋代文化研究》第 10 輯　2001 年 9 月

後　記

　　這《新興與傳統——蘇軾詞論述》，是我從研究生到今所寫的論文及其研究資料。這次，我能出版論文集，全是靠復旦大學教授王水照老師的支援，這裏衷心表示謝意。我在 2001 年出版了《蘇詞研究》(線裝書局)。本論文集是將拙著《蘇詞研究》加以整理修改，並且是收錄我其後所寫的文章而成的。

　　我從 1986 年夏，在復旦大學留了兩年學。那時候，我還是研究生，對中國古代文學的基礎知識也不夠。但王水照老師直接和熱情指導我作蘇軾詞研究，在百忙中，特地抽空來留學生宿舍的房間。我在上海的兩年，過得很充實。就是很擔心打擾到王老師的研究。我想在上海留學那段時間是我研究蘇詞的原點，如果我那時沒有王老師的親切指導，也就沒有現在的我。在留學之時，王老師勸我編輯《日本學者中國詞學論文集》。我不顧才疏學淺，承擔了這個工作。這本書，在和王老師合編下，於 1991 年由上海古籍出版社出版。

　　我回日本後，未久幸運能當上大學教師。但是由於忙於校務，卻很難找得到時間做自己的研究。不過終於在 1999 年大學給我時間到中國進行蘇詞研究。那時候，王老師給我介紹四川大學教授曾棗莊老師。我非常幸運能在曾老師的指導之下，進行蘇詞的翻譯和編年的研究。曾老師熱心地指導我，又勸我出版論文集。於是，我在 2001 年出版了《蘇詞研究》。

這本書的出版,完全是靠曾老師的支援,在這裏衷心表示謝意。在成都留學的時間雖然衹有短短七個月,但是卻是意義重大,由於專心研究,又有名師指導確定了我蘇詞研究的方向。

　之後,王水照老師建議,要出版《日本宋學研究六人集》,我也被列爲其中的一人。才疎學淺的我列名在這《六人集》,實是光榮之至。但是在《新興與傳統——蘇軾詞論述》裏,可能有誤謬,誠願方家學者的批評指正。

保苅佳昭
2005 年夏天